романтическая история

Галина КУЛИКОВА

романтическая история

Уволить секретаршу!

ЭКСМО

МОСКВА
2010

УДК 82-3
ББК 84(2Рос-Рус)6-4
К 90

Художественное оформление *С. Власова*

Иллюстрация на переплете *О. Гривиной*

Куликова Г. М.

К 90   Уволить секретаршу : роман / Галина Куликова. – М. :
Эксмо, 2010. – 320 с.

ISBN 978-5-699-43713-9

К выбору спутницы жизни Олег Шумаков всегда относился очень
серьезно. Он мечтал встретить на своем пути добрую и обаятельную
девушку, которая к тому же обладала бы твердым характером.
Воплощением мечты показалась ему Даша Азарова, новый маркетолог
его фирмы. Даше шеф тоже виделся завидным женихом, и дело уже
шло к свадьбе, как вдруг на горизонте появилась секретарша Серафима.
Порывистая, как ветер, и веселая, как солнечный зайчик, она была
полной противоположностью серьезной и основательной Даше. Ее
кипучая и зачастую непредсказуемая деятельность внесла сумятицу
в жизнь жениха и невесты и грозила полностью разрушить их планы.
Однако Даша вовсе не собиралась сдаваться без боя и просто так
отказываться от своего счастья.

УДК 82-3
ББК 84(2Рос-Рус)6-4

ISBN 978-5-699-43713-9

Глава 1

—Что-то Верочки долго нет, — сказал Глеб Васильевич солнечным голосом. — Пойду погляжу, может, ей помочь надо. А ты сиди, Симочка, сиди. Лакомься.

Глеб Васильевич был пожилым человеком с вытертым временем лицом, на котором уже проступили ржавые крапины. Он поднялся из-за стола и, мелко перебирая ногами, потрусил вон из комнаты.

Оставшись одна, Серафима сосредоточилась на конфетах, которые лежали в глубоких гнездах, круглые, обсыпанные хрустящей крошкой, словно яйца сказочной шоколадной птицы. Тетя Вера сказала, что конфеты привезли аж из самой Австрии. У каждой была своя начинка, и всякий раз, раскусывая сладкий, тающий на губах шар, Серафима ожидала чего-нибудь необычного. Как будто ей было не двадцать четыре года, а всего четыре.

Прикончив пятую по счету конфету, она заглянула в фарфоровый чайник, но увидела на дне лишь густую, похожую на ил, заварку. По ее мнению, туда следовало долить кипяточку. Девушка взяла чайник и двинулась на кухню. Дверь оказалась закрыта, хотя и неплотно. За ней говорили страшным шепотом, который Серафиму как-то сразу насторожил. Именно таким страшным шепотом люди выдают правду, которую хотят скрыть от посторонних ушей. Гостья остановилась и прислушалась.

— Она единственная из всех наших знакомых с удовольствием рассматривает альбомы с фотографиями — шипела тетя Вера. — Рассматривает часами. Это невыносимо!

Серафима сразу поняла, что говорят о ней. Она представила тетку, полную и свежую, с выпуклыми глазами, которые жадно следят за всем, что происходит вокруг.

— Ну, это и понятно, Веруся, — отвечал Глеб Васильевич примирительным тоном. — После смерти Зои мы остались ее единственными родственниками.

— Как же, родственники! Седьмая вода на киселе. Если бы она не явилась с запиской от умирающей, мы бы ее и на порог не пустили. Как нас эта записка напугала... Надо было сразу дать этой дурехе понять, что ей тут не рады.

Кровь бросилась Серафиме в лицо. Она прикусила губу, заставив себя остаться на месте и слушать дальше.

— Верочка, не такая уж она и обуза.

— Да что ты говоришь?! Она является каждые выходные, словно мне больше делать нечего, как угощения на стол метать. А потом сидеть с ней и слушать ее щебет. Не выношу, когда со мной щебечут, будто я клест какой-нибудь!

— Какой же ты клест, Верочка?

— Перестань разговаривать со мной, как с дурой! Вот иди и сам развлекай эту девчонку, раз она тебе так нравится!

— Но она мне совсем не нравится, — все тем же мягким голосом признался Глеб Васильевич.— Я ее едва выношу.

— Да? — нервически переспросила тетя Вера.

— Да, — печально ответил ее муж. — Она все время улыбается, и это меня бесит. Такая отвратительная, ни на чем не основанная жизнерадостность.

За дверью Серафима раздувала ноздри от гнева и даже начала пыхтеть. Да как же они могут?! Она ведь им не чужая!

— Надо ее выгнать. Раз и навсегда положить этому конец. Подумаешь, у нее больше нет родственников! А у нас — есть. У нас есть много замечательных родственников, которые по выходным сидят дома и не ездят сюда для того, чтобы проедать мне мозги рассказами о своей убогой жизни.

Серафима уже шагнула было вперед, намереваясь распахнуть дверь и заявить, что она все слышала, но в последнюю минуту передумала. Господи, зачем? Эти люди оказались такими жалкими, что с ними не стоило даже выяснять отношения. Они не хотят ее видеть?! Ну и пусть. Она тоже не хочет их видеть!

Переполненная гневом, Серафима развернулась и бросилась к выходу. Слова, выскакивавшие из кухни, догоняли и цапали ее, словно уродливые ракообразные. Вероятно, тетя Вера слишком долго сдерживала свою неприязнь. Запертая внутри, облучаемая раздражением, эта неприязнь мутировала, превратившись в животную ненависть.

— Меня тошнит от этой ее улыбки во весь рот. Кроме зубов, бог ничего не дал, вот потому она только и делает, что улыбается и ест...

Серафима с такой силой вцепилась в чайник, что он мертво хрустнул, оставив в ее руке толстый позолоченный нос. Ну и ладно! Она поставила изуродованный чайник прямо на пол. Нужно побыстрей убираться отсюда. Если она увидит тетю Веру, то уже не сможет сдержаться и наговорит ей гадостей.

Три замка лязгнули один за другим, неохотно выпуская добычу. Выскочив, Серафима навалилась на дверь, толкая ее всем телом, словно изнутри рвались чудовища, и от того, насколько быстро она улизнет, зависела ее жизнь. Дверь захлопнулась с грохотом, прокатившимся по голому подъезду, словно взрыв.

На улице стояла июльская жара, но воздух с асфальтовым привкусом с напором вошел в легкие, развернув их, словно парус. Слезы брызнули из глаз внезапно и бурно, и грудь ритмично задвигалась, догоняя дыхание. Серафима бросилась бежать, не разбирая дороги. «Какие подлые, лживые люди! — словно заведенная, повторяла она про себя. — Да пошли они!» Ноги мелькали, словно ножницы в руках обезумевшего портного...

Однако обида была слишком яркой и горячей, чтобы донести ее до дома. Прямо на ходу девушка достала из сумки записную книжку. На секунду притормозив, нашла страницу с телефонами тети Веры и дяди Глеба и вырвала ее с мясом. Засунула книжку обратно и, оскалившись, разорвала страницу на мелкие клочки, а клочки пустила по ветру. Ветер охотно принял добычу. Серафима бежала, а за ней летел шлейф бумажных обрывков, уносивших в прошлое еще одну ее иллюзию.

Прохожие смотрели на бегущую заплаканную девушку — тощенькую, растрепанную, с размазанной по подбородку губной помадой — и оборачивались ей вслед. Мимолетно сочувствовали и шли дальше, решать собственные важные проблемы.

Когда Серафиме бывало плохо, она первым делом вспоминала о маме. Тот, у кого есть любящая мать, даже не понимает, какая сладкая у него доля. Ворвавшись в свою квартиру, она рухнула на кровать лицом вниз и принялась терзать попавшуюся под руку подушку, словно хотела разорвать так же, как страничку из записной книжки. «Мамочка, как же так?! Почему, почему ты меня бросила одну? — взывала она. — Ты одна меня любила! А больше меня никто не любит!» Причитая и поскуливая, Серафима долго билась на диване, пытаясь вырвать из сердца отравленную стрелу, пущенную тетей Верой и дядей Глебом. Однако наконечник стрелы уходил все глубже и глубже.

Наконец слезы закончились, и девушка рывком села, сдувая с лица влажные волосы. Взгляд ее горел решимостью. Она больше не будет страдать из-за тех людей, которые ее не любили и никогда не полюбят. Одна только мама любила ее! Но мама умерла, когда Серафима была совсем маленькой. Они жили вдвоем в южном городке, в крохотном домике с садом. А потом мама заболела, и жизнь перед глазами девочки завертелась, словно чертово колесо. Ее куда-то везли, почти без вещей, с матерчатой сумкой, похожей на узелок странника, передавали с рук на руки, и в конце концов оставили в Москве у тетки Зои.

Тетка была не родная, а троюродная — то есть почти никто, если у вас есть нормальная семья. А если семьи нет — то все-таки родственница. Уже на тот момент Зоя была вдовой — властной, холодной и требовательной ко всем, в том числе и к осиротевшим детям. Маленькая Серафима боялась ее так сильно, что целый год ни с кем не разговаривала и почти ничего не ела. В честь этого ее водили по врачам и фаршировали лекарствами.

Серафима поднялась и подошла к комоду, на котором в широкой деревянной рамке стояла фотография тетки — портрет, сделанный в фотостудии. Фотографу удалось передать и теткину стать, и норов, который проявился на снимке так же четко, как само изображение. Несколько секунд Серафима глядела на портрет исподлобья.

Тетка Зоя ее не любила! Никогда не любила, ни чуточки. После того, что сегодня случилось, Серафиме уже не страшно было сказать себе самой ужасную правду. Кажется, она знала это всегда, но если бы ее резали на кусочки, ни за что бы в этом не призналась. Но теперь... Теперь все изменилось. Можно обманывать себя хоть до второго пришествия. Но кому он нужен, этот обман? Кому она хочет запудрить мозги?!

Серафима уже не выворачивала нижнюю губу наизнанку и не всхлипывала, но все еще продолжала плакать. Слезы горошинами падали из ее глаз. Громко сопя, она взяла фотографию тети Зои и вытащила ее из рамки. Рамку сунула в самый нижний ящик комода, а фотографию вернула на первую страницу пузатого альбома, который стоял в шкафу. Закрыла альбом и поставила его на место. Все, точка. Да, тетя Зоя вырастила ее. Но не более того. Она растила Серафиму так же целеустремленно и безразлично, как скотница растит поросенка, рассчитывая в будущем получить от него пользу. Впрочем, поросят не запирают в наказание в темной ванной и не привязывают к стулу, чтобы они не горбились...

Серафима выдвинула другой ящик комода, с нижним бельем, где хранились, собственно, все ее драгоценности — невесомый золотой крестик на цепочке, пересыпающейся, словно песок, с ладони на ладонь, и клочок розового шифона, который когда-то был маминым выходным платьем. Платье прожгли утюгом и разрезали на лоскуты. Один из них каким-то чудом сохранился. Серафима считала, что он до сих пор пахнет мамой.

Сейчас она достала лоскуток из плоской коробки с надписью: «Зефир в шоколаде» и оттуда же извлекла маленькую бурую фотографию, на которой почти ничего нельзя было разглядеть — так, размытые фигуры, похожие на призраков из какого-нибудь мистического фильма. Но Серафима точно знала, что на снимке — мама, а на руках у мамы — она сама. Еще совсем крошечная, в снежном коконе пеленок.

Для этой фотографии тоже имелась рамка, но до сих пор она просто лежала без дела. Серафиме казалось странным выставлять на комод снимок, на котором почти ничего не видно. Но теперь она словно прозрела. Теперь она точно знала, что снимки ставят не для того, чтобы на них смотрели другие. А для себя.

Поверх фотографии, в уголок, она пристроила лоскут ткани и прижала его стеклом. Теперь на комоде будут они с мамой — любящие друг друга, счастливые. Вот так вот.

Как только работа была закончена, условным сигналом позвонили в дверь. Пока Серафима вытирала лицо подвернувшимся под руку платком, звонок прозвенел снова.

— Да иду я, иду! — громко крикнула хозяйка, торопясь в коридор и топая.

Еще раз вытерла лицо и открыла дверь. На пороге стояла Мила Громова — единственная Серафимина подруга.

— О, Мороз — красный нос! — воскликнула она. — Опять свое дурацкое кино смотрела? Если я когда-нибудь заплачу из-за кино, съешьте меня с маслом.

— Ничего я не смотрела, — буркнула Серафима, пропуская Милу в квартиру.

— А я думала, тебя дома нет, — продолжала та, сбрасывая туфли и с трудом засовывая свои крепкие ступни в дистрофичные Серафимины тапочки. — Просто мимо шла, дай, думаю, на всякий случай загляну... Ну, ты чего? Нет, правда, чего случилось-то?

— Я сегодня была у дяди Глеба и тети Веры, — угрюмо поведала Серафима. — И подслушала, как они про меня на кухне шепотом говорили.

— Гадости небось? — догадалась Мила.

— Они меня уж и видеть не могли, — кивнула Серафима. — Оказывается, я им давно поперек горла. Они сказали, что я никчемная и только и делаю, что бессмысленно улыбаюсь. И зачем тогда вкусностями кормили? Зачем сюсюкали, будто я им в радость?!

— А ведь я тебе говорила: и чего ты к ним ходишь каждую неделю?

— Они меня звали, — угрюмо откликнулась Серафима.

— Так надо же понимать, когда от чистого сердца зовут, а когда нет, — пристыдила ее Мила. — Какая ты, Сима, все-таки наивная. Мне даже тебя иногда жалко. Хорошо, что я не такая добрая, как ты. В наши дни быть доброй — все равно, что быть глупой. Доброе сердце прожигает дыру в твоем панцире, и через эту дыру тебя можно не только ранить, но и убить.

— Дыра в панцире? — изумилась Серафима. — Ты про людей, как про черепах говоришь. В общем, к дяде Глебу с тетей Верой я больше никогда не пойду.

— Это ты точно решила? — спросила Мила с недоверием.

С недоверием и жалостью. Потому что про Серафимину жизнь она знала все. Ну или почти все. И сейчас ей как дважды два было ясно, что решение принято важное.

— Точно.

— Ты же мне все уши прожужжала, что плохие родственники лучше, чем их отсутствие. Что это твой страховочный трос и все такое...

Сказав это, Мила против воли представила себе тощую Серафиму, висящую над пропастью на веревке и с надеждой глядящую вверх. И подумала, что та преувеличивает, утверждая, будто родственники — это все. Они тоже разные бывают, родственники. Мало ли, в чьих руках окажется другой конец веревки... Может, лучше уж колышками на отвесной скале закрепляться, собственноручно вбитыми крюками? Лично она так и делала, несмотря на наличие родителей и двух старших братьев. Родители, отданные в жертву науке, давно уже были похожи на двух выпотрошенных рыб со стылыми глазами. В братьях тоже не чувствовалось живой крови, их взрослость как-то быстро переросла в солидную унылость — стыдную в наши дни, когда можно есть жизнь большими ломтями. Если ты, конечно, молод и здоров.

— Мила, я приняла решение, — прервала размышления подруги Серафима, заводя ее на кухню. — Я хочу исполнить свою мечту!

— Господи, спаси и помилуй, — словно старуха, пробормотала та. — Что ты там удумала?

На старуху Мила была совсем не похожа — статная, румяная, с темной косой и выразительными глазами, она выглядела свежей и яркой, словно жила не в мегаполисе, а в каком-нибудь благословенном месте, где имеются и лес, и река, и косогор, по которому можно носиться, время от времени падая в синюю от васильков траву.

— Я решила срочно найти какого-нибудь мужчину, влюбиться в него, выйти замуж и нарожать детей! — заявила Серафима. — Это будет моя семья, моя собственная. И я ее буду любить, как сумасшедшая.

— Отличный план, — немедленно разозлилась Мила, задетая словом «срочно». — Очень простой в осуществлении. Чего там — выйти на улицу, выбрать подходящего мужа... Пара пустяков!

Разозлилась она потому, что у нее самой с мужчинами ничего не получалось. Вот не получалось — и все. Хоть ты тресни. Лет с двадцати она была одержима мыслью закрутить роман, но ухажеры отваливались с пугающей быстротой. Вероятно, чувствовали страшную серьезность ее намерений.

— Не стоит иронизировать, — отрезала Серафима, гордо выпрямив спину. — Я тебе о самом сокровенном говорю, а ты...

— Сима, ну как ты с лету найдешь мужчину и влюбишь в себя?! Что ты, в самом деле, как маленькая? Ты же знаешь, как сейчас с этим сложно. Я вот на все свидания хожу как заведенная, и что? Ничего!

— Это потому, что ты ждешь, чтобы в тебя влюбились, — стояла на своем Серафима. — А я сама готова любить без памяти. Две большие разницы.

Рассуждая, она заварила чай, бросив в чайник высушенную мандариновую корку и несколько ягод черной смородины. Выставила на стол чашки, вишневое варенье и сушки с маком.

— Да ведь надо, чтобы оба любили, а не кто-то один, — резонно возразила Мила. — А то получится, как с твоими дядей Глебом и тетей Верой. Ты к ним со всей душой, а они...

— Это не считается, — отвергла возражения подруги Серафима, разрезав воздух рукой. — Да, я верила в родство, в узы крови...

— В зов ДНК, — подхватила Мила, разломив сушку крепкой рукой.

— Но сейчас я говорю о любви между мужчиной и женщиной.

— Ты прямо как граф Калиостро из фильма «Формула любви». Считаешь, что любовь можно рассчитать математически. Что ты вот прямо так, с ходу, составишь уравнение и решишь его.

— Да ладно тебе, Милка! Что ты мне крылья подрезаешь?! Я замуж хочу, у меня такая потребность в любви, что просто ужас! Я как спать ложусь и о любви начинаю думать, меня просто на части разрывает.

— Это называется половое созревание, — философски заметила Мила, облизав ложку. — То есть ты уже окончательно созрела, и тебе пора рухнуть с дуба.

— Ничего подобного! Если бы мне нужен был голый секс, я бы как-нибудь устроилась, — горячо заверила Серафима.

— М-да? Интересно, как?

—...А мне нужна страсть, единение и невероятная близость, — не обращая внимания на реплики подруги, продолжала она.

— Во-первых, у тебя нет объекта для приложения сил. И поэтому все твои стратегии выеденного яйца не стоят. Тоже мне, профессорша любви.

— Знаешь, я уже все обдумала. Я решила выйти замуж за Сергея Александровича.

— За какого Сергея Алекса... Погорелова? За своего начальника?!

Милка подавилась сушкой и тяжело закашлялась, высунув язык и веером выплевывая маковые зернышки. Дождавшись, пока она отдышится, Серафима азартно продолжила:

— Я в журнале «Женские капризы» нашла одну потрясающую статью. Там все пошагово расписано: что и как делать. Так вот. Статья как раз с этого и начинается.«Если вы не можете найти новую любовь, — процитировала она по памяти, — нужно оглядеться вокруг и выбрать объект из тех мужчин, которые вас окружают».То есть из числа знакомых. Я тебе сейчас журнал покажу.

Серафима бросилась вон из кухни и через минуту вернулась, держа в руках глянец с улыбающейся Джессикой Альбой на обложке. Лицо Джессики было изуродовано многочисленными

кругами от чашек. Вероятно, статья прорабатыва-
лась Серафимой долго и подробно. При этом никакого пиетета к голливудской диве подруга явно
не испытывала.

— Вот, смотри, — она разложила журнал на
столе и ткнула пальцем в найденный разворот. —
Видишь, тут все по науке. Статистические данные, результаты опросов, комментарии психоло-
гов...

— Сима, но почему ты выбрала именно Погорелова? Он что, тебе давно нравится?

— Не могу сказать, что он мне нравится, —
повела Серафима плечом. — Но не могу сказать,
что и не нравится. В статье написано, что это не
важно.

Мила посмотрела на нее с тревогой:

— Если бы я знала, что ты просто маешься ду-
рью, я бы с удовольствием включилась в процесс.
Но у тебя какая-то истерическая целеустремлен-
ность.

— Погорелов — лучший кандидат в мужья. Во-
первых, ему всего тридцать три, — начала заги-
бать пальцы Серафима. — Во-вторых, у него жена
сумасшедшая.

— Откуда ты знаешь?

— Я же слышу, как он с ней по телефону разговаривает. Ну, может, не совсем сумасшедшая,
но истеричка. Она ревнует его и постоянно про-
веряет, чем он занят. От такой жены муж рано
или поздно обязательно сбежит. Мужчины любят,
когда их ревнуют абстрактно, а вот когда их начинают реально выслеживать...

— Смотрю, ты знаток.

— Мил, но я же с людьми работаю, забыла? В приемной начальника многие переживают пиковые состояния. Либо до, либо после визита. А еще я часто бываю жилеткой, в которую они плачутся.

— Знаешь, я тоже работаю с людьми и при этом не считаю себя таким уж психологом.

Мила шила в ателье костюмы и блузки на заказ и мечтала о собственном деле.

— Мне Погорелова просто очень жалко, — призналась Серафима, понизив голос. — Он такой несчастный... И не понимает этого. Его никто не любит, я вижу. Он неотогретый. Если его полюбить, он станет совершенно другим. Бутоны, если ты когда-нибудь обращала внимание, бывают ужасно уродливыми. Но когда выходит солнце, из них, знаешь ли, получаются недурные цветочки.

— И ты уже придумала, как все обтяпать? — спросила Мила, чувствуя себя приземленной и прагматичной.

— Давай все-таки доверимся профессионалам, — заключила Серафима и хлопнула ладонью по журналу. — Здесь есть несколько моделей поведения.

— Например? — Мила против воли заинтересовалась диаграммами и красивыми иллюстрациями, сопровождавшими текст.

— Например, модель номер один: внезапная смена имиджа. Ты ошарашиваешь объект тем, что неожиданно предстаешь перед ним совсем иным человеком, нежели тот, к которому он привык. Погорелов привык ко мне какой?

— Какой? — машинально повторила Мила, обмакивая очередную сушку в варенье.

— К аккуратной, но невзрачной девушке в сереньком деловом наряде, которая все время улыбается и спешит ему угодить.

— Да, улыбаешься ты просто безостановочно, — согласилась Мила даже с некоторым неодобрением. — Конечно, грех не улыбаться с такими зубами...

— Мил, ну я же не бульдог, какие «такие» зубы? Обыкновенные зубы.

— Не знаю, не знаю. Кажется, будто у тебя их в два раза больше, чем у всех остальных. Ну, ладно, что там дальше? Ты решила сменить имидж?

— Представь себе, если я появлюсь перед Сергеем Александровичем в обтягивающем платье с вырезом...У меня ведь красивая грудь?

— Сима, если ты наденешь обтягивающее платье, максимум, что сделает Погорелов — это пригласит тебя в ресторан, чтобы накормить. Просто из жалости. Все твои мослы и ребра сразу вылезут наружу. Грудь затеряется среди них, как нечего делать.

Серафима дулась всего минуту, после чего пожала плечами:

— Ну, можно надеть просто красивое платье.

— Обязательно длинное, чтобы скрыть коленки, — подсказала Мила.

— Разве ты не моя подруга?! — воскликнула Серафима раздраженно. — Такое впечатление, что ты не только видишь во мне одни недостатки, но и стремишься все их выпятить, чтобы побольнее меня уколоть!

— Да я хочу тебя предостеречь, дурочка, — рассердилась Мила. — Если я не скажу, тебе кто-нибудь другой скажет. На всю жизнь моральную травму получишь. Слушай, а какие там еще есть стратегии? Вот же — номер два и три...

Серафима мгновенно переключилась на позитив:

— Мне еще понравилась стратегия номер три. Нужно поймать момент, создать доверительную атмосферу и откровенно сказать объекту о своей любви. Подчеркнув, что это любовь бескорыстная, что ты не ждешь в ответ никаких действий, но будешь любить объект долго и преданно до самой своей смерти.

— Но это же неправда, — оторопела Мила. — Я бы никогда не смогла врать кому-то, что буду любить его до самой смерти.

— Почему — врать? Если мужчина становится по-настоящему твоим, любимым...

— По-настоящему твоим и любимым может стать крем от Диора, если ты заплатишь за него бешеные тыщи в магазине косметики. А мужчина никому не принадлежит — и в этом состоит самая главная подлость мироздания.

— Тебе бы философией заниматься, — буркнула Серафима. — Ну что, как думаешь, какая стратегия мне больше подходит?

— Та, которая не предполагает обтягивающего платья, — честно ответила Мила. — Кроме того, простота и честность — это твой конек. Ты, Сима, такая простодушная, что при одной мысли о том, как ты будешь изображать роковую женщину, у меня начинается чесотка.

— Ладно, в последний раз я тебя послушаю, — сказала Серафима, допивая чай. — Все равно надо будет завтра подвести глаза и волосы в «хвост» не собирать.

— Завтра?! Ты собираешься проделать все это завтра?

Мила скользила глазами по черным лакированным строчкам статьи, которая подбивала одиноких женщин не сидеть сложа руки, а действовать. По ее мнению, там было много чепухи, далекой от реальной жизни. Однако убеждать в этом подругу она все-таки не рискнула.

— Почему бы и нет?

— Ты уверена, что Погорелов — именно тот человек, который может сделать тебя счастливой? Как-то не представляю вас вместе.

Мила видела Погорелова несколько раз, когда заезжала к подруге на работу. По ее мнению, этот тип с Серафимой никак не монтировался. Он был непробиваемым, как бронежилет, и улыбался замороженной кривой улыбкой, от которой его хотелось немедленно избавить. Наверное, поэтому Серафима постоянно таскала ему чай — в надежде, что улыбка отогреется и растает.

— Я не знаю, кто может сделать меня счастливой, — признала Серафима. — Зато я знаю — ЧТО может сделать меня счастливой. Замужество!

— Ладно, — дала добро Мила. — Пусть будет Погорелов. У него хотя бы прописка есть и жилплощадь. Не забывай, что ты сейчас представляешь собой лакомый кусочек для всяких аферистов. Брак с приезжим я не одобрю никогда. Бурный роман, в котором замешана жилплощадь, всегда заканчивается у нотариуса.

* * *

Тетя Зоя была неоригинально убеждена, что любовь выдумали литераторы, то есть люди с неустойчивой психикой. Отношения, предшествующие браку, она называла «половое влечение». Обсуждая это самое влечение, тетка никогда не понижала голос, и в ее прямолинейности чувствовалась брезгливость. Словно сама она была барышней, шествующей в бальных туфлях по доскам, проложенным через грязь. Судя по всему, в жизни ее ни разу не «зацепило».

Серафима не застала теткиного мужа в живых, но видела его на фотографиях — рядом с женой он выглядел лакеем, человеком, готовым прислуживать. Вряд ли к нему можно было испытывать влечение. Зато Серафима была уверена, что его можно было полюбить. Обязательно нашлась бы такая женщина, которая полюбила бы и его безвольный подбородок, и вялые губы... Всякого человека однажды кто-то должен полюбить, иначе зачем вообще все это?

Размышляя о любви, Серафима шла на работу, лавируя между прохожими, которые так и норовили отпихнуть ее с дороги, пользуясь преимуществом роста и веса. Чтобы настроить шефа на правильный лад, она приостановилась возле очереди на маршрутку, достала мобильный и послала ему невинное смс-сообщение: «С добрым утром, Сергей Александрович!» Главное, чтобы Погорелов озадачился — ведь они никогда раньше не переписывались. Теперь он все утро будет думать о ней, Серафиме. И гадать, что бы это значило.

На самом деле эсэмэска произвела эффект разорвавшейся бомбы. Как только она дошла до адресата, мобильный телефон Погорелова громко чирикнул. Телефон лежал на тумбочке возле супружеского ложа, а сам Погорелов в этот момент стоял возле трюмо в классическом утреннем одеянии мужчины — носках, трусах и часах. Услышав сигнал, он нервно дернулся, хотя причин для этого не было. После того как жена изловила его в подмосковной гостинице с коллегой по работе, Погорелов на время затаился. Буря уже почти миновала, и он присматривался к новой бухгалтерше, которая носила декольтированные кофты и маленькие косыночки на шее. Между косыночкой и окантовкой трикотажного изделия всегда оставался зазор, достаточный для того, чтобы пробудить фантазию истинного художника.

Итак, телефон чирикнул, и жена Погорелова Светлана, возлежавшая на подушках в позе кинодивы, немедленно напряглась.

— Кто это тебе с утра пораньше записки шлет? — спросила она ехидно и закинула руку за голову.

Шелковый пеньюар цвета шампанского смотрелся на ней великолепно. Погорелов мог оценить это с точки зрения человека, оплатившего покупку в магазине французского белья. А вот тело, на которое пеньюар был надет, волновало его примерно так же, как потерпевшего кораблекрушение волнует красота океанской волны.

— Наверное, это оператор сотовой связи, — ответил Погорелов, продолжая причесываться.

— Сейчас проверим, — проворковала Светлана грудным голосом и протянула цепкую руку к телефону.

Иногда ночами Погорелов думал о том, что жена может его бросить. Узнает об очередном романчике и выгонит из дому. Он боялся этого. Развод сказался бы на всем — на его карьере, материальном положении. Да и вообще...Изменения были бы обременительны. Он привык к комфортной жизни, привык быть «присмотренным». Он был котом, приваженным к миске. Ему нравилось быть домашним. Причина, по которой Светлана все еще терпела его, оставалась для Погорелова тайной. А такой мотив, как любовь, просто не приходил ему в голову.

— Так, Сергей, — сказала жена ледяным тоном и села на постели. — Что это опять такое?!

Погорелов по инерции похолодел. Зеркало отразило его глаза — панические, как у старого дворецкого, проспавшего гостей.

— Что? — спросил он, делая несколько робких птичьих шагов к кровати.

— Вот это, — Светлана сунула телефон в его мигом вспотевшие руки.

Погорелов прочитал сообщение и вздернул брови так высоко, что они улетели под челку.

— Это от моей секретарши, — сказал он озадаченно.

— Да? А у вас с ней принято по утрам приветствовать друг друга по телефону? Еще до начала рабочего дня?

— Да нет, раньше она мне никогда эсэмэски не писала.

Как обычно, истина выглядела... неправдоподобно.

— Ага, — пробормотала Светлана и, подтянув коленки к животу, выхватила у мужа из рук сотовый. — Сейчас посмотрим, что у вас за отношения.

«Доброе утро, лапочка!» — набрала она в ответ быстрыми пальцами. Захлопнула крышку телефона и взвесила его на ладони.

В центре города бегущая по улице Серафима, прочитав ответ, порозовела от удовольствия. «Боже мой, как все замечательно! — подумала она. — Сергей Александрович, оказывается, совсем не такой замороженный сноб, каким его представляют некоторые». Серафима ужасно волновалась, но цель того стоила. Она оправдывала все средства, какие только можно было изобрести.

«Встретимся на работе. Я приготовлю вкусный чай», — снова написала она, волнуясь. Господи, Погорелов такой... привлекательный. У него красивое лицо, и он умный. И очень деятельный, надо отдать ему должное.

«Целую тебя, девочка моя», — пришел ей ответ.

Он целует ее! Это фантастика. И почему она раньше не догадалась проявить инициативу? До вчерашнего дня она собиралась, как дура, ждать своего принца. Может быть, всю жизнь. Дура и есть. Надо ловить синицу, которая дается в руки, и учиться быть счастливой прямо сейчас. И делать счастливыми других. Это самое главное.

«И я вас целую», — стыдливо краснея, написала Серафима и нажала на кнопку «Отправить».

Получив это сообщение, жена Погорелова стартовала с супружеского ложа со скоростью света. Умылась, оделась и приготовилась к выходу из дома. Последним хорошо рассчитанным движением она застегнула сумочку. Замок хищно щелкнул.

— Ты куда это? — напряженно спросил муж, в сущности, уже догадавшись, что ему ответят.

— Поеду с тобой. Хочу узнать, на какой стадии ваши отношения.

— На нулевой стадии! Свет, не выдумывай, пожалуйста. Ты видела мою секретаршу?

— Видела, но не обратила на нее внимания.

— Потому что на нее невозможно обратить внимание. Она абсолютно никакая. Хотя работает хорошо. И я понятия не имею, почему она сегодня вдруг решила поприветствовать меня письменно.

— Вот я все и узнаю.

— Ну, как хочешь. Выставляй себя дурой, мне не жалко!

Толкаясь и поджимая губы, супруги вышли из квартиры и молча спустились в лифте на первый этаж. Так же молча загрузились в автомобиль и всю дорогу обменивались лишь короткими фразами.

— Узнай у охранника, пришла ли твоя секретарша, — потребовала Светлана, когда они вошли в офис, и толкнула мужа локтем в бок.

— Моя секретарша уже пришла? — послушно повторил Погорелов, глядя на охранника в упор.

— Еще нет. Но она никогда не опаздывает, Сергей Александрович, не волнуйтесь.

— Иди вперед, — снова потребовала Светлана, которой не понравилось, что муж замешкался в холле.

Он двинулся к лифту, усмехаясь. Все это удивительно походило на боевик. И он почему-то трусил точно так же, как если бы у жены в кармане лежал нацеленный в его спину пистолет. Они поднялись на второй этаж, прошли по коридору и скрылись в приемной. Затем Погорелов открыл сопротивляющимся ключом свой кабинет и пропустил жену вперед. Она вошла, деловито огляделась и заявила:

— Я спрячусь за занавеской.

Муж пожал плечами, и именно в этот момент в приемной хлопнула дверь и зацокали каблучки.

— Только попробуй подать ей какой-нибудь знак. Тогда я выскочу, и тебе станет очень стыдно, — шепотом пообещала Светлана, скользнула к окну и скрылась за длинными шторами, которые мягко закачались.

Тем временем Серафима, еще с вечера заряженная идеей молниеносного замужества, старалась взять себя в руки. Она придумывала выражение лица, которое должно было сразу же настроить Погорелова на правильный лад. «Доверительность, — повторяла про себя Серафима. — Полная откровенность. Атакующая искренность».

— Сергей Александрович, доброе утро! — проблеяла она, решившись, наконец, переступить порог кабинета.

Ее предполагаемый муж, будущий отец большого семейства, сидел в своем монументальном кресле и смотрел на нее стеклянными глазами прорицателя, у которого не припасено ничего хорошего для страждущего народа.

И тут что-то зашуршало возле окна, и Погорелов сразу ожил, словно телевизор, который кто-то включил, используя пульт дистанционного управления.

— Здравствуйте, Серафима, — произнес он и с укоризной добавил: — Впрочем, вы сегодня со мной уже поздоровались... Раньше времени.

— Сергей Александрович, миленький! — воззвала к нему Серафима вмиг пересохшими губами.

Она не думала, что это будет так трудно. Упала на стул, стоявший неподалеку от начальника, и принялась сжимать и разжимать пальцы, как нерадивая студентка, вытащившая плохой билет.

— Подождите... Почему это я — миленький? —

воскликнул ее босс, делая попытку отодвинуться вместе с креслом подальше.

Кресло зацепилось ножками за ковер и не уступило ни сантиметра.

— Я знаю, знаю, что вы не готовы к такому повороту дела, но я должна высказать, что у меня на сердце, — быстро заговорила Серафима, боясь, что он остановит ее раньше, чем проникнется сочувствием и испытает хоть что-нибудь доброе и позитивное.

— Мы никогда с вами не обсуждали личные дела, — заявил босс, дернувшись.

— Но между нами вполне могут возникнуть отношения, — заявила Серафима. — Хорошие, добрые отношения... Скажите, я вам не противна?

— Серафима, мне противны только капли, которые я принимаю на ночь от бессонницы, — заявил Погорелов. — Вы мне не противны, но я вообще-то женат. Так, к сведению.

— Я в курсе, Сергей Александрович. Но ведь ваша жена вас не любит!

— Неужели? — спросил тот уже более заинтересованно и закинул ногу на ногу со странной лихостью. — С чего это вы взяли?

Из-за занавесок донесся звук, похожий на журавлиный клекот.

— Если бы она вас любила, она обращалась бы с вами иначе. Я иногда против воли слышу кусочки ваших разговоров. И это не любовь, это — жадность. Она считает, что вы ей принадлежите и обязаны подчинить ей всю свою жизнь просто потому, что однажды поставили подпись под брачным свидетельством. Но ведь эту подпись нужно подпитывать!

— Как это — подпитывать? — ошалело спросил Погорелов, который никогда в жизни не вел подобных разговоров. Ни с кем.

Он вообще плохо понимал, к чему ведет Серафима. Он был такой же, как тетка Зоя, и вся его красивая и успешная жизнь состояла из одних влечений, которые, кстати, ничему не предшествовали и ничего не завершали. Однако Серафима со своей фанатичной жаждой любви этого не замечала.

— Сергей Александрович, вы мне нравитесь. Я подумала и решила, что готова полюбить вас всей душой. Скажите, как вы относитесь к детям?

— Серафима, вы сумасшедшая, — прозрел Погорелов, неожиданно обрадовавшись, что за шторами прячется жена, которая в случае чего придет ему на помощь. — Вы почти год работаете на меня, следите за бумагами, регулируете поток посетителей, отвечаете на телефонные звонки... А потом в один прекрасный день являетесь с утра пораньше и заявляете, что хотите завести детей. И я должен, как я понимаю, принять в процессе обзаведения детьми самое непосредственное участие. С какой стати, позвольте вас спросить?!

Серафима испугалась. И расстроилась. Она поняла, что, как всегда, поторопилась и все сделала неправильно. Только искренность могла спасти положение. И тогда она, отбросив скованность, которая делала ее жалкой просительницей, принялась взахлеб рассказывать Погорелову о любви, которую непременно должен испытать на себе каждый человек. Вот именно — испытать на себе!

Она рассказала ему о тетке Зое, которая жестоко пресекала потребность маленькой Серафимы обмениваться чувствами — без стеснения, сдержанности и оговорок. И как у тетки Зои ничего не получилось, и как она признала свое поражение, написав перед смертью ту записку для тети Веры и дяди Глеба, словно передавала им Серафиму с рук на руки. И как тетка Зоя переживала, что из Серафимы не получилось ничего путного... Что называется: растила цветок, а вырастила смешной и нелепый побег гороха.

У Погорелова был вид человека, которому хулиганы надели на голову железное ведро и настучали по нему палками. Глаза в разные стороны, и мысли тоже в разные стороны.

Решив, что в вечной мерзлоте обнаружилась, наконец, маленькая проталинка, Серафима вывалила на босса свои планы относительно будущего. Рассказала о том, как сильно она станет любить его и что из всего этого в итоге получится. Непременно получится!

Серафима так распалилась, что в конце концов почувствовала себя оголенным проводом, к которому боязно прикоснуться — так все в ней опасно искрило. Предложив Погорелову немедленно сойтись и образовать пару, она оставила его размышлять над сказанным, а сама выбежала вон из кабинета. За спиной послышались сдавленные всхлипы. Неужели Сергей Александрович расчувствовался до такой степени, что заплакал? Это хороший знак.

Дрожа от возбуждения, Серафима отправилась в туалет и подставила голову под струю ледяной воды. Успокоиться по-другому у нее вряд ли получилось бы. Волосы, которые она утром пыталась уложить феном, превратились в тощие сосульки. Отжав их с помощью бумажных полотенец, жестоко выдернутых из держателя, Серафима отправилась обратно в приемную. По дороге сделала несколько дыхательных упражнений и попрыгала на месте.

За время ее отсутствия в судьбе Погорелова произошли кардинальные изменения.

Жена, прятавшаяся за шторами, не сразу смогла выпростаться из них и целую минуту билась в искусственном бархате. Погорелов встал, чтобы помочь ей, и она, наконец, вывалилась на него — зареванная, с сияющими глазами, похожая на собственную обновленную версию.

— Сережа! — с надрывом сказала она, ухватившись за его галстук, словно за спасательный трос. — Эта девушка открыла мне глаза.

— Но ты же поняла, что у нас с ней ничего не было, — вскинулся Погорелов.

— Неважно, что у вас ничего не было. Главное, я поняла, что у нас с тобой тоже ничего не было. Кроме бытового обустройства, ни-че-го.

Господи, чем я занимаюсь?! Целый день я думаю только о том, как уменьшить размер своей задницы и пресечь твои походы налево! Зачем мне это, Сережа?! Я вдруг так захотела жить... Ездить в лес за земляникой, когда она поспевает, летать в Грецию и есть там козий сыр, намазывая его на маленькие кусочки белого хлеба, и толстеть, потому что утром не хочется бегать по парку, как заводной обезьяне... И обнимать кого-нибудь ночью сильно-сильно!

— Я не понял: ты собираешься в отпуск? — с подозрением спросил Погорелов, в большом и умном мозгу которого не помещались земляника и козий сыр. Вернее, они по-прежнему не имели к нему никакого отношения.

— Я собираюсь развестись с тобой. Немедленно! — заявила Светлана, и Погорелов как-то сразу понял, что она не шутит.

— Но у меня ничего не было с секретаршей, — снова заявил он, повысив голос. — Она мне даже не нравится.

— И поэтому мне тебя жаль, — ответила его жена и, похлопав Погорелова по руке, выскользнула за дверь.

С секретаршей мужа, которой удалось вывести ее из состояния душевной комы, она больше так никогда и не встретилась.

Серафима же, мокрая, но полная надежд, выскочила из туалета и, попеременно поднимая вверх то левую, то правую руку, подпрыгивая, устремилась к своему рабочему месту. Босс появился сразу же, как только заслышал ее возню в приемной. Она посмотрела на него с надеждой и робко улыбнулась.

— Серафима, вы уволены, — сказал он прямо в ее улыбку.

Улыбка медленно погасла.

— Я не поняла...

— Вы уволены, — отчеканил Погорелов и вышел, хлопнув дверью.

И Серафима осталась одна.

Глава 2

Вероятно, это был тот самый новый тренер, о котором Мишка прожужжал ей все уши. Ребенок мечтал отлить его в бронзе и водрузить на пьедестал, словно памятник. У «памятника» имелись кривые мускулистые ноги и широкое, дочерна загорелое лицо с крупным носом и густыми бровями. Картину довершали мяч, который он прижимал к себе, и длинный свисток на веревочке.

— Это ваш сын? — спросил он недоверчиво и прищурил голубой глаз.

— Нет, младший брат, — спокойно ответила Даша, положив руку Мишке на плечо.

— Просто не верится. Вчера за ним одна сестра приходила, позавчера — другая. Сегодня вот вы пришли. Сколько же у него сестер?

«Воз и маленькая тележка», — хотела ответить Даша, но ничего такого вслух не сказала, а легко пожала плечами:

— Шесть или семь, точно не помню.

— Ладно, шутница, забирайте своего орла, — тренер похлопал Мишку по тощей спине, вероятно, решив для бодрости встряхнуть все его внутренности. — И пусть он больше не опаздывает, иначе я сниму его с соревнований.

— Клянусь больше не опаздывать! — горячо заверил ребенок, а Даша коротко кивнула.

Потом взяла брата за руку и повела к выходу со стадиона. Причем ей все время хотелось обернуться, чтобы проверить, смотрит ли кто-нибудь им вслед.

— Даш, тебе мой тренер понравился? — поинтересовался Мишка, поддевая камушек ногой.

— Понравился, — соврала она без тени раскаяния. Она так привыкла постоянно подстраиваться под малышню, что мелкое вранье уже вошло у нее в привычку.

Вранье безвредное, разумеется. Надо было постоянно держать в голове детскую ранимость, гипертрофированное чувство собственного достоинства и буйный азаровский нрав.

Мишка гнал камень все дальше и дальше — выкатил его за ворота стадиона и теперь старался удержать на тротуаре. Даша невольно обратила внимание на то, что кроссовки братца изношены почти до дыр, и хочешь не хочешь, а скоро придется покупать новые. Озабоченно вздохнула. Мама наверняка расстроится — на обувь в этом месяце денег не откладывали.

— Даш, а ты не хочешь его закадрить? — неожиданно спросил ребенок и посмотрел на нее снизу вверх с искренним интересом.

— Кого? — опешила та. — Тренера твоего? Ну... У него, наверное, своя девушка есть. А зачем тебе надо, чтобы я его кадрила? Рассчитываешь стать его любимчиком?

— Нет, просто ты в последнее время такая занудная, — заявил Мишка. — А если начнешь кадриться, сразу повеселеешь.

Даша хмыкнула.

— Занудная? — переспросила она. — Да просто у меня новая работа, очень серьезная и важная. Я немножко нервничаю, потому что попала в незнакомый коллектив. Это все равно как если бы тебя перевели в другую школу, понимаешь?

— Понимаю, — вздохнул брат. И неожиданно выдал: — А мне кажется, ты такая стала потому, что на тебе твой Толик жениться не хочет.

Даша точно знала, откуда у детей берутся «умные» мысли.

— Это тебе кто сказал? — с подозрением спросила она, усадив Мишку на скамейку под козырьком автобусной остановки.

Камень братец, разумеется, поднял и сунул в карман, предварительно завернув его в конфетный фантик: мама просила его не пачкать штаны.

— Никто не сказал, — ответил Мишка. Голос его прозвучал неубедительно. — А вообще-то все говорят!

— Кто это — все? — рассердилась Даша. — Нюша тоже говорит?

Нюше только что исполнилось пять лет, она была самым младшим ребенком в семье Азаровых.

— Ну... Мама говорит, папа и тетя Лида! И Полинка тоже говорит.

— Хм. И Полинка, значит?

— Она мне сказала, что Толик тебя не любит. Потому что если бы любил, то женился бы еще в прошлом году. Она сказала, что в книжках, если дядька влюбляется в женщину, он с ней сначала целуется, а потом сразу ведет под этот...

— Под венец, — подсказала Даша. — Кстати, в женщин влюбляются мужчины, а не дядьки. А дядьки влюбляются исключительно в теток.

— Даш, ты страдаешь? — с важным видом спросил Мишка, сдвинув белесые брови.

Он был худой, как доска, с хохолком на макушке и с тощей шеей, торчавшей из растянутого ворота футболки.

— Страдаю, — призналась Даша. — Но не из-за Толика, как вы с мамой, папой, тетей Лидой и Полинкой решили. Я страдаю из-за того, что у меня ни на что времени нет.

«В том числе на Толика», — про себя подумала она.

— Я могу и сам ходить на секцию! — тотчас вскинулся Мишка.

— Сейчас, разбежался, — буркнула Даша. — Пока паспорт не получишь, будешь ездить со старшими.

Времени действительно катастрофически не хватало. И сил тоже. В семье было семеро детей, и родители привыкли полагаться на Дашу как на самую старшую. Чтобы переделать всю домашнюю работу и помочь малышне, приходилось тратить утро, вечер и часть ночи. А обеденный перерыв? Даша вечно хотела спать, а если высыпалась, то испытывала постоянное лихорадочное возбуждение. Все успеть, ничего не забыть...

И тут еще новая работа. Сказать по правде, Даше выпал счастливый билет — ее приняли на должность ведущего маркетолога в солидную мебельную фирму. Нужно было элементарно хорошо выглядеть. Маникюр, прическа, выглаженная юбка... Наверное, для других женщин все это не представляло большой проблемы. Но если ты живешь в квартире, где толчется куча людей, все становится проблемой. Вещи в шкафах висели плотно, и отглаженный костюм кто-нибудь мог запросто утрамбовать, чтобы втиснуть свое платье или штаны. Маникюр делался в экстремальных условиях, что уж говорить о прическе... Единственное нормальное зеркало находилось в ванной, и кому-нибудь постоянно нужно было туда войти.

Вообще ванная оказалась самым востребованным местом в доме, своего рода убежищем. Ведь только здесь можно было на некоторое время остаться в одиночестве. Даше иногда удавалось немного почитать перед сном, когда Полинка и маленькая Нюша уже спали.

Сегодня в сумке у нее лежал любовный роман, навязанный подружкой. «Когда твоя личная жизнь идет ко дну, — уверяла та, — любовными романами можно попытаться заткнуть пробоины в днище». Роман назывался «Возлюбленная виконта» и обещал читательницам множество переживаний. Аннотация была такой же пышной, как платье нарисованной на обложке дамы. Даша сроду не читала любовных романов, но сейчас ее, что называется, разобрало.

Ровно в полночь она отправилась в ванную комнату, спрятав книжку под пижамную кофточку. Чтение любовного романа казалось ей делом столь же интимным, как примерка нижнего белья. А в этом доме всех интересовало все! Закрыв дверь на щеколду, Даша опустила крышку унитаза, уселась на нее, открыла первую страницу и углубилась в текст.

Она вынырнула на поверхность только тогда, когда почувствовала, что у нее затекла нога. Даша потерла ее, встала и подошла к зеркалу. Попробовала представить себя той самой девицей, при виде которой у виконта случилось завихрение в мозгах.

...Вечернее платье на тонких бретельках откровенно обрисовывало безупречную грудь незнакомки. Незнакомка была молода и обворожительна. Дерзкий взгляд карих глаз, пышные волосы, спадающие на обнаженные плечи...

Бум! Бум! Бум!

— Чего тебе?

— Дашка, открой, мне нужно в ванную!

— Тебе не нужно, — бросила Даша, не двинувшись с места.

Продолжая смотреться в зеркало, она моргнула, и прекрасная незнакомка уступила место вполне обычной девушке в серо-черной полосатой пижаме. Из-за этой пижамы она была удивительно похожа на соседского кота Тишку. Темные волосы не спадали на плечи нежными волнами, а буйно вились, не желая держаться в прическе. И взгляд был не дерзким, а раздраженным.

Бум! Бум! Бум!

— Дашка, пусти меня! Я хочу в туалет!

— Ты хочешь лишний раз проскочить мимо холодильника, — отрезала Даша.

Взяла в руки баночку крема, купленного на прошлой неделе, и открыла ее. Баночка оказалась практически пустой. Даша заскрипела зубами. Ну что тут будешь делать? Поднять шум? Начать выяснять, кто виноват? Все это займет слишком много времени, переполошит весь дом и в конце концов превратится в очередной воспитательный процесс. А ей безумно надоели воспитательные процессы.

— Да-а-а-а-ша!

— Учти, я пересчитала все глазированные сырки.

Бум! Бум! Бум!

— Если ты сейчас же не отвалишь, я расскажу маме про петарду на уроке математики.

За дверью послышалось сопение.

— А я расскажу папе, что ты говоришь детям «отвалишь»!

Даша подошла к двери и рывком распахнула ее. За дверью обнаружился десятилетний головастик в трусах.

— Немедленно иди спать! — прошипела она. — У тебя вся физиономия в шоколаде.

К своей кровати Даше пришлось пробираться на ощупь — дом спал. В комнате было душно, пахло детской присыпкой и выстиранным бельем.

— Даша! — шепотом позвала ее темнота голосом маленькой Нюши. — Даша, я вся намочилась...

— Описалась?!

— Нет, я соком намочилась, мне спать холодно.

— Боже мой, Нюша! Ну что ты за хрюша?

Кое-как приспособившись к темноте, Даша вытащила из-под младшей сестры мокрое белье, а ее саму перенесла на диван. Нюша была легкой и теплой.

— Лежи здесь и не шуми: Полинку разбудишь. Тогда тебе мало не покажется. И не пей больше ничего!

— А вафли можно есть?

— Только попробуй.

С ворохом мокрого белья в руках Даша снова отправилась в ванную и в коридоре наткнулась на мать, закутанную в огромный халат. Та была бледной и неожиданно напомнила Даше луковицу, выращенную в стакане на подоконнике — белесую и малокровную.

— Ма, что случилось? — спросила Даша, заметив опущенные уголки ее губ.

— Ванька заболел. У него температура высокая. Опять всю ночь караулить... Слушай, в обед отведешь Мишу на тренировку?

— Мам, я не успеваю в обед! Мне приходится все время отпрашиваться. А теперь у меня новая работа, я вообще не могу опаздывать! И еще у меня будет гастрит, потому что я питаюсь одними бутербродами.

Она живо представила себе вчерашний день, когда осталась без обеда и могла рассчитывать лишь на припасенный заранее бутерброд с колбасой. Колбаса лежала в промасленном бумажном пакете в среднем ящике стола и настырно пахла, игнорируя новых Дашиных коллег, то и дело заглядывавших в кабинет. Желудок от голода скрипел так, словно в нем двигались мощные жернова. Улучив момент, Даша выдвигала ящик, наклонялась и там, внизу, жадно откусывала колбасу, стараясь как можно скорее прожевать ее и снова принять вертикальное положение. Насытившись, она почувствовала себя униженной и несчастной.

— Мам, я глотаю еду, как пингвин, потому что мне некогда нормально обедать.

— Не выдумывай, — отмахнулась мама. — Посмотри, какая ты румяная! Кровь с молоком.

— Это лихорадочный румянец.

— Даш, ну хватит. Ты уже, слава богу, взрослая. Не создавай мне проблем, ладно? Отведи Мишу на тренировку и возвращайся пораньше — у Максима в школе концерт. Если ты не придешь, он устроит сольный номер, который запомнится всем и надолго. Ты же у него главный авторитет. Да, и еще, Даш! Может, ты утром сбегаешь за лекарствами? Ванька сопит, как слон, капли нужны и мазь, чтобы ему спину натереть. А папа уезжает рано, у него конференция.

Представив себе завтрашний день, всю эту круговерть и нервотрепку, Даша затряслась от сдерживаемого гнева и обиды на судьбу. Ну почему, почему она должна все это выносить?! Конечно, она любит своих родителей, и младших братьев и сестер тоже любит, но... Но все равно это чудовищно несправедливо! Лет в двенадцать она превратилась в няньку. И ведь никто не спрашивал, хочет ли она этого! А уж в семнадцать, когда у других девочек начались романы, на нее свалилось столько работы по дому, что ни о каких романах и думать не приходилось. Теперь ей двадцать пять. И что изменилось?! Ничего. Стало только хуже. Она молодая, сильная, ответственная. На нее все рассчитывают.

Пытаясь справиться с нахлынувшими эмоциями, Даша проскользнула на кухню. За окном торчал фонарь, сонно таращась на двор. Она прислонилась лбом к оконному стеклу, чувствуя, как оно приятно холодит кожу. Снаружи было пусто и темно. В черном небе огненной точкой пульсировал самолет. Звезды по сравнению с ним казались блеклыми. Самолет наверняка был набит путешественниками, которые собирались повидать мир. Неожиданно для себя Даша сдавленно всхлипнула.

— Если тебе приспичило рыдать, засунь голову под подушку, — немедленно донесся до нее ворчливый юношеский голос.

Судя по всему, это был Петька, спавший на втиснутой между холодильником и столом кушетке.

У Даши перехватило горло. На нее вдруг накатило такое отчаяние, что невозможно стало терпеть. Все, все лезут в ее жизнь! Все знают, когда она выщипывает брови и стирает колготки!

Кто-нибудь обязательно подслушивает, если она разговаривает по телефону! И поплакать в этом доме тоже нельзя! Зажав нос, словно ныряльщик, Даша выскользнула из кухни и бросилась в коридор. Сунула ноги в шлепанцы, открыла входную дверь и выбежала на лестничную площадку. Ночной подъезд казался гулким и страшным. Дверь тихо чавкнула, захлопнувшись за ней. По-прежнему зажимая нос, чтобы не разреветься в голос, Даша помчалась вниз по лестнице. Вырвавшись из подъезда в темноту, она птицей слетела по ступенькам и нырнула в щель между тесно припаркованными машинами. Их бока все еще были теплыми и едва уловимо пахли бензином. Даша перепрыгнула через низкую оградку, пробороздила газон и свернула за гаражи.

Здесь было тихо и пусто. В небе висел бледно-желтый месяц, прозрачный, как мармеладная долька. Дорожки, посыпанные щебенкой, казались сахарно-белыми. Задыхаясь от отчаяния, Даша села на корточки, прислонившись спиной к железным воротам гаража, спрятала лицо в коленях, сделала глубокий вдох и завыла. Она выла самозабвенно, жалея свою пропащую молодость, и не сразу поняла, что ей кто-то вторит: «У-у-у!»

На секунду затихнув, Даша задышала широко раскрытым ртом — нос распух и был капитально заложен. Где-то неподалеку послышался хруст щебня — кто-то приближался к ней. «Да наплевать!» — пронеслось в ее голове. Заливаясь слезами, она подняла голову вверх и снова завыла. Захрустело быстро и мелко, и тут же ей в лицо ткнулось что-то мокрое, волосатое и пахнущее псиной. В один миг шершавый язык обмахнул ее лицо. И тут же прозвучал сердитый мужской окрик:

— Булька, фу! Нельзя! Стоять, пес!

Невидимый Булька басисто тявкнул. Даша его не видела, потому что твердо решила не открывать глаза, и снова уткнулась в колени.

— Ого! — сказал через секунду все тот же хрипловатый голос. — Это, оказывается, все же человек. — Эй, — позвал незнакомец и потрепал Дашу по плечу. — Вы чего тут воете, как шотландская волынка? Может, вам помощь нужна?

Оттого, что с ней заговорили, проявили сочувствие, слезы начали душить Дашу с новой силой.

— Уйдите! Ничего мне не нужно! — прогудела она, закрыв руками голову.

Сползла по двери гаража и шлепнулась на землю.

— Между прочим, уже глубокая ночь, — небрежно заметил незнакомец. — Все младенцы в соседних домах наверняка пробудились от ваших завываний.

Булька снова полез к Даше, пытаясь облизать ее макушку. Он жарко и часто дышал, проявляя живой интерес к найденной за гаражами девушке. Даша продолжала рыдать, но выть перестала. Против воли она прислушивалась к тому, что происходит поблизости. Пес продолжал, поскуливая, крутиться рядом, а его хозяин закурил сигарету:

сначала щелкнула зажигалка, а через некоторое время до нее донесся запах табака.

— Вас что, муж бросил? — спросил незнакомец равнодушным тоном.

— У меня нет мужа, — ватным голосом ответила Даша, продолжая прятать лицо в коленях. — И никогда не будет!

— Настоящая катастрофа, — заметил незнакомец. Чрезмерная серьезность его тона дышала иронией. — А с чего вы это взяли? Ну, что мужа не будет? Собираетесь принять постриг?

Даша была до такой степени переполнена эмоциями, что решила не сдерживаться. Впервые за все это время она подняла голову и приоткрыла глаза. Булька сидел прямо перед ней с высунутым языком и молотил хвостом по земле. Он оказался рыжей дворняжкой с острыми ушами. Рядом с Булькой стояли ноги его хозяина. Ничего особенного: спортивные штаны и кроссовки.

— Я-то как раз не против мужа! Мне очень даже пригодился бы муж! — воскликнула Даша, обращаясь к этим самым штанам. Хотя на самом деле говорила она больше сама с собой, чем с ними. — Но завести его я могу только по телефону! Помните, японцы изобрели такую игрушку, тамагочи? Что-то вроде яйца, в котором живет электронный домашний питомец. Нажимаешь на кнопки — и дело в шляпе: покормил, погулял... У меня муж тоже может быть только тамагочи. На другого у меня просто времени не хватит!

И она снова зарыдала.

— Первый раз встречаю женщину, которая не успевает выйти замуж. Вы что, карьеристка? Уверяю вас, мебель, которую вы продвигаете на рынке, никогда не заменит вам семью.

— Откуда вы знаете про мебель?! — Даша вскинула голову так резко, что у нее хрустнули позвонки.

Сквозь слезы, повисшие на ресницах, она пыталась разглядеть незнакомца, но свет месяца был слишком тусклым, а ближайший фонарь находился очень далеко.

— Неудивительно, что вы меня не узнали, — насмешливо произнес ее собеседник. — Вы дорыдались до такого состояния, что впору делать холодные примочки. Выглядите так, будто вас пчелы покусали.

— Вы кто? — испуганно спросила Даша, пытаясь подняться на ноги. Она уперлась спиной в ворота гаража и изо всех сил задвигала лопатками.

Незнакомец отшвырнул сигарету, шагнул вперед, взял ее под мышки и рывком поднял на ноги.

— Вообще-то это я подписал заявление о вашем приеме на работу, — сообщил он. — Мы виделись всего один раз, в моем кабинете. Ну, как? Память к вам вернулась?

— Олег Юрьевич? — испуганно спросила Даша.

— Петрович, — ухмыльнулся он. — Шумаков Олег Петрович. Нет, вижу, вы явно не карьеристка.

— Гав! — подтвердил Булька и заскакал на задних лапах, пытаясь передние поставить на девушку. Вероятно, задумал снова лизнуть ее в нос.

— Вы сами пришли за гаражи! — запальчиво сказала Даша, понимая, что ее рейтинг как надежного и выдержанного работника только что упал до нуля. А женский рейтинг ушел в глубокий минус.

— Что значит — сам пришел? Вы так выли, что Булька едва не сорвался с поводка. Вы Дарья, верно? Пойдемте отсюда, а то набегут окрестные автомобилевладельцы: решат, что мы угонщики. Лучше посидим на лавочке.

— Уже поздно, — сказала Даша, радуясь тому, что на улице темно и не видно, как она покраснела: страшно и мучительно. — Завтра на работу.

— Надо же. А мне как-то не показалось, что вы задумали как следует выспаться.

Он был выше почти на голову, хотя Даша не могла пожаловаться на рост.

— Мне надо умыться, и вообще. Представляю, на кого я сейчас похожа, — бормотала она, следуя за своим начальником, который, широко шагая, направился по тропинке к выходу из гаражного лабиринта.

— Вы похожи на ведьму, — бросил он через плечо. Наклонился и пристегнул Бульку к поводку. — Вам нужно успокоиться, прежде чем возвращаться домой. А то напугаете всех, кто у вас там... в квартире. Кстати, кто у вас там? Что не муж, я уже понял.

— У меня там родители и братья с сестрами, — ответила Даша.

Она почувствовала, что если прямо сейчас не расскажет новому боссу всю правду, на карьере можно будет поставить крест. Тот шел, не оборачиваясь, уверенный, что Даша по пятам следует за ним. Булька летел впереди воздушной рысью и натягивал поводок, словно огромная рыба леску.

— Садитесь, — велел Олег Петрович, остановившись возле широкой деревянной скамьи, вкопанной возле густых кустов боярышника.

Кусты росли полукругом, и местечко выглядело укромным. Земля вокруг была утоптана, рядом в траве валялись банки из-под пива и шелуха от семечек: следы бессмысленного веселья, устраиваемого изо дня в день жильцами окрестных домов. Здесь было гораздо светлее, чем за гаражами. Месяц зацепился за верхушку большого дерева и застрял в ветвях. Облака изо всех сил тащили его дальше, вытягиваясь от натуги.

— Не думайте, что я истеричка, — сразу же заговорила Даша, как только они уселись. — Просто все это давно копилось... И накопилось.

Сама она выбрала правый край скамьи, а Шумаков устроился на левом. Булька лег у ног хозяина и положил голову на лапы.

— Что — накопилось? — серьезно спросил Олег Петрович, достав из пачки очередную сигарету.

— Бытовые проблемы. Человек ко всему привыкает, конечно. Но иногда такая тоска берет, прямо хоть волком вой!

— Вы очень хорошо выли, — похвалил он, стараясь не улыбаться.

— Дело в том, что у нас дома даже поплакать спокойно нельзя, вот я и убежала, — не обращая внимания на его реплику, продолжала рассказывать Даша. — У меня шестеро братьев и сестер.

— То есть всего вас семь человек? — поразился Шумаков.

— С родителями девять. А квартира трехкомнатная. Она просторная, конечно, ну... Относительно. В маленькой комнате живут мама, папа и Ванька, в угловой — старшие мальчики. Пете девятнадцать, Максиму пятнадцать, а Мише недавно исполнилось восемь. А третья комната у нас девчачья. Там я, Полинка и Нюша. Полинке семнадцать, а Нюша у нас еще совсем маленькая. На кухне кушетка стоит, такое выездное место для сна. Там можно остаться, когда допоздна приходится сидеть — кому реферат написать, кому к контрольной подготовиться. Но это не поощряется. Потому что тот, кто остается на кухне, начинает шарить в холодильнике. Другим завидно, и они не спят, всю ночь ходят, как привидения, — вроде как в туалет или водички попить...

Шумаков молча курил, глядя в ночную темноту.

— Это я не в смысле жалуюсь, а в смысле... чтобы объяснить! — с отчаянием в голосе добавила Даша.

— А что, государство разве многодетным семьям жилплощадь не выделяет? — спросил Шумаков без выражения.

— Да выделяет, выделяет. Нам тоже выделили, но мы ее тут же сдали. Родители у меня все же не Рокфеллеры, знаете ли. А дети все время есть хотят — прямо как гусеницы! Да и вообще на них ужасно много денег уходит, больше, чем вам кажется. Кстати, они ужасно страдают, если у них что-нибудь не так, как у других. И это невыносимо — видеть, что они чувствуют себя ущемленными...

— Вы похожи на многодетную мать, — заметил Шумаков, небрежно выпустив дым. — А на самом деле вы всего лишь сестра.

— Всего лишь! — с горечью повторила Даша. — В этом-то и кроется корень всех бед. Чем старше я становлюсь, тем больше полагаются на меня родители. Иногда мне кажется, что они вообще забыли о том, что я тоже их ребенок! На меня столько дел наваливается... Вот и сегодня — все одно к одному. А у меня работа! Думаете, я не понимаю, какая у меня ответственная должность?

— Думаю, понимаете, — все тем же равнодушным тоном ответил Шумаков.

Казалось, он нисколько Даше не сочувствует. Хотя она изо всех сил старалась в нем это сочувствие разбудить. Ей хотелось, чтобы он понял, почему она выскочила на улицу и спряталась от всего света за гаражами.

— Завтра какой-то особенно сумаешный день намечается. И Ванька заболел, и Мишу на тренировку вести некому, и у Максима концерт в школе. И если я не приду, он обидится. А в его возрасте обиды такие ужасные... Иногда на всю жизнь.

Шумаков неожиданно развернулся к Даше всем корпусом и посмотрел прямо на нее. Она не знала, какого цвета у него глаза. Видела только их блеск. И в этом блеске чувствовалась злость — жесткая, мужская, безжалостная.

— Слушайте, зачем вы это делаете, а? — бросил он.

— Что? — испуганно спросила Даша.

— Зачем вы живете жизнью своих родителей? Это ведь они решили стать многодетными, а не вы.

В тот первый раз, когда она увидела начальника, войдя в его кабинет, она сразу почувствовала в нем эту резкость и недружелюбие. Он поздоровался с ней коротко, крепко пожал руку, сказал несколько общих фраз и немедленно выставил. Он поверил кадровику, который считал, что Даша им подходит. Сама она его мало интересовала. С чего она взяла, что сейчас ей удастся разбудить в нем сочувствие?

Шумаков тем временем продолжал добивать ее вопросами:

— Почему вы согласились выполнять чужие обязательства? Взять на себя чужую ответственность? Это же глупо. Это так глупо, что даже обескураживает. Вы росли в хорошей, дружной семье, помогали младшим. Но теперь вы выросли и должны начать собственную жизнь.

— Да как же я могу начать, когда они без меня

не справляются? — в голосе Даши прозвучало не только отчаяние, но и возмущение тоже.

Она же ему все объяснила, а он... Он обвиняет ее!

— Вы наверняка думаете, что я бесчувственный тип, — Шумаков словно подслушал ее мысли. — Но ведь у того, кто решил вытащить из вашей пятки занозу, не обязательно должны дрожать руки. Чем холоднее голова у советчика, тем лучше. Вам просто повезло, что именно мой пес нашел вас за гаражами. Потому что я бизнесмен и способен дать вам разумный совет.

Булька встрепенулся и посмотрел на хозяина, пророкотав что-то по-своему. Вероятно, знал, что слова «мой пес» имеют к нему прямое отношение. И тут же вскочил, завертелся, требуя отпустить его с поводка.

— И я дам вам совет.

— Да? — неопределенно спросила Даша. Она вовсе не была в этом уверена.

— Да, — твердо ответил Шумаков и отпустил собаку на волю. — Как честный человек я просто обязан наставить вас на путь истинный.

— И что это за совет? — в голосе Даши по-прежнему звучала обида.

— Вам пора бежать с каторги. Ваша жизнь проходит не так, как вы мечтали. И этому нет никаких оправданий.

— Вы наверняка были единственным ребенком в семье, — выпалила Даша.

Это должно было сразу поставить его на место. Что он вообще понимает в жизни?! Наверняка катался как сыр в масле! Мамки, няньки или любимая бабушка. А вот у них ни одной бабушки и ни одного дедушки. Потому что родители детдомовские. Понятно, что они решили завести большую семью. И сделать так, чтобы все дети были счастливы! Раньше Дашу такие мысли трогали до слез.

— Нет, я был не единственным. У меня есть старшая сестра. Если честно, она меня не очень-то баловала.

— Не думаю, что это разрушило ваше детство.

— Вы сейчас пытаетесь перевести стрелки, — насмешливо заметил ее собеседник. — Вам страшно не хочется признавать, что вы сами виноваты в том, что живете, как служанка.

— Служанки служат! — бросила Даша. — А я люблю своих братьев и сестер! Чувствуете разницу?

— Мне кажется, вы сейчас лопнете, — с подозрением заметил Шумаков. — Как Сеньор Помидор. Или кто там еще лопался в сказках? И зернышки разлетятся по всему двору.

— Какие такие зернышки?! — возмутилась Даша. Ее действительно распирало от гнева.

Ну и пусть он ее начальник. Пусть она навсегда потеряет его уважение. Она должна все ему высказать... Однако он не дал ей такой возможности.

— Слушайте, вы говорили родителям о своих чувствах? И вот эту фразу про мужа, помните? — Он передразнил ее, скопировав даже интонации: — «У меня нет мужа! И никогда не будет!» Говорили?

Даша посмотрела на него удивленно:

— Но как я им скажу?!

— Значит, не говорили. — Шумаков затянулся и выпустил дым вверх, задрав голову. — То есть вы, безусловно, много сделали для того, чтобы жить по-человечески.

— Я им другое говорила, — Даша сцепила руки на коленях и принялась перечислять: — Я говорила, что устаю, что у меня ни на что не остается времени, что я не успеваю справляться со своими собственными делами, не успеваю отдыхать. Вернее, я отдыхаю, но...

— Вы отдыхаете все вместе, — подсказал Шумаков. — Семьей.

Он оказался на удивление проницательным, хотя и не слишком добрым.

— Да что же я могу сделать, Олег Петрович?

— Нет уж, на этот вопрос я вам отвечать не стану. И строить планы вместо вас тоже.

— Чтобы жить своей жизнью, нужно уйти из семьи, — задумчиво сказала Даша.— Но ведь если я брошу всех своих... Это будет предательством!

— У меня на фирме есть система поощрений и бонусов. Тринадцатая зарплата тоже есть. Оплачиваемый отпуск, отгулы... Не понимаю, почему вы должны бросать семью. Будете помогать своим материально. По мере сил. Слушайте, у вас какое-то извращенное понятие о чести. Вы уже взрослая женщина. Молодая и симпатичная. Почему вы до сих пор не осознали свою личностную ценность?

Это просто дикость какая-то. Добровольное рабство... Первый раз с таким сталкиваюсь.

Неожиданно для Даши он поднялся на ноги и коротко свистнул. Булька немедленно выломился из кустов, радостно повизгивая.

— Пойдемте, я отведу вас домой. Совет я вам дал, плакать вы перестали, смотреть на вас больше не страшно.

Даша растерялась. Только что они сидели и разговаривали, и вдруг — домой.

— Хорошо, — сказала она, не сумев скрыть разочарования.

— У меня завтра утром важные переговоры. Мне необходимо выспаться. — Это был словно намек на то, что если бы не переговоры, он бы сидел здесь с ней до самого утра. — Кстати, симпатичная пижамка.

Только сейчас Даша поняла, как выглядит со стороны. Застиранная пижама с укороченными штанами и разномастными пуговицами, жуткие шлепанцы и стоящие дыбом волосы. Срочно, просто немедленно бежать отсюда!

— До свидания, — дрожащим голосом сказала бедолага, приложив руку к груди. — Всего вам самого доброго.

— Вы со мной прощаетесь, как с иностранной делегацией, — усмехнулся тот.

Но Даша его уже не слышала, потому что мчалась к подъезду так, что ветер свистел в ушах. Пес рванул было за ней, но тихий окрик хозяина заставил его вернуться.

— Вот, Булька, видишь, — сказал Олег Шумаков, когда хлопнула дверь подъезда. — Не зря ты рвался на улицу в такое время. Спас целую девушку. Получишь за это косточку.

Даша не шла у него из головы. Он уже поднялся в квартиру, вытер Бульке лапы влажной тряпкой, уже улегся в постель, закинув руки за голову — именно в этой позе он всегда засыпал быстро и сладко. Однако сон никак к нему не шел. Олег пытался вспомнить, какое впечатление произвела на него Даша Азарова, когда он увидел ее впервые.

Тогда она была собрана, деловита, внимательна и ужасно серьезна. Ни разу не улыбнулась, не стрельнула глазками, как это делали многие служащие, встречаясь с молодым начальником. Он даже удивился. И не предложил ей присесть. Не велел секретарше принести чаю. Ах, да, его секретарша тогда уже уволилась... Точно! Он еще подумал, не заварить ли чай собственноручно, но решил, что это будет уж слишком. И не стал. Отпустил ее с миром. И вот как оно все повернулось.

Да, кстати, когда вот эта самая Даша Азарова вошла в его кабинет, он сразу обратил внимание на ее фигуру. Юбка была скромной длины, зато туго обтягивала бедра. А из буйных, как теперь выяснилось, волос, она ухитрилась сделать какую-то скромную прическу, из которой выбился один дикий локон. Эта смесь скромной деловитости и женственности его сразу зацепила. Он несколько раз вспоминал о новой сотруднице и даже хотел вызвать ее еще раз, но решил, что они скоро встретятся на совещании, и тогда будет возможность приглядеться к ней получше.

Минут через двадцать художественного вращения на кровати Олег понял, что ему никак не уснуть. Отправился в ванную, плеснул себе в лицо холодной водой и посмотрел в зеркало.

— Что, опять начал? — спросил он у своего отражения. — Раздавать рекомендации, вмешиваться в жизнь других людей? Тебе что, мало? Наступаешь на те же самые грабли?

Однажды он уже вмешался в жизнь собственной сестры и дал ей «умный» совет. С тех пор она его ненавидит, потому что все закончилось плачевно. Олег дал себе слово больше никогда в чужую жизнь не лезть. Но сегодня, наставив Дашу Азарову на путь истинный, раскаяния почему-то не испытывал. Наоборот, чувствовал удовлетворение. Налив себе чашку чая, Олег сел в кресло и возложил ноги на журнальный столик. Булька тотчас прибежал и стал выпрашивать кусочек печенья. Выпросил, не разжевывая, проглотил и улегся рядом.

Олег продолжал размышлять, почему ему так хорошо. Вероятно, приятное чувство возникло оттого, что подспудно он понимал — одним советом дело не ограничится. У него есть все шансы помочь симпатичной девушке. Если она решит уйти от родителей, он предложит ей на первых порах пожить в той квартире, которую фирма снимает для командированных сотрудников. И еще он может под предлогом срочной работы вырвать ее на выходные из лап семьи и покатать на машине.

Отвезти в ресторан и вкусно накормить — не домашней едой, к которой она наверняка привыкла, а чем-нибудь эдаким, гурманским. Кроликом по-анжуйски, например. Или карпаччо из лосося с мятным песто. Или вот еще филе форели, запеченным в миндале... Женщины любят заказывать рыбу и пить белое вино, в такие моменты им кажется, что они на высоте.

Олег решил, что завтра после переговоров обязательно поинтересуется новой маркетинговой стратегией. Для чего заглянет в кабинет Дарьи Азаровой.

Глава 3

*С*ерафима вышла на улицу и побрела по истекающему жарой тротуару, заплетая ногу за ногу. Она была раздавлена. Погорелов убил ее надежду на молниеносное счастье. Свернул этой надежде шею, как канарейке. И еще посеял в Серафиминой душе сомнения относительно собственной привлекательности.

Вдруг она вообще не нравится мужчинам? Да нет, не может быть. С чего бы ей им не нравиться-то? Серафима притормозила и поймала свое отражение в большой витрине, где были выставлены разодетые в пух и прах манекены. Ну, да, не Линда Евангелиста, конечно: ростом два вершка, ноги не особо удались... Зато голова правильной формы! Парикмахерша сказала, что ей можно сделать очень короткую стрижку, и получится красиво. От стрижки Серафима отказалась наотрез, а формой головы втайне стала гордиться.

Налюбовавшись собой вдоволь, она вытащила из сумочки телефон и позвонила Миле.

— У меня облом, — сообщила она, чтобы сразу закрыть тему и не мучиться. — Погорелов меня отшил.

— Высмеял? — с тревогой спросила Мила, втайне ожидавшая чего-то подобного.

— Нет, уволил. Я теперь безработная. Мне даже трудовую книжку на руки выдали и конвертик с деньгами. Думаю, Погорелов их сам туда положил, чтобы уж поскорее от меня избавиться. Не поскупился, хотя на него это совсем не похоже.

— А как вообще все прошло? — с тревожным любопытством спросила подруга.

— Ну... Я пришла, ввалилась в кабинет и сразу же толкнула речь. Он обалдел, конечно, но меня выслушал. Некоторое время размышлял в гордом одиночестве, а потом вышел и сказал, что я уволена.

— Вероятно, твоя речь произвела на него сильное впечатление, — пробормотала подруга. — И что ты теперь будешь делать?

— Искать буду.

— Кого?

— Не «кого», а работу. Тоже та еще задачка. Знаешь, сколько в Москве делопроизводителей? Больше, чем блох в собачьем приюте.

— Обратись в агентство. Конечно, придется потом платить, если тебе место найдут, зато шансов больше.

— Обращусь, только не сегодня, — пообещала Серафима. — Сегодня у меня настроение не то. Я решила еще раз испытать судьбу. Думаешь, у меня один только Погорелов в списке? Так вот, ты ошибаешься. У меня есть еще парочка кандидатов в мужья.

— Боюсь даже спрашивать, кто это, — искренне призналась Мила. — Дай угадаю... Хм. Наверное, один — это тот тип, с которым ты вместе училась на курсах секретарей. Он там был единственный мужчина. Так что все логично.

— Угадала.

— А кто второй, я даже представить себе не могу.

— Второй — водитель, про которого я тебе рассказывала. Володя.

— Да, ты упоминала про водителя Володю. Только не говорила, какая у него машина и где ты с ним познакомилась.

— У него мусоровоз. И познакомилась я с ним во дворе, возле помойки.

— Фу.

— Что значит — фу?! В любви не бывает никаких «фу». — Серафима мгновенно завелась.

— Ну все, поехала учить меня жизни! — вздохнула Мила. — Не женщина, а пламенный трибун. Ладно, Сима, ко мне клиенты пришли, чао! Я тебе вечером позвоню.

Серафима раздраженно посмотрела на телефон, выдавший серию коротких гудков. Ей стало обидно, что подруга так спокойно отнеслась к случившемуся. Но что поделаешь! Одни только грезят о любви, подперев щеку кулачком, а другим приходится разведывать месторождения и прокладывать дороги.

Шествуя мимо киоска с мороженым, Серафима неожиданно узрела гигантский пломбир в вафельном рожке, политый шоколадом и посыпанный орехами. Все скверные мысли мгновенно вылетели у нее из головы. Она купила этот пломбир, донесла его до бульвара и там, на лавочке, с удовольствием слопала, облив матерчатые туфли и посадив на грудь красивое шоколадное пятно. Несмотря на понесенный урон, настроение ее поползло вверх.

На соседней скамейке сидели, покуривая и балагуря, два молодых человека вполне приемлемой наружности. На Серафиму они посмотрели с любопытством всего лишь один раз — когда пломбир потек и она громко сказал вслух нехорошее слово. «Вот интересно, почему я их совсем не интересую?» — подумала Серафима. И тут мимо нее прошла кривоногая девица в коротком эластичном платье, которое облегало ее, как резиновый костюм водолаза. Молодые люди мгновенно сделали стойку и по очереди присвистнули девице вслед.

«Ага, — сказала сама себе Серафима. — Я все поняла. Стратегия номер один!» Раскрыв сумочку, она достала конверт, который швырнул на ее стол Погорелов, и с ловкостью профессионального шулера проверила пачку. На молниеносное преображение должно было хватить.

Серафима не считала себя искушенной в вопросах моды и стиля, но решила, что ей достанет сообразиловки выбрать приличный салон красоты и магазин, где ее достойно оденут и обуют. Сначала она решила сделать стрижку. Поэтому покинула бульвар и двинулась вниз по улице, разглядывая вывески и витрины. Первым ей на глаза попался салон под названием «Царица Тамара».

«Тамарой наверняка зовут саму владелицу. И у нее мания величия. Нет, не пойду», — подумала Серафима и прибавила шаг. Следующей была «Студия Сергея Микулова!!!». Именно так — с тремя восклицательными знаками.

— О чем только думает этот тип? — пробормотала Серафима. — Обожать нужно клиентов, а не самого себя.

Помахивая сумочкой, она преодолела еще полкилометра. Ей встретились салон красоты «Красота», парикмахерская «Парикмахер» и студия дизайна бровей «Рыжий кот». Кот был нарисован на вывеске, и у него действительно имелись брови — выразительные и черные, как у Хулио Иглесиаса.

Серафима никуда не торопилась. Уволили ее ни свет ни заря, целый прекрасный день ждал впереди. Съеденный шарик пломбира размером с пушечное ядро приятно наполнял желудок. Наконец она заметила указатель, призывающий свернуть в подворотню. Там, в подворотне, если верить рекламе, находилось то, что ей было нужно. Называлось оно просто и незатейливо: «Расческа и ножницы». Внизу задорный русский характер мелко приписал: «Здесь можно принять постриг».

Серафима вошла и была моментально усажена в кресло и обернута белоснежной простынкой на «липучке». Вокруг нее завертелся тощий юноша с лисьими глазами, который появлялся то у левого, то у правого уха с одним и тем же вопросом:

— Что вам хотелось бы?

— Мне хотелось бы стать выше и добрее, — сердито ответила она, поймав отражение юноши в большом, как пруд, зеркале. — Перестаньте вращаться и скажите, что вы мне можете посоветовать.

— Как вы сами представляете себе ваш новый образ? — не сдавался тип, продолжая выделывать фигуры высшего пилотажа.

— У меня красивая форма головы, — важно заявила Серафима, с трудом дотянувшись ступнями до специальной перекладины для ног. — Давайте будем исходить из этого.

Юноша согласился исходить и еще немного побегал вокруг нее, склоняя голову то к правому плечу, то к левому. Судя по всему, он был местной достопримечательностью, потому что другие мастера то и дело поглядывали на него с ленивым любопытством. Сами они ходили вокруг своих клиентов в спокойном темпе, не проявляя особого рвения.

С Серафимиными волосами юноша разделался довольно быстро, обкромсав их по самое не могу и оставив лишь длинную челку, спадавшую на глупо моргающий левый глаз.

Серафима была очарована и дала юноше на чай сто рублей. Затем, подначиваемая похожей на цыганку администраторшей, она согласилась на массаж лица, а в заключение «банкета» решила нарастить ногти. Процедура наращивания длилась два с половиной часа и обошлась Серафиме в кругленькую сумму. Впрочем, сегодня она решила не скупиться. И покинула салон в прекрасном настроении.

Погряхивая челкой и с непривычки растопырив пальцы с идеальными ногтями, она двинулась дальше и довольно скоро очутилась в магазине «Белла Делла», где купила себе красно-белые туфли на шпильке и дизайнерское платье до колена с провокационным вырезом. Сразу все это надела и, очутившись на улице, еще раз посмотрела на свое отражение в ближайшей витрине.

Отражение ни капли не было похоже на прежнюю Серафиму. «Да, возможно, в стратегии номер один все-таки что-то есть. Недаром она мне сразу так приглянулась», — подумала экспериментаторша и отправилась в кафе перекусить. Именно там, в этом самом кафе и произошла историческая встреча Серафимы с Андреем Куракиным.

Надо сказать, что Куракина Серафима узнала не сразу. Во-первых, она его давно не видела. А во-вторых, благодаря новым туфлям мир опустился на целых двенадцать сантиметров и казался уже не таким, как прежде.

Когда-то Куракин был ее соседом по лестничной площадке. Когда он вырос, то покинул отчий дом, и Серафима потеряла его из виду. Зато она продолжала общаться с матерью Андрея, Антониной Васильевной, нередко помогала ей втащить на третий этаж сумки с продуктами и ругалась вместо нее с сантехниками, сборщиками мебели и участковым врачом, который ненавидел людей, особенно больных пенсионеров.

В кафе Куракин пришел не один, а с большой компанией. И мужчины, и женщины были дорого и небрежно одеты, обращались к официантам с усталым дружелюбием и разговаривали о профессиональных делах, что было ясно по доносящимся до Серафимы отдельным фразам. Судя по всему, все эти красивые и успешные люди работали на телевидении.

За чашкой кофе Серафима разглядывала соседей и в одном из них неожиданно узнала Куракина. И сразу же припомнила все, что говорила про сына Антонина Васильевна. Ее рассказы Серафима обычно воспринимала как занимательные радиопередачи, потому что жизнь Андрея была слишком далека от ее собственной. С детства Куракин занимался биатлоном и считался подающим надежды юниором. Тренер уверял, что он балбес, но талантливый. Большую часть года Куракин не учился, а проводил в многочисленных спортивных лагерях и на тренировочных базах. Долго сказка сказывается, но потом попал он в сборную страны. Однако по-прежнему оставался балбесом, вел себя недостойно, принимал недозволенные препараты, нарушал дисциплину и вообще катился по наклонной плоскости. Его бы наверняка выперли из команды, но он ухитрился чудом выиграть какой-то большой чемпионат, заработал много денег и закрутил роман с известной телеведущей Настей Заречных.

А потом он получил травму, которая навсегда закрыла для него тему спорта. Настя Заречных бросила его ради известного шведского певца, бороздившего с концертами просторы нашей родины, но Куракин успел стать своим в телевизионной тусовке, зацепился на дециметровом канале и, судя по всему, преуспел.

Был он по-прежнему подтянутым и крепким, как во времена отрочества, но все острые углы стесал и приобрел капельку шарма. Серафиме захотелось с ним поздороваться, но она постеснялась. Однако судьба, как выяснилось позже, охотилась за ней с самого утра и распорядилась по-своему. Блондин в больших очках из окружения Куракина обратил на Серафиму внимание и принялся с ней заигрывать.

В конце концов на нее стали поглядывать все сидящие за соседним столиком, в том числе и Куракин, который ее наконец-то узнал.

— Серафима! — воскликнул он сливочным басом и хлопнул себя ладонью по колену. — Ну надо же, какая встреча! Сто лет тебя не видел!

«Маму надо чаще навещать», — подумала про себя та и помахала рукой.

— Это твоя знакомая? — оживился молодой человек в очках. — Пригласи ее к нам.

Куракин пригласил, причем сделал это лихо — поднявшись на ноги и стремительно переместив ее чашку кофе на свой столик.

— Отлично выглядишь, — одобрил он, когда Серафима уселась рядом с ним. — Познакомься, это мои друзья.

Он стал перечислять имена. Поименованные кивали, а она тут же забывала, как кого зовут. Девушки были недовольны ее появлением, из чего Серафима сделала вывод, что действительно хорошо выглядит. Молодого человека в очках звали Димой. Он оказался бойким и чрезвычайно назойливым. Ухитрился тотчас же всучить ей свою визитку, из которой стало ясно, что он телепродюсер.

Куракин рассказал, что теперь работает на одном из новых каналов и ведет ток-шоу «Силовой метод» и что ему очень пригодилась хорошая спортивная подготовка.

— Можешь посмотреть шоу сегодня вечером, в восемь часов. Я попал в прайм-тайм, а это совсем не хило, скажу я тебе.

Серафима чувствовала себя рядом с Куракиным легко и свободно, памятуя о детской беготне по подъездам и пирожках Антонины Васильевны, которые они тоннами поедали вдвоем. Благодаря этой приятной раскованности ей удалось произвести на друзей Андрея сильное впечатление. Она в меру смеялась, удачно вставила в разговор цитату из своего любимого «Крестного отца» и вообще вела себя именно так, как надо.

Андрей был удивлен тем, что смешная девочка Серафима превратилась в такую интересную и эффектную девушку. После второй чашки кофе он вдруг посмотрел на нее новыми глазами и понял, что в ней есть стиль и задорное обаяние. А уж ее улыбка! Фантастическая улыбка. Когда она была маленькой, даже самые злые бабки возле подъезда от ее улыбки как-то сразу съеживались. Впрочем, взрослая Серафима, как и прежде, не умела пользоваться своей улыбкой и раздавала ее направо и налево.

Когда стильный Дима словно ненароком положил свою длань на маленькую ручку Серафимы, Андрей испытал приступ зверской ревности. Неожиданно он понял, что ему не хочется делить подругу своего детства ни с кем другим. И тем более не хочется отпускать Серафиму просто так, не договорившись о новых встречах.

— Ну, вот что, — сказал он деловито. — Ребята, я отвезу девушку домой. Всем до завтра, пока.

Он вырвал у Серафимы из рук ложечку, которой она ковыряла тортик, и потащил за собой на улицу.

— Действительно домой поедем? — спросил он, остановившись возле вытянутой белой машины с тонированными стеклами. — Или, хочешь, пообедаем где-нибудь? И выпьем. То есть ты выпьешь, потому что я за рулем.

— Из меня алкоголик никакой, — честно призналась Серафима. — Но если тебе делать нечего, я могу составить компанию.

— Что значит — делать нечего? Я тебя приглашаю пообедать и пообщаться. Мне, может быть, это приятно.

— Наверное, мне тоже приятно. Но я еще не решила.

Куракин рассмеялся и подмигнул:

— Тогда поехали.

Он отвез Серафиму в небольшой ресторан на Покровке и принялся удивлять ее, заказывая диковинные закуски. Она пила вино и за компанию со старым другом выкурила сигарету. На самом деле, ей было просто приятно вертеть сигарету в руках и любоваться своими новыми ногтями. За все это время Серафиме даже в голову не пришло включить Куракина в свой список потенциальных мужей.

Простились они легко. Наверное, потому что знали, как друг друга найти. Возвратившись домой, Серафима еще довольно долго вертелась перед зеркалом, привыкая к своему новому образу. Да, это здорово она придумала со стратегией номер один! Пожалуй, у нее есть все шансы заарканить если не знакомого делопроизводителя, то уж шофера Володю точно.

Часа через два позвонили в дверь. Потряхивая челкой, Серафима отправилась открывать. Теперь она была «малышкой на миллион» и поэтому активно виляла задом. Это получалось у нее помимо воли, просто потому, что она ощущала себя обновленной и лучезарной.

На пороге стояла Антонина Васильевна. Это была невысокая женщина с плотным пучком на затылке и тревожными глазами.

— Симочка, ко мне Андрей приезжал, — с порога сообщила она. — Он сказал, вы с ним виделись.

— Виделись, виделись, — ответила Серафима, пропуская соседку в квартиру.

— Ой, а ты постриглась как необычно! И маникюр такой яркий... Выглядишь прямо куколкой. То-то Андрей все про тебя выспрашивал. Как он тебе показался? Ничего?

— Очень даже ничего, — засмеялась Серафима.— Не парень, а золото. Он, оказывается, у вас теперь телезвезда! А вы мне ничего не говорили.

— Так его передачу только запустили. И наш телевизор ее не показывает, — расстроилась Антонина Васильевна.— Вот я и не знаю, какая он звезда. Андрей обещал «тарелку» купить, на днях привезут.

— Хотите чаю, теть Тонь? — предложила Серафима, у которой было отличное настроение.

— Хочу, — быстро согласилась соседка.

Она почему-то нервничала и села, сцепив руки в замочек. Серафима принялась сооружать чай, хлопая дверцами навесных полок. Кажется, она даже насвистывала. В детстве ей попадало за это от тетки по первое число. Но теперь она уже выросла и сама себе хозяйка.

— Симочка, я у тебя хотела спросить...

— Что? — Серафима обернулась к своей гостье.

Та молитвенно сложила руки перед собой и с испуганной надеждой произнесла:

— Может, ты Андрюшку замуж возьмешь?

Серафима обалдела.

— Замуж? — переспросила она, широко раскрыв рот на букве «а». Брови ее поползли вверх. Ложка, которой она собиралась зачерпнуть из банки заварку, замерла в воздухе. — Вашего Андрюшку?

— А что? — немедленно вскинулась соседка и зачастила: — Ты же сама сказала, что он не парень, а золото. И зарабатывает хорошо, и перспективы у него на телевидении неплохие...

— Теть Тонь, — вытаращив глаза, Серафима опустилась на табуретку. — Вы же Андрюшку сейчас сватаете! Он что, вас просил?

— Да прям, — отмахнулась соседка и как-то сразу поникла. — Боюсь я, что заморочат ему голову всякие... Видела я его девиц! Что у таких может быть на уме, страшно подумать. Андрюшка ничегошеньки, Симочка, в женщинах не понимает, хоть и пыжится, что он, дескать, их насквозь видит.

Серафима блаженно закрыла глаза. Идея была столь прекрасна и так совпадала с ее собственными намерениями, что захватывало дух. Почему она сама об этом не подумала?! Полдня просидела с Куракиным в ресторане, кокетничала с ним, хохотала, рассказывала о своей жизни, и не сообразила, что он может стать именно тем счастливцем, которому она посвятит всю себя!

— А что, теть Тонь, хорошая идея, — сообщила Серафима, открыв глаза и весело посмотрев на обомлевшую соседку. — Если, конечно, я смогу сравниться с его девицами.

— Ты вот сейчас шутишь или правду говоришь?

— Правду, теть Тонь, чистую правду. Я тоже о замужестве мечтаю, мне так хочется кого-нибудь на руках носить! И обнимать крепко-крепко, — призналась Серафима, не сумев справиться с чувствами.

Антонину Васильевну нисколько не задело это

«кого-нибудь». Вероятно, желание отдать сына в хорошие руки было столь сильным, что она не собиралась обращать внимание на подобные глупости.

— Хотя... Может быть, Андрюшка думает, что я ему не пара? — вслух подумала Серафима. В ее словах была неискренность.

Вспомнив чудесно проведенный день, она поняла, что вполне может справиться с ролью супруги телезвезды. Выглядит она теперь на все сто... Да она и раньше очень даже неплохо выглядела!

Мила Громова постоянно удивлялась этой невероятной способности подруги преодолевать комплексы. Если бы ей кто-нибудь сказал, что у нее тощие ноги, это надолго повергло бы ее в пучину страданий. От Серафимы такие вещи отскакивали, словно теннисные мячи от стенки. Она могла взбурлить, как штормовая волна, но потом остывала, и все плохие мысли выветривались из ее головы. Критиковать ее внешность было неинтересно и совершенно бессмысленно.

— Уж какая родилась! — философски отвечала Серафима на любые замечания в свой адрес.

— Родилась нормальная, но юбку могла бы надеть и подлиннее, — бурчала Мила.

— В семьдесят лет мне будет казаться, что сейчас я невыносимо хороша! — отвечала Серафима.— Так что надо пользоваться моментом. И вообще: какая разница, какие у тебя ноги? История показывает, что на самые кривые ноги всегда найдется свой хороший человек.

Сейчас, глядя на оживившуюся соседку, Серафима прикидывала, как все может идеально сложиться. Жить они с Андреем будут тут, а Антонина Васильевна поможет им с внуками. Просто сказка, а не план! Оставалась самая малость — окрутить Куракина, стреножить его и вдохновить идеей замужества.

Ждать Серафима была не намерена. Жизнь без любви — все равно что новогодняя елка без гирлянды. Если уж праздник, то все должно сверкать, мигать и переливаться.

Глава 4

Даша пришла на работу на час раньше, чем положено. С большим чемоданом неопределенного цвета, который казался оригинальным уже потому, что был невозможно древним. Бросались в глаза зловещего вида замки и бурые опрелости на боках. Конечно, в семье имелись и другие чемоданы — не привлекающие внимания, матерчатые конвейерные изделия с широкими застежками-«молниями». Но кто бы ей такой отдал?

— Если бы она выходила замуж, — сказала мама, обращаясь в основном к мужу, — тогда — да. Тогда ей выделили бы полосатый чемодан в качестве приданого. Немецкий, между прочим. А раз она просто сбегает, потому что не хочет жить вместе со всей семьей, пусть забирает то, что семье уже не может пригодиться.

Даша понимала, что измотанная заботами мама сердится потому, что теряет пару рук, которые так помогали ей по хозяйству. И все равно было обидно.

— Я не сбегаю, — в который уже раз возразила она, надеясь, что выплакала все слезы ночью, и они не польются снова. — И, кстати, что изменилось бы, если бы я выходила замуж?

— Она никогда не выйдет замуж, если все останется по-прежнему, — резко бросил девятнадцатилетний Макс, в сердце которого уже давно зрел бунт против диктата и тирании старших. — Дашка все время хочет спать, даже смешно.

— Макс прав, — неожиданно высказался отец, который из-за внезапно объявленного Дашей решения не поехал на свою конференцию. — Девочка совершенно замотана.

Он стоял возле стола в рабочем костюме и потел, потому что утро выдалось на редкость жарким. Окна распахнули настежь, но прохлады не ощущалось: комната была набита ватной жарой, и даже думать не хотелось, что случится днем, когда солнце, войдя в зенит, атакует город.

— Птенцы должны вылетать из гнезда, когда они уже оперились, — продолжал отец, глядя на старшую дочь с подозрением, словно оценивая: оперилась она или нет.

— Мне двадцать пять лет, — немедленно напомнила Даша. — Мам, ты в двадцать пять лет уже любила папу и родила ребенка!

— Я — это совсем другое дело, — резко бросила мама, запахнув поглубже халат. — Семья была нужна мне, как воздух.

— Почему ты думаешь, что мне она не нужна? — воскликнула Даша. — Я хочу своего мужчину, своих детей!

— Мужчину можно найти и так, дело нехитрое. А детей... Вон их сколько, тебе что, мало?! — мамино возмущение было таким бурным, таким яростным, что маленькая Нюша не выдержала напряжения и заплакала.

Папа немедленно подхватил ее на руки и прижал к груди.

— Все, баста, — сказал он. — Даша уходит в свободное плавание. Со старым чемоданом. И снова обратился к жене: — Маша, перестань. Мы с тобой такой вариант развития событий уже сто раз обсуждали. Рано или поздно это должно было случиться.

— А я не верила! — бросила мать. — Я думала, что вот появится у нее кто-нибудь, и уж тогда...

— У нее появился Толик, — напомнила Полинка, которой в ее семнадцать семейные сцены казались таким же развлечением, как ежемесячные походы в кино. — Но он ее замуж не взял.

— Толику больше не хочется приглашать меня на свидания, — повела плечом Даша. — Я ему постоянно отказываю, потому что занята по дому.

— Ну, и сказала бы! — сердито возразила мама. — Мы бы вставили твое свидание в семейное расписание. В конце концов, Толик просто мог бы по выходным присоединяться к нам. Это же такое удовольствие — быть всем вместе! И мы бы приняли вас, правда, дети?

Дети скептически молчали, Нюша продолжала хныкать на руках у отца.

— Сдался нам этот Толик, — проворчала Полинка. — Мам, ты на Дашку теперь все время сердиться будешь?

— Да не будет она сердиться, — ответил папа вместо поджавшей губы жены.

— Тетя Лида сказала, что когда Дашка была маленькая, она обещала стать вектором, — неожиданно заявил Миша, который все это время сидел на ковре, поджав под себя ноги, и вязал узлы из бахромы на диванном покрывале. — А вы сделали из нее отрезок.

— Тетя Лида так сказала?! — возмутилась мама.

Тетя Лида тоже была из детдома, они дружили с детства и были друг другу все равно что родня.

— Судя по всему, ребенок постоянно подслушивает разговоры взрослых, — заметил Макс «педагогическим» голосом.

Тут все заговорили одновременно, переключившись на какие-то внутренние семейные проблемы, и Даша ушла. Отец отправился провожать ее, озабоченно хмурясь.

— Ну, вот что, — сказал он строгим тоном. — До вечера ты должна сообщить мне, где остановишься, поняла? И не возражай! Я на твоей стороне, но волноваться за тебя не собираюсь, у меня нервы, знаешь, не железные. Если не найдешь пристанища, отправишься к тете Лиде, я ее предупрежу. Дай мне слово.

Даша дала слово, поцеловала отца в выбритую щеку и переступила через порог. В чемодане лежало совсем немного вещей, поэтому ей удалось без труда поднять его и вынести из дома. Ею владели странные чувства. С одной стороны, она была абсолютно уверена в своей правоте, а с другой... Испытывала вину.

Выйдя на улицу и взглянув на заросли боярышника, за которыми пряталась та деревянная скамейка, на которой она ночью излагала историю своей жизни Олегу Шумакову, Даша прикусила губу. Она неожиданно поняла, что если бы не его вмешательство, она вряд ли решилась бы на скорый побег.

Но Шумаков существовал. Он жил где-то рядом, гулял с Булькой, ел на завтрак вареные яйца или бутерброды с колбасой... Впрочем, возможно, он поборник здорового образа жизни и питается исключительно овощами, фруктами и рыбой, приготовленной на пару. Даша улыбнулась. В такое она и сама не верила. Никто не выглядит спокойным и полным жизни, если ограничивает себя в столь простой и важной вещи, как еда.

Даша некоторое время раздумывала, куда деть чемодан. Может быть, поехать к тете Лиде и оставить его до вечера там? За день она придумает, где ночевать. Возможно, тетя Лида вообще разрешит ей пару дней спать на диване в гостиной, пока Даша не подыщет подходящую комнату.

Но гораздо больше ей все-таки хотелось появиться со своей поклажей на работе — и чтобы Шумаков ее увидел. В этом случае он обязательно спросит, как она устроилась и где собирается жить. У них завяжется разговор и, возможно, он предложит вечером проводить ее, почему бы и нет?

Подчинившись инстинкту, Даша поехала в офис. И приехала за час до начала работы, гораздо раньше всех остальных. Поставила вещи у входа, на самом видном месте и включила компьютер. Некоторое время просматривала почту, потом встала, подошла к двери и чуточку приоткрыла ее — так, чтобы было видно, кто идет по коридору. Вдруг Олег Петрович приедет раньше всех? Он заглянет в приоткрытую дверь, поздоровается, увидит чемодан...

Короче говоря, чемодан занимал в ее мыслях очень важное место. Даша все время смотрела на него, вспоминая, что лежит внутри. Немного одежды, умывальные принадлежности, косметичка, два полотенца, несколько сумочек, нижнее белье... Будто бы она отправляется в командировку, а не начинает новую, совершенно самостоятельную жизнь.

В новую жизнь ей пока не особенно верилось. Чтобы почувствовать ее вкус, нужно было сначала найти крышу над головой. Но это ерунда, она, конечно, подыщет себе квартиру. Устроит в ней все так, как ей хочется. «Можно будет читать вечером в постели, — с щенячьим восторгом поняла Даша. — Первым делом куплю себе торшер и большую подушку!» Тихонько засмеявшись от удовольствия, она вышла из-за стола, подняла руки вверх и сладко потянулась, представляя, как все будет.

Именно в этот момент Шумаков заглянул в ее кабинет.

— Здрасьте, — сказал он с радостным изумлением. — Как приятно увидеть ранним утром счастливого маркетолога!

Даша пискнула и мгновенно опустила руки вниз.

— Да я тут, видите ли... — Она рукой указала на чемодан, который должен был ему все объяснить.

— Вот это характер! — восхитился Олег. — Ночью рыдает, утверждая, что у нее нет выхода, а на рассвете уже собрала барахлишко и отправилась, так сказать, в большое плавание.

Он вошел в кабинет, не отводя глаз от порозовевшей Даши.

— Я уже давно собиралась отправиться в плавание, — призналась та. — Но без вас мне бы смелости не хватило.

— Не выдумывайте. Я тут совершенно ни при чем. Это ваше собственное решение. Я знаю женщин: если им чего-то не хочется, можно ставить крест на всем предприятии. Вы уже придумали, где будете ночевать?

— Нет еще.

Даша вспыхнула, и Олег усмехнулся:

— Фирма может вам помочь. У нас есть общественная жилплощадь, я на время могу удружить ее вам. Причем совершенно бесплатно.

— А что это за... общественная жилплощадь?

Дашино сердце совершенно неожиданно пустилось в пляс. Ей даже пришлось приложить к нему ладонь, чтобы оно не прыгало, словно очумевший заяц. Вот это да! Кто бы мог подумать? Этот потрясающий, невероятный, восхитительный мужчина хочет принять участие в ее судьбе!

После Толика, блеклого, словно фотография в плохо отпечатанной газетенке, Шумаков казался ей практически небожителем.

— Двухкомнатная квартира в двух кварталах отсюда. Не блеск, конечно, но на первое время сойдет. Считайте, что это поощрение от фирмы за вашу будущую отличную работу.

Даша стесненно кивнула:

— Это было бы очень хорошо.

— Тогда я разыщу ключ и вечером вас туда отвезу. Вас и ваши пожитки. — Олег схватил чемодан за ручку и приподнял, проверяя вес. Тут же вынес вердикт: — Легкий. Вижу, вы проявили неслыханное благородство, унеся из дома два носовых платка и домашние тапочки. Слушайте, может, вам деньги нужны? На обустройство?

— Ой, нет. Денег мне точно не надо, — помотала головой Даша, отчаянно пытаясь взять себя в руки. Ну что это она, в самом-то деле, расплылась, будто клюквенный кисель? Вчера выла за гаражами, сегодня краснеет и мямлит... Еще немного, и босс решит, что она не соответствует занимаемой должности. Кому нужны робкие и стыдливые маркетологи? На самом-то деле она вовсе не такая!

Между тем Олег был страшно далек от мыслей о маркетинге. Ему так нравилось покровительствовать Даше Азаровой, что он и сам диву давался.

— Ладно, тогда до вечера, — сказал он и тут же спохватился: — Нет, слушайте, что это я? У нас сегодня в три часа совещание, вы обязательно должны быть. Хочу выслушать ваши соображения относительно нашего последнего проекта. Мысли есть?

— У меня полно мыслей, — задорно ответила Даша.

Олег решил, что в этом заявлении кроется личный подтекст, и ушел, окрыленный.

На совещании, которое он начал ровно в три часа, не дождавшись опаздывающего коммерческого директора, Олег незаметно для остальных приглядывался к Даше. «Вот какая женщина мне нужна, — думал он, счастливый оттого, что его протеже оказалась дельным работником. Это было понятно всякому, кто слышал ее выступление. — Умная, деловая, выросшая в простой, хорошей семье. Судя по всему, у нее нет никаких заскоков. Мелкие недостатки не в счет. Женщины без недостатков приедаются, словно пельмени по четвергам».

Конечно, немаловажным было и то, что Дарья Азарова родилась симпатичной. И одевалась она со сдержанной элегантностью, хотя и небро́ско. И глаза у нее были особенные — яркие, живые и внимательные. Этой девушке еще предстояло опьянеть от жизни — хорошей, стабильной жизни, которая может показаться ей поистине волшебной.

Заканчивая совещание, Олег уже чувствовал себя тем самым чародеем, который произнесет волшебное заклинание. Черт побери, он был готов к этому.

Возвратившись в свой кабинет, Даша привалилась спиной к двери. Босс вел себя глупо. Он просто глаз с нее не сводил! Она бросилась к столу, достала пудреницу и сунула в нее нос. Так и есть — физиономия сияет, как надраенный пятак. Ужас, ужас. Вдруг сегодня она, благодаря пристальному вниманию Шумакова, нажила себе врагов? Или, вернее, врагинь? Не может быть, чтобы столь привлекательный начальник не интересовал ни одну из сотрудниц.

И тут вдруг Дашу обожгла ужасная мысль, которая раньше даже не приходила ей в голову. А что, если Шумаков женат?!

Они ни о чем подобном не говорили, и он не намекал ни на какую жену... Обычно мужчины сразу подают сигнал, информируя о своем семейном положении. Например, вчера ночью Олег мог бы, словно между прочим, сказать: «Обычно с Булькой гуляет моя жена, но сегодня у нее был тяжелый день». Впрочем, кто его знает? Может быть, он считает наличие жены чем-то само собой разумеющимся. Но для нее, Даши, это изменит все. Мгновенно перейдя от радости к отчаянию, она принялась размышлять, что делать. И решила отправиться на разведку.

Примерно через час в кабинет Шумакова вошла начальница производственного отдела — седая, сухощавая женщина в узких очках без оправы.

— Вот документы, которые ты просил. — Она

единственная обращалась к директору на «ты», пользуясь своим возрастом и положением старейшего сотрудника компании. — Кстати, будь начеку.

— Что такое? — вскинулся Олег, решив, что у них какие-то неприятности.

— Наш новый маркетолог уже ведет разведку. Пытается узнать, женат ли ты.

— Ну да? — на его лице появилась глупая улыбка.

— Не боишься? — поинтересовалась посетительница.

— Я сам ее спровоцировал, — признался он и подмигнул.

— Тогда ладно.

Начальница производственного отдела, поскрипывая удобными туфлями, вышла из кабинета и двинулась по коридору. Возле кабинета маркетолога она затормозила и, коротко постучав, вошла.

— Как у вас тут дела? — спросила она Дашу, которая еще четверть часа назад ошивалась возле кофейного автомата, пытаясь завязать неформальный разговор со всяким, кто приходил разжиться чем-нибудь горяченьким.

— Хорошо, — ответила та с ноткой недоумения в голосе.

— Кофе показался вам подходящим? Его все ругают, кроме нашего босса. Ну, это и понятно! Была бы у него жена, она бы по утрам варила ему настоящий кофе. А поскольку он холостяк, то просто вынужден пить всякую бурду.

Махнув рукой, начальница производственного отдела стремительно покинула кабинет. Когда она закрывала дверь, Даша заметила на ее лице коварную улыбочку. Она застонала и уронила голову на руки. Боже, ее раскусили!

До самого вечера бедолагу бросало то в жар, то в холод, она переходила от радости к испугу, от испуга к отчаянию. И только когда появился Шумаков, Даша вздохнула с облегчением. Он пришел, как обещал, — и будь что будет.

Олег донес ее чемодан до своей машины и уложил его в багажник.

— Ну все, — радостно сообщил он, повернувшись лицом к Даше. — С завтрашнего дня про нас начнут сплетничать. Уезжаем вдвоем, прихватив чемодан... Можно подумать буквально все, что угодно. Вас это не смущает?

— Нет, — ответила та, посмотрев Олегу прямо в глаза. — Если, конечно, вы не проделываете этот трюк с общественной жилплощадью... постоянно.

Ее улыбка была храброй, но руки дрожали. Он заметил это и усмехнулся:

— Нет, уверяю вас, до сих пор я не занимался трюкачеством.

— Тогда поедем, — решительно сказала Даша. — Рассчитываю на ваше благородство.

— Господи, где вы нахватались таких слов? — пробормотал Олег, заводя мотор. — Ужасная женщина. Современные маркетологи не должны быть такими трепетными.

Сначала они заехали за Булькой и погуляли с ним, потом завезли чемодан в новое жилище Даши, которое показалось ей дворцом. Там был паркет, феерическая люстра и большие окна, из которых открывался вид на парк.

Олег не дал новой жилице даже снять туфли.

— Потом будете все рассматривать. А сейчас мы отправляемся ужинать. И не ищите в этом ничего... Как вы там сказали? Неблагородного. Просто история вашей жизни произвела на меня неизгладимое впечатление и я дал себе слово вам помочь. Кроме того, мне приятно ваше общество.

— Ладно, — улыбнулась Даша. — Уговорили, едем ужинать. Только — чур! — это не свидание. А продолжение вашей бескорыстной помощи.

— Ловко вы все умеете обтяпать, — пробормотал Олег. — Ну, пусть не свидание. Дружеская вечеринка вас устроит?

Когда они уселись в машину, Даша неожиданно для себя ляпнула:

— Вообще-то неловко, что вы мой начальник.

— Неловко? А, понимаю! Субординация и все такое... Действительно, противная штука. С другой стороны, не окажись вы моим сотрудником, я бы не стал выуживать вас из-за гаражей и приводить в чувство.

Даша хмыкнула. О чем бы они там не договаривались, все равно получалось, что у них свидание. Самое настоящее, с вином и свечой на столе. Правда, свечи — маленькие кругляшки, плавающие в чаше с водой, — официанты зажигали для всех гостей без разбора, но Даше было приятно и немножко страшно. Кажется, она пустилась в гораздо более серьезное путешествие, чем рассчитывала...

— Давайте перейдем на «ты», — предложил Олег, когда им подали меню.

Даша бросила на него осторожный взгляд из-под ресниц. Все происходило так стремительно! Кажется, даже слишком стремительно.

— Давайте, — согласилась она. — Только когда мы на работе, я по-прежнему буду звать вас по имени и отчеству.

— Будет забавно, — ухмыльнулся Олег.

«Только бы он не захотел сегодня остаться на ночь, — неожиданно подумала Даша, бессмысленным взглядом скользя по строчкам с названиями блюд. — Я сейчас ни к чему такому не готова».

К его чести, ни на что подобное босс даже не намекнул. Даша решила, что он отличный стратег. Недаром же его бизнес процветает! Однако Олег руководствовался иными соображениями. У него были не то чтобы обязательства, но... Имелась девушка, которой он должен был сообщить об изменениях в своей жизни.

Ужин прошел замечательно. Даша, которая, как Олег подозревал, в ресторанах вовсе не бывала, выглядела непринужденной. Судя по всему, она обладала особым даром — держаться достойно в любой ситуации. Такой дар очень пригодился бы жене какого-нибудь политического деятеля или дипломата. Но Олегу не хотелось представлять себе Дашу рядом с другим мужчиной.

Уже наступила ночь, а они все болтали и никак не могли расстаться. Наконец, кавалер посмотрел на часы и призвал на помощь здравый смысл. Они засобирались домой.

На улице шел дождь — не дневной деловитый дождь, а ночной, жуткий, отхлестывающий тротуары косыми струями. Зонта у них с собой не оказалось, и пока они бежали до машины, Олег держал над Дашей пиджак. Но пиджак совсем не помог — оба тут же вымокли до нитки. Вода текла по волосам, по лицам, Даша слизывала ее с губ и удивлялась тому, что не чувствует никакого привкуса. В послевкусии городского дождя должно быть много всяких оттенков. Например, возле дома, в котором они жили, когда она была совсем маленькая, у дождей был вкус жести и травы.

Когда они забрались в машину, Даша сразу же принялась мелко дрожать. Усевшись за руль, Олег включил зажигание, поколдовал над приборной панелью и пообещал, что в салоне скоро станет тепло. Потом взял Дашу за шею, притянул к себе и поцеловал в губы.

Она закрыла глаза и приготовилась провалиться в бездну... Но ничего не произошло. Это были просто мужские губы — довольно нежные и приятные. Ни в какую бездну она не провалилась, теплая волна не прокатилась по ее телу, голова оставалась трезвой. «Так бывает, — уговаривала себя Даша, откинувшись на сиденье. — Мы еще просто не привыкли друг к другу. Потом все наладится. Вконце концов, у меня случился сумасшедший день. Еще вчера я даже не знала, что сбегу из дома».

Олег уверенно вел машину сквозь ливень. Из темной воды, валившейся с неба, то и дело выплывали цветные горошины светофоров. Иногда ее симпатичный шофер поворачивал голову, смотрел на Дашу и ободряюще улыбался. Как будто знал, о чем она сейчас думает.

Ему понравилось целовать ее. Еще за ужином он размышлял, стоит ли это делать, и если стоит, то когда. Потом поддался настроению и поцеловал ее сразу, как только они очутились в машине. У ее поцелуя был незнакомый леденцовый вкус.

Чтобы распробовать этот вкус, он поцеловал ее во второй раз, уже возле подъезда. И если честно, ждал жестокого нападения страсти, ждал, что ему захочется стиснуть Дашу в объятиях и больше не отпускать. Что ему придется бороться с собой, черт побери! Однако столбик термометра не поднялся выше среднесуточной температуры. Поэтому через минуту он выпустил девушку из рук и весело сказал:

— Все, как ты просила: дружеский поцелуй на ночь и никаких фокусов.

Она улыбнулась ему зачарованной улыбкой:

— До завтра, босс.

— Прими горячий душ и ложись спать. Утром у нас важные переговоры.

Олег побежал к машине, потом обернулся и помахал ей рукой.

Войдя в квартиру, Даша скинула мокрые туфли и сразу же задвинула шторы. Потом разделась догола и сплясала что-то вроде негритянского танца — с подергиваниями и уханьем. В ее новом жилище было много света и свободного пространства. Именно этого ей всегда так не хватало!

Маме она сегодня звонила несколько раз, но та держалась холодно и едва отвечала на вопросы. Это была, как говорят политики, откровенная демонстрация силы. Даша дала себе слово не поддаваться на провокации, рассчитывая, что со временем все образуется.

Конечно, она думала о том, как они все справляются без нее. Кто отвел Мишу на тренировку? Не поднялась ли к вечеру у Ваньки температура? Пики его болезней всегда случались по ночам. А как выступил Макс? Когда она сегодня разговаривала с ним по телефону, он великодушно разрешил ей не приходить на концерт. В честь начала ее новой жизни. «Сопляк, а туда же, — с нежностью подумала Даша. — Ведет себя как взрослый мужчина. Проявляет благородство».

Вспомнив о родных, Даша едва не прослезилась. Но потом приказала себе прекратить распускать нюни. Ее решение непоколебимо. Она любит свою семью, но просто не может уступить ей свою молодость. Молодость не вернется никогда, и если не воспользоваться моментом, жизнь просто пройдет мимо.

Приняв душ, Даша решила, что вещи разберет завтра, а сейчас отправится спать. Чистое постельное белье лежало в шкафу вместе со сложенным по-солдатски одеялом и синтепоновой подушкой. Вконце концов, это почти гостиница, чего удивляться? Упав на кровать, она раскинула руки и блаженно улыбнулась. Боже, она одна! Одна дома. Какое это невероятное, нечеловеческое удовольствие!

Господи, ну и натворила она сегодня дел.Ушла из дома, целовалась с боссом... Рассказать кому-нибудь — не поверят. Впрочем, кому она будет рассказывать? Толику?

Хм. Толик... Если у нее с Олегом вдруг случится роман, Толика придется как-то проинформировать о том, что его статус жениха неожиданно утрачен. Естественно, Даша тут же принялась мечтать о будущем. Вот она становится невестой Олега, а потом и его женой. Олег выносит ее из ЗАГСа на руках, и мама с папой, конечно же, прощают Дашу и радуются ее счастью.

Потом — медовый месяц. Они с Олегом летят за тридевять земель — в Таиланд или в Новую Зеландию, валяются на песке, пьют украшенные зонтиками коктейли и занимаются любовью в шикарном гостиничном номере на огромной кровати.

Именно в этом месте воображаемое прекрасное будущее начало «заедать», как старая пластинка. Даша вынуждена была признаться себе, что вопрос о любви довольно спорный. Конечно, у нее нет гигантского любовного опыта, но какой-то все-таки есть. И этот опыт подсказывал ей, что маленькая ложечка дегтя может испортить ту огромную бочку меда, которую судьба неожиданно ей подбросила.

— Нет, не может быть, — вслух сказала Даша, убаюканная шумом дождя за окном. — Я так долго была одна, так у меня складывалось все... безрадостно! Должна же я получить хоть какую-то награду за все свои страдания.

Она свято верила в закон равновесия. Если черная полоса никак не кончается, то потом ты обязательно получишь награду. Возможно, младшие братья и сестры сформировали в ней эту наивную веру в то, что все будет хорошо.

— Все будет хорошо, — пообещала она себе и почти сразу уснула.

Глава 5

—*П*ервое впечатление я на него уже произвела, — говорила Серафима без всякого самодовольства. Просто констатировала факт. — Теперь нужно сделать молниеносный бросок...

— Опять блицкриг? — возмутилась Мила.— Тебе Погорелова мало? Тут необходима постепенность.

— Тю! — отмахнулась Серафима.— С мужчинами нельзя долго возиться. Они или хотят иметь с тобой дело, или не хотят. Понимают это с полплевка, кстати. И если мысленно тебя отвергают, обхаживать их совершенно бессмысленно. Но если уж положили глаз, нужно брать их тепленькими.

— Тоже мне, знаток мужских душ, — сердито сказала Мила, которую обычно с полплевка и отшивали. В чем тут дело, она не понимала и страшно досадовала на судьбу.

— Ну, по крайней мере, пока все работает. Андрюша позвонил на следующий день после нашей первой встречи. На второй день приехал с огромной коробкой конфет.

— Он по-прежнему видит в тебе подружку детства, — с умным видом сказала Мила, покачивая ногой. — Если бы ухаживал, подарил бы цветы.

Подруги снова сидели на кухне, пили чай и обсуждали личную жизнь.

— У нас с ним еще все впереди, — сердито ответила Серафима. — И сегодня, между прочим, я иду к нему на эфир. Это что-то значит, правда?

— Могла бы и меня с собой взять, — пробурчала Мила. — Я никогда на съемках не была.

— Да? А куда мы с Андрюшей потом тебя денем?

— Когда это — потом?

— Потом, после съемок? Вдруг нам захочется интима, захочется целоваться в машине и сразу же ехать домой... А тут ты.

— Ну, я не маленькая, могу сама добраться.

— Конечно, — скептически заметила Серафима. — На такси ты ведь не разоришься, так? Метро там рядом нет. Значит, Андрей, как настоящий джентльмен повезет тебя сам. Короче, испортишь нам всю романтику.

— И это говорит моя лучшая подруга, — вздохнула Мила. И тут же снова оживилась. — Меня, знаешь, что интересует. Ты уверена, что после романтики тебе удастся склонить его к женитьбе? Что, если ему снова захочется романтики, а потом снова романтики...

— А вот тут... Тут я применю стратегию номер шесть, — заявила Серафима и похлопала ладонью по журналу, который лежал на столе.

— И что ты уцепилась за эти стратегии? Может быть, их никто не проверял? Так, одни умствования.

Мила посмотрела на журнал со статьей про

стратегии. На носу Джессики Альбы стояла сахарница.

— Стратегия номер шесть, — не слушая ее, продолжала вещать Серафима, — очень проста, понятна каждой женщине и тысячи раз испытана на живых мужчинах.

— Ну-ка, ну-ка...

— Нужно вызвать в объекте дикую ревность. Заставить его понять, что добычу могут отобрать. Тогда ему придется пошевеливаться. Это сто раз работало, сработает и в моем случае.

— А к кому твой Андрей должен будет ревновать? К шоферу мусоровоза? — скептически поинтересовалась Мила. — У тебя под рукой никого нет.

— Был бы кролик, а травка найдется, — Серафима взяла щетку и принялась с усердием расчесывать челку. — Я нормально выгляжу?

— Пока что нормально. Но кто знает, что ты на себя напялишь, когда соберешься ехать в «Останкино»?

— Я ходила по распродажам и прикупила себе несколько прелестных платьев. В момент соблазнения мужчины женщина обязательно должна быть в платье.

— Кто тебе это сказал? — в голосе Милы слышался скепсис. — Еще один глянцевый журнал? Честное слово, смешно.

— Посмеешься, когда я замуж выйду.

— Конечно, ты сейчас на меня накинешься, — пробормотала Мила, глядя в окно. — Станешь кричать, что я говорю не как подруга...

— Ну что, что?

— Спорим, что ты не выйдешь замуж за Куракина? У тебя ничего не получится.

— Да почему же это? — закричала Серафима, которую ужасно расстроили ее слова.

— Потому что потому. Ты ведешь себя как дура. Ты хочешь любить, да? Хочешь семью, чтобы все было, как в кино. И при этом упускаешь самое главное — ты тоже должна любить, Серафима. А ты своего Куракина не любишь.

— Кто тебе сказал, что не люблю?! Иди сюда!

Она потащила Милу в комнату, схватила пульт и включила сначала телевизор, а потом запись, сделанную на DVD. На экране появилась заставка программы «Силовой метод». Буквы закрутились, побежали титры, и вот прямо с экрана девушкам улыбнулся статный ведущий.

— Смотри, какой парень! — продолжала наседать Серафима, бегая вокруг Милы. — Как его можно не любить? Само очарование!

— У, какой мордатый, — удивилась Мила. — Я думала, биатлонисты поджарые, как волки. Они же на лыжах бегают.

— Сама ты мордатая, — рассердилась Серафима. — От него просто глаз не оторвать. Мечта, а не мужик. Конечно, я его полюблю, даже не сомневайся. Ты бы не полюбила?

— Нечестно спрашивать, — бросила Мила через плечо. — Ты же знаешь, что я полюбила бы уже и тюфяк с глазами. И чего мужикам во мне не нравится?

— Ты задаешь этот вопрос уже лет пять подряд, — ответила Серафима, плюхнувшись на табуретку. Табуретка протестующе взвизгнула. — Или шесть, я уже со счета сбилась. Понимаешь, Милка, ты готовая жена. Положительная, умная, дальновидная. На тебя могут клюнуть только пожилые и разведенные. Так сказать, нахлебавшиеся. Вот они тебя оценят.

— Нет, — печально покачала головой Мила. — После того, как они нахлебались, им снова хочется погулять. Свободы хочется. Меня они за версту огибают.

— Тогда делай, как я. Прикинься, что тебе тоже свобода нужна, — Серафима вытащила откуда-то косметичку и принялась перебирать футляры с губной помадой. — Это сафари, дорогая моя, а не зоопарк.

— Раздухарилась, — пробурчала Мила. — У тебя то смех, то слезы. Какая из тебя жена?

— Отличная, — отрезала Серафима. — Кстати, ты хотела поспорить со мной на Куракина. Выйду я за него замуж или нет. Я говорю, что выйду.

— А я говорю, что нет. На что спорим?

— На сто баксов.

— Ого. Если он узнает, он тебя убьет, — пообещала Мила.

— Как это он узнает? Он может только от тебя узнать. Тогда пари потеряет силу. Ты еще удивишься, как я обтяпаю это дельце.

Мила села и стала наблюдать, как подруга готовится в поход. Серафима собиралась быстро, легкомысленно и небрежно. Совсем не то, что она сама.

— Если бы мне предстояло идти на свидание, да еще с телезвездой, я бы начала собираться ранним утром, — призналась Мила, откидывая косу за спину. — У меня очень много зон риска, над которыми надо работать.

— Девушки вообще состоят из одной сплошной зоны повышенного риска, — пожала плечами Серафима, сбегав в ванную и вернувшись в кружевном белье. — Ну, как тебе гарнитурчик? Соблазнительно?

— Ой, не спрашивай меня, Сима, мне на выпирающие косточки всегда смотреть страшно. Я ничего, кроме твоего скелетика, не вижу. Мне кажется, у женщины должна быть, по крайней мере, попа.

— Да вы вдвоем со своей попой мне просто завидуете, — хмыкнула Серафима, натянув на себя вполне скромное платье темно-красного цвета.

— А чем ты его украсишь?

— Ничем. Высокий каблук — и все, я неотразима. Еще яркая губная помада. Посмотри на меня, ну, какова?

— Благодаря наглой уверенности в себе ты выглядишь хорошо, — вынуждена была признать подруга. — Куракин за тобой приедет?

— Нет, машину пришлет. Не обижайся, в следующий раз мы поедем в «Останкино» вместе, обещаю.

— Это если ты пари выиграешь, — напомнила Мила. — И не говори, что я злая. Я тебя хочу к плохому подготовить. Если оно вдруг случится, ты уже не так расстроишься.

Однако обе они знали, что если случится плохое, Серафима расстроится все равно, будут ее к этому готовить или нет.

* * *

В «Останкино» возле проходной Серафиму встретила маленькая верткая девушка, которая повела ее по длинным, довольно унылым коридорам. Вокруг были двери, двери и двери. Навстречу попадались группки людей, чаще всего озабоченных. Девушка шла целеустремленно, с Серафимой не разговаривала, только иногда нетерпеливо оборачивалась, чувствуя, что гостья отстала. Наконец, завела ее в гримерку и велела подождать.

Это была просто комната со старым шкафом, большим зеркалом, столом и стульями, которые стояли здесь исключительно для удобства. Никого не интересовало, как они выглядят. На столе, накрытом клеенкой, обнаружилась большая тарелка с печеньем и конфетами, замурзанный электрический чайник и горка разномастной посуды. Дальше, на узкой стойке, стоял утюг, несколько бутылок воды и стаканчик с карандашами и ручками.

Серафиме было непривычно и странно находиться в комнате, где собирались гости перед эфиром. Она села и закинула ногу на ногу, разглядывая собственные коленки, так часто критикуемые Милкой. Коленки были не хуже и не лучше, чем у половины жительниц земного шара.

Ну, может, не такие округлые, как хотелось бы некоторым, но и безусловно не настолько ужасные, чтобы их прятать. Серафима была уверена, что женщина производит на мужчину впечатление сразу. Вся, целиком. Никогда он не рассматривает ее маникюр или лодыжки по отдельности. Это все приходит потом, когда ты осточертеваешь ему, и он начинает искать в тебе недостатки. Тут уж глаз у него становится зорким, как у орла.

Андрей вошел в гримерку стремительно, за ним стелился аромат парфюма, реклама которого красовалась на главных баннерах столицы. На нем были серые брюки и синяя рубашка с большим воротником. В ней он выглядел франтом.

— Сера, как я рад тебя видеть!

Он приблизился к ней, наклонился и поцеловал в щечку. Серафима даже не изменила позу. Пусть смотрит на ее коленки! Пусть видит, какая она раскованная и яркая.

— Не зови меня Серой, люди будут смеяться.

— Пусть смеются. Они не знают о нашем общем прекрасном прошлом, — Андрей схватил ее за руку и потянул, побуждая подняться. — Пойдем, я посажу тебя на самое выигрышное место в студии. И попрошу оператора, чтобы он почаще наводил на тебя камеру.

Он снова вывел ее в коридор, протащил мимо нескольких дверей, похожих на вход в классы в какой-нибудь старой-престарой школе, и пропустил перед собой в студию. Студия оказалась довольно большой, загроможденной аппаратурой. По правую руку высились «трибуны» для публики, слева находилась съемочная площадка. Повсюду висели осветительные приборы, там и тут светились серо-белые экраны камер. Серафима мгновенно наступила на спутанные кабели, жирными черными змеями валявшиеся под ногами. Андрей поддержал ее и крикнул кому-то:

— Реджина! Я ее привел.

Откуда-то вынырнула очень симпатичная и очень деловая девушка в черном пиджаке, надетом на футболку, в узких очках.

— Пойдемте, я покажу вам место.

Андрей снова поцеловал Серафиму в щечку и обнял за плечи, шепнув:

— Если ты все это выдержишь, обещаю накормить тебя потрясающим ужином.

Серафима сидела на своем месте, словно болельщица на стадионе, и думала, что это означает: «Если ты все это выдержишь». Примерно через полчаса она это поняла. Съемку задерживали, потому что кто-то из участников шоу застрял в пробке. К тому моменту, когда запись началась, в студии уже было так душно, что хотелось растолкать публику и немедленно рвануть на свежий воздух. Софиты жарили нещадно, и у Серафимы почти сразу потекли тушь, помада и крем-пудра. Доставать из сумочки ничего не разрешалось, пересаживаться и уходить тоже. Можно было лишь улыбаться и по команде хлопать в ладоши.

К Андрею и гостям, находившимся на съемочной площадке, в каждом перерыве подскакивали девушки, которые обмахивали их лица кисточками и протирали салфетками. Кроме того, у них там, на сцене, была вода, которую все, как один, жадно отхлебывали из стаканов.

— Третью передачу подряд снимают, — доверительно шепнула Серафиме старушка, сидевшая справа. На ней был выходной костюм, подсиненные волосы блестели, словно кукольные. — Немудрено, что здесь уже дышать нечем. Сначала одни дышали, потом другие, теперь вот мы.

— А что же здесь не проветривают? И не кондиционируют? — тоже шепотом удивилась Серафима.

— Насчет кондиционеров ничего не скажу. Наверное, не справляются они с нагрузкой. Здесь же много часов подряд народу битком. Аренда студии дорого стоит, вот они и снимают сразу блоками, — проявила недюжинные познания старушка.

Судя по всему, она не в первый раз сидела в зрителях. Серафима покивала с пониманием.

— Нет, а Куракин-то каков? Я только ради него на эту передачу и хожу, — продолжала соседка. — Красавец. Интересно, женат он или нет?

— Еще нет, — небрежно ответила Серафима. — Но это дело недалекого будущего.

Старушка посмотрела на нее с уважением и больше с разговорами не приставала. За действием, происходящим на площадке, Серафима почти не следила — она смотрела на Андрея и мечтала. Мечты были, чего уж там скрывать, смелыми и даже дерзкими. Через год у них родится ребенок. Мальчик. После каждого эфира Андрей будет бегать в гримерку и звонить домой, чтобы узнать, как там дела у малыша. А когда она приедет в «Останкино», оставив малыша с Антониной Васильевной, все эти Реджины, а также безымянные операторы, режиссеры и их помощники будут шепотом говорить: «Смотрите, это жена Куракина!»

Съемка закончилась гораздо позже, чем Серафима рассчитывала. Часы показывали полночь. Она устала и хотела есть. Но больше всего она боялась, что Андрей устал гораздо сильней, чем она. Если это так, никакого романтического ужина у них не получится. И от поцелуев в машине он тоже может увернуться. В конце концов, уставший мужчина может исполнить, так и быть, привычный супружеский долг. Но охмурять женщину после тяжких трудов... Это казалось сомнительным.

Однако Куракин, налетевший на нее в коридоре, выглядел вполне бодрым. «Я не учла его спортивное прошлое, — воспряла духом Серафима. — Все должно получиться. Вон как у него глаза горят». Адреналин, на котором ее кавалер отбарабанил три передачи подряд, все еще продолжал действовать.

— Симка, давай поедем расслабляться, — предложил Куракин.

— «Симки» продаются в салонах мобильной связи, — нравоучительно заметила Серафима. — И что тебя тянет все время меня как-то обозвать?

— Мне приятно, что я один имею на это право, — признался Андрей, доверительно посопев ей в ухо. — Слушай, на выбор: можем поехать к матери, она нас попотчует чем-нибудь домашним. Можем поехать в ресторан, но к тому времени, как нас накормят, мы уже выпадем в осадок. И можем поехать ко мне, я тут рядом живу. Из жратвы у меня только нарезка да сухарики, но в наших силах заказать по телефону пиццу или суши, что тебе больше нравится. Будем сидеть на диване, жевать, пить вино, а если силы останутся — танцевать. Ну, что выбираешь?

— В твоем изложении дом звучит наиболее заманчиво, — тут же призналась Серафима, которая ничуточки не стыдилась задуманного.

А собиралась она просто-напросто соблазнить Куракина. Причем сделать это так, чтобы он уже назавтра признал ее своей девушкой. У Серафимы были весьма отдаленные представления о том, как можно этого добиться. Вернее, представления были сформированы книгами, фильмами и все теми же глянцевыми журналами, роль которых в жизни современной женщины социологам еще предстояло изучить. Серафима все больше склонялась к мысли, что роль эта огромна.

Куракин жил в «однушке» на Ботанической улице. Квартиру свою он называл студией, потому что разломал в ней все перегородки — раз, и потому что так звучало круче — два. Студия Серафиму поразила. Здесь все было рассчитано на то, чтобы производить впечатление. Огромный ковер, представлявший собой черную кляксу на белом поле, черно-белый диван, похожий на корову, черные занавески, завязанные дизайнерскими узлами и оттененные белоснежным тюлем... Все казалось непритязательному глазу Серафимы необыкновенным.

— Располагайся, — предложил Куракин, швырнув пиджак на журнальный столик.

Синяя рубашка, вероятно, была реквизитом и осталась в студии. Вместо нее под пиджаком обнаружилась футболка, которая Серафиму обескуражила. Во время эфира она представляла, как будет расстегивать на Андрее пуговицы — одну за другой — и проведет ладонью по его груди. А с этой штукой что делать? Тупо тянуть через голову? Смешно. И несексуально.

То, что Куракин может сам проявить инициативу, как-то не приходило ей в голову.

— Так что ты хочешь заказать — пиццу или суши? — спросил Андрей, разгуливая по дому и избавляясь по очереди от часов, носков и ремня. — Не возражаешь? Я веду себя беззастенчиво, но это все потому, что ты уже сто раз лицезрела меня в самых разных видах. Кажется, даже в трусах.

— Тогда это не было особо волнующим зрелищем, — пожала плечами Серафима. — Не знаю, конечно, как сейчас... Пожалуй, я буду суши.

Пока Куракин звонил по телефону в ресторан, Серафима прикидывала, как могут дальше развиваться события. Есть она совершенно не хотела. Суши были просто некой данью традиции. Традиция тоже, впрочем, оказалась киношно-журнальной: сначала влюбленные ужинают, а потом занимаются любовью. Впрочем, они еще не влюбленные. Вот когда все произойдет, тогда... Говорят, что секс ужасно сближает пару. Ну, немудрено. К утру они уже будут знать друг о друге множество интимных деталей...

— Сима, тебе налить? — спросил Куракин, подняв вверх огроменную бутылку с янтарной жидкостью.— Это вкусно.

Этикетка была знакомой. Такую этикетку она постоянно видела в барах, в кино, в магазинах...

— Налей, — махнула рукой Серафима, не представлявшая даже приблизительно, что находится в бутылке. Но ей хотелось выглядеть бывалой девушкой, и она в этом не призналась.

Куракин щедро плеснул ей жидкость в низкий стакан, и она от души хватила непонятно чего, почувствовав, как загорелась гортань. Куракин наливал ей еще пару раз, поглядывая на нее искоса. Через полчаса принесли суши, они ели и снова запивали этой самой янтарной штукой, и тогда-то Серафима поняла, что окосела.

Потом каким-то непонятным образом диван крутнулся, и оказалось, что она лежит на нем, а сверху нависает Куракин. Он пытался ее целовать и при этом как-то очень активно нажимал ей локтем на желудок. Это было невыносимо.

— Подожди, — пробормотала Серафима и попыталась отпихнуть Андрея двумя руками.— Дай мне воздуха!

После этого воздух как-то стремительно закончился, и Серафима не помнила больше ничего.

Глаза она открыла только потому, что кто-то долбил ей ломом по голове.

— А-а, — застонала несчастная и приоткрыла веки.

Вокруг, куда ни глянь, была постель в нежных шелковых складочках. Она увидела свои голые ноги и ощупала себя правой рукой. Кружевное белье на месте, а платья нет.

— А-а, — снова промычала Серафима и со скрежетом повернула голову.

Солнечный свет иголками впивался в зрачки. Прежде чем снова сомкнуть веки, она увидела Куракина, который лежал на животе, засунув голову под подушку. Она протянула руку и ощупала его шею, потом спину, потом задницу. Мужчина ее мечты был голый.

Она еще немного поводила ладонью по его коже, рассчитывая обнаружить хоть какую-то одежду.

— О-о-о, Серафима! — простонал из-под подушки Куракин.— О-о-о! — повторил он таким же страшным скрипучим голосом и добавил: — Серафима, ты просто свинья.

Это было так неожиданно, что если бы она могла, тотчас вскочила бы с кровати.

— В каком смысле? — спросила она, преодолевая сопротивление языка, который разросся до невероятных размеров и не желал двигаться во рту.

— В том смысле, что ты сорвала наш романтический ужин, — Куракин появился из-под подушки.

Это было понятно по тому, как спружинила

кровать, и еще по голосу: он звучал теперь гораздо отчетливей.

— Тебя так тошнило, так тошнило... Я чуть не сдох, глядя на тебя.

Серафима некоторое время ворочала в голове мысли, потом одна из них выкатилась у нее изо рта, превратившись в слова-булыжники:

— Это суши виноваты.

— Нет, это не суши, — возразил Куракин. — Это твое пьянство. Почему ты мне не сказала, что не можешь пить?

— Почему не могу? — вяло пробормотала Серафима. — Я могу.

Куракин сполз с кровати, словно корабль, спущенный на воду по стропилам — медленно и важно. Серафима смотрела на него сквозь ресницы. Так же, голышом, он отправился куда-то и вернулся со знакомым стаканом.

— Придется тебе сесть и выпить. — Серафима застонала. — Ну, что ты скрипишь, как старая сосна? Как в детстве я с тобой возился, так и теперь приходится... Хорошо, что мы не поехали в ресторан. Если бы ты надралась там, я бы тебя до дома не дотащил.

— Я не очень много вешу, — пробормотала Серафима.

— Зато ты очень много размахиваешь руками. И ногами тоже.

Примерно через час Серафима пришла в себя настолько, что смогла выпить чашку кофе. Сидела она при этом самостоятельно.

— Так между нами ничего не было? — в десятый раз спрашивала она Куракина. В ее голосе слышалось неподдельное огорчение.

— Было все, кроме самого интересного.

— Все?

— Я тебя раздевал, носил на руках, прижимал всем телом к кровати.

— Зачем? — Серафима посмотрела на него с подозрением.

— Ты рвалась на балкон, на лестничную площадку, на крышу... Это было невыносимо, если честно. Я-то думал, что у нас получится все, как в кино. Ты, я, суши, «Джек Дэниэлс»...

— Кто это такой?

— Тебе лучше не знать, — проворчал Куракин. — Слушай, Серафима, а у тебя вообще когда-нибудь с кем-нибудь что-нибудь было?

— Не скажу, — она отхлебнула кофе, глядя прямо в чашку.

— Ну, скажи! По старой дружбе.

— Если пообещаешь, что мы все это повторим...

— Нет!!!

— Я имела в виду, повторим попытку романтического ужина. Ты не будешь поить меня ничем, кроме тоника и клюквенного морса.

— Ладно, уговорила. Так что? Были у тебя любовные связи?

— Да, были, — проскрежетала Серафима, которой чертовски не хотелось исповедоваться. Мало ли, как Андрей воспримет ее откровенные признания? С другой стороны, если они скоро поженятся, то должны знать друг о друге все.

— У тебя было много мужчин?

— Две штуки, — Серафима откинула голову на спинку дивана и закрыла глаза. С закрытыми глазами жить было проще.

— Забавно, что счет у тебя идет на штуки. Как будто речь не о мужиках, а о селедке.

— Какие там мужики? Первый раз это случилось в десятом классе.

— Ого! А тетка Зоя?

— Это был бунт, направленный против ее тирании. Конечно, она ничего не знала. Все случилось быстро и не оставило никакого впечатления. Во второй раз это получилось... анекдотично. Он целовал меня в бока, мне было страшно щекотно, и я визжала. Потом он начал целовать в другие места, и стало еще больше щекотно.

— Все, Серафима, замолчи, — приказал Куракин. — Не желаю этого слушать!

— Я хотела сказать, что практически девственница.

— Если бы мы не были друзьями, — заявил Куракин, доедавший суши, от вида которых у Серафимы сжималось горло, — то я бы выставил тебя из квартиры и никогда больше не позвонил.

— Из-за того, что меня рвало? — наивно поинтересовалась она.

— Нет, из-за того, что ты такая непроходимая дура.

Серафима почувствовала, как в горле набухают слезы. Она скривила губы и всхлипнула.

— Еще и пьяные рыдания! — вознегодовал Куракин с полным ртом. Потом ткнул палочками

в Серафиму. – Прекрати сейчас же. Чего ты ревешь?

– Я так хотела стать твоей девушко-о-ой!

– Правда, что ли? Я, в общем, не против. Ты
веселая, и теперь я знаю, чего от тебя можно
ждать. О своей интимной жизни ты мне уже поведала в деталях...

Серафима перестала плакать так же внезапно,
как и начала.

– Ты не шутишь? Я теперь твоя девушка?

– Если тебе хочется.

Серафима блаженно закрыла глаза. Барабаны в
ее голове неожиданно смолкли, и она почувствовала себя счастливой. Любая женщина чувствует
себя счастливой, когда добивается своего.

Глава 6

Вот уже две недели Олег встречался с Дашей. Они вместе выгуливали Бульку, ездили ужинать, рассказывали друг другу о себе и все больше проникались взаимной симпатией. Оба втайне радовались и удивлялись тому, насколько подходят друг другу. Каждый день Олег открывал в Даше новые достоинства, которые приводили его в восторг. Она всегда была бодра, подтянута и излучала доброжелательность. Ему нравился ее мягкий голос, нравилось спокойствие, с которым она относилась ко всему на свете.

— Знаешь, я думаю, мне невероятно повезло, что Булька в ту знаменательную ночь запросился на улицу, — сказал Олег, когда они с Дашей в очередной раз отправились ужинать вдвоем.

— Я очень, очень благодарна твоему Бульке, — призналась Даша. — Кстати, он потрясающе целуется. Зацеловал меня с ног до головы.

— Интересно, а если бы мы той ночью не разговорились друг с другом?

Оба замолчали, размышляя, что было бы тогда. Скорее всего, они остались бы начальником и подчиненной, встречаясь лишь на совещаниях, были бы вежливы друг с другом и соблюдали субординацию.

Когда с ужином было покончено, Олег заявил:

— Кстати, законы ухаживания предписывают приглашать девушку в кино. Ты пойдешь со мной в кино? — Он с пытливой серьезностью посмотрел на Дашу и выложил на стол два билета.

Даша взяла их, повертела в руках и нахмурилась:

— Ну... Если девушке нравится молодой человек, она по этим законам должна согласиться. Даже если фильм кажется ей... хм... малоинтересным.

— Малоинтересным?! Фильм Питера Джексона?!

— Считаешь, раз Джексон снял «Властелин колец», все остальные его картины тоже должны быть потрясающими? Кстати, «Властелин колец» тоже не шедевр.

— Ты несправедлива! — воскликнул возмущенный Олег. — Впрочем, мне стало в сто раз интересней, что ты скажешь, когда мы посмотрим кино.

— Ладно, — согласилась Даша и пообещала: — Только не жди, что я стану тебе подыгрывать. Вообще фильмы с мистическим сюжетом — не мой жанр.

— А какие — твой жанр?

— Я люблю психологические драмы, — призналась Даша. — Сильные, реалистичные, с яркими героями.

— И с плохим концом?

— Разумеется, раз они реалистичные. В жизни никогда не бывает так, чтобы все хорошо начиналось и хорошо заканчивалось.

Произнеся это, Даша прикусила язык. Получалось, будто она не верит в будущее их отношений. Но она ведь верила! Хотя это и противоречило ее жизненному опыту.

Они впервые вместе смотрели кино. Когда погас свет, Олег взял Дашу за руку. Она лукаво улыбнулась ему, показывая, что понимает: он действует, как положено кавалеру. На самом деле у нее дух захватывало от того, что их роман развивается столь стремительно. Все было словно предопределено: Олег явился и спас ее, а потом стал ухаживать. И она не могла противиться этому, да и не хотела.

В середине фильма, когда она увлеклась сюжетом, Олег неожиданно поднес ее руку к губам и поцеловал. Дашу мгновенно обдало жаром. Ни один из ее немногочисленных кавалеров не делал ничего подобного. Уж Толик-то и подавно. Толик был гораздо толкать умные речи, но на приятные пустяки был безумно скуп.

— Ну, как? — обратился Олег к Даше, когда сеанс закончился и они, вслед за другими зрителями, поднялись со своих мест.

— Неплохо, — задумчиво ответила та. — Но у истории скомканный конец, и мне не понравилась актриса, исполняющая роль матери. Она играет недостоверно. И вообще, получилось не так пронзительно, как хотелось бы.

— Ты никогда не планировала стать кинокритиком? — спросил Олег, смеясь. Притянул Дашу к себе и поцеловал ее в ухо.

Она повела плечом и улыбнулась. Ей было невероятно хорошо. Она все еще вкушала свою свободу, как умирающий от жажды глотает воду, не в силах остановиться. И хорошо ли ей оттого, что она рядом с Олегом, или оттого, что она впервые в жизни предоставлена самой себе, разобраться было невозможно. Впрочем, зачем разбираться? Судьба разберется сама. Даша верила в судьбу и в то, что все предопределено. Конечно, судьбе иногда нужно помогать. Или, по крайней мере, не препятствовать.

Пока они шли по узкому проходу к распахнутой двери, пока спускались по гладким каменным ступенькам, Олег размышлял о том, что поцелуй в ухо — это, конечно, очень мило, но... Симпатия рано или поздно должна перерасти во что-то большее.

Вместе с толпой зрителей они вывалились из зала на улицу, в прохладную пряную ночь. На город была наброшена сеть, сотканная из огней, и сквозь ячейки чернело небо. Было просторно и тихо.

— Даш, мне сейчас так хорошо, — сказал Олег, поддавшись настроению. — Давай сегодня не будем расставаться.

— А что мы будем делать? — удивилась она.

— Поедем ко мне и выпьем по бокальчику вина. У меня есть отличное чилийское вино, тебе понравится.

119

— Но как же ты меня потом домой повезешь? — продолжала изумляться Даша.— После вина-то?

— А я не повезу, — негромко ответил Олег.

Они как раз подошли к его машине. Он взял Дашу за плечи, развернул к себе лицом и наклонился к самым губам, выдохнув в них:

— Не хочу тебя отпускать.

Они поцеловались, и Олег вложил в поцелуй гораздо больше эмоций, чем прежде.

— М-м-м...— Даша не знала, как реагировать. Не бросаться же ему на шею прямо сейчас.— Ладно, уговорил. Умеешь ты заманить девушку!

Всю дорогу Олег потчевал ее какими-то байками из жизни главы мебельной фирмы, рассказывал о том, как начинал бизнес, много смеялся, так что в конце концов стало ясно, что он тоже нервничает. Даша была ему благодарна за то, что он не давал вставить ей ни слова. В конце концов, она никогда раньше не проводила ночь с мужчиной. Ну, почти никогда. Ее первый роман случился в молодости, в спортивном лагере, и оказался бурным, но коротким. Вторым романом стал Толик.

Толик жил с родителями, и квартира оказывалась в их с Дашей распоряжении нечасто, и как правило, на несколько часов. Ночь вдвоем у них была только одна. Его родители уехали к родственникам в Подольск, пообещав вернуться на следующий день. Однако Подольск находился не слишком далеко, и Даша все время боялась, что по какой-нибудь причине они неожиданно вернутся.

Мать Толика отличалась вздорным характером. Это была неприятная, крикливая женщина с желчным выражением лица, которая всегда лучше всех все знала. Переговорить ее мог бы, пожалуй, только поэт Вишневский со своей удивительной способностью фонтанировать словами и марафонской «дыхалкой». Отец Толика выглядел угрюмым и пугал своим упорным молчанием. Кроме «здравствуйте» и «до свидания» он ничего не произносил и выражал свое отношение к происходящему исключительно бровями — лохматыми, сросшимися на переносице.

Кажется, Толика страшно заводила возможность «попасться», и в тот вечер он был оживлен сверх меры. У Даши, наоборот, было отвратительное настроение и желание послать все к чертям собачьим. Однако она точно знала, что Толик не простил бы ей побега. Еще бы! В кои-то веки можно остаться наедине, да еще так надолго...

Они спали на его твердом диване, застеленном белым, туго накрахмаленным бельем. Как потом выяснилось, внутри дивана, кроме одеял, лежали заготовленные на зиму травы, завернутые в газетные кулечки. Диван пропах полынью и мятой. Из-за этого постель напоминала Даше больничную койку, и она ежилась, не в силах расслабиться.

Любовником Толик был неумелым и агрессивным. Заснув, он храпел, вздернув подбородок, а Даша почти всю ночь лежала, глядя в потолок. «Зачем мне это нужно? — думала она. — Он мне не особенно-то и нравится». Но никого другого у нее не было. Вся ее личная жизнь сводилась к Толику. Так или иначе, но он был отдушиной, возможностью вырваться из плена ежедневных обязанностей. Еще тогда она решила: «Если появится кто-то другой, я сразу все прекращу».

И вот другой появился. Даша покосилась на Олега и тихонько вздохнула. Олег был совсем из другой оперы, нежели Толик. И сравнивать-то их было немыслимо, невозможно. Все равно, что сравнивать хороший коньяк с портвейном из ларька. Толик проигрывал по всем статьям — своей безынициативностью, даже можно сказать, смирением перед кипучим миром. Да, в стране много чего происходило, и чтобы выжить, надо было напрягаться. Толик напрягаться не хотел. Он хотел только одного — как-то устроиться, зацепиться, пусть хоть на отшибе, только бы его никто не трогал. О стремлении Даши чего-то добиваться, рисковать, он отзывался уничижительно.

Господи, какое счастье, что появился Олег! Невероятное, неожиданное счастье. Даша посмотрела на него затуманенным взором. Он вел машину, легко удерживая руль одной рукой.

Олег тоже думал о Даше. В офисе у него была масса возможностей наблюдать за ней. Она умела ладить с людьми, без видимого труда разруливала сложные ситуации, не раз доказывала, что у нее твердый характер. Она была доброжелательна, но никому не навязывалась в друзья. Больше всего его восхищал ее сдержанный оптимизм — вера в хорошее без всяких глупых подвизгиваний.

— Ты чего? Устала? — спросил Олег, поймав ее взгляд.

— Нет, — она потрясла головой.— Нет, ты что. Наоборот, я предвкушаю хороший вечер. Ты обещал чилийское вино.

— Будет тебе вино, — улыбнулся он.— И поцелуй в щечку. Если Булька, конечно, меня не опередит. Он от тебя в полном и абсолютном восторге.

Олег был уверен, что когда познакомит Дашу со своей матерью, та тоже будет от нее в полном восторге. Мать, ездившая с дипломатическими миссиями по всему миру, уважала женщин со стержнем. Ее идолом была Жаклин Кеннеди. Во все его предыдущие «серьезные увлечения» мать пускала короткие ядовитые стрелы и, словно оракул, предвещала сыну кошмарное будущее «с этой женщиной». Интересно, что она скажет, когда столкнется с Дашей Азаровой?

Чтобы все получилось, как надо, Олег стал целовать Дашу еще на стоянке возле машины. С ней ничего нельзя откладывать на потом — она перфекционистка, будет волноваться, совершать ошибки, а потом ругать себя последними словами. Да и вообще, просто по-мужски, ему хотелось, чтобы она хоть на какое-то время потеряла над собой контроль.

Вряд ли он понимал, что действует сейчас не как мужчина, а как бизнесмен — просчитывает, примеряет и выбирает нужную стратегию. Ему понравилась Даша Азарова, он оценил ее и решил, что она составит ему отличную пару. И сейчас предпринимал действия, которые должны были привести его к успеху. Он занимался поглощением маленькой корпорации, чтобы расширить и укрепить свой авторитет на рынке. Даша подходила ему во всех отношениях — ее можно было смело знакомить не только со своими друзьями, но и с друзьями матери, водить на светские мероприятия, не опасаясь, что она попадет впросак, не бояться журналистов с камерами, потому что Даша всегда замечательно выглядит и держит себя в руках. И еще можно было не опасаться измен, потому что если такая женщина отдаст свое сердце, это будет честная сделка.

Даша волновалась гораздо сильнее, чем Олег мог себе представить. Что, если она его разочарует? Она понятия не имеет, какие женщины ему нравятся, что он ценит и на что обращает внимание.

Когда они подъехали к дому, Олег помог ей выйти из машины и сразу же притянул к себе. Неспешно приблизил свои губы к ее губам и поцеловал. Это был долгий и волнующий поцелуй, который продолжился в лифте. Было ясно, что чилийское вино откладывается на потом. Волосы Даши растрепались, она тяжело дышала и при этом дрожала всем телом. Олег целовал ее вдумчиво, медленно проводил ладонью по спине, прижимая к себе все крепче.

Тем не менее она успела прочитать все фразочки, нацарапанные ключами на пластиковых панелях лифта, определить, что в подъезде пахнет вареной рыбой и что в доме шестнадцать этажей. Он привез ее на четырнадцатый и, пока открывал дверь, крепко держал за талию. Сразу же на них бросился Булька: пришлось пережить его бурную радость, и лишь потом продвигаться дальше. Олег не стал включать свет, и их любовный роман начался в темноте. Даша была этому даже рада, потому что хотела, мечтала забыться в его объятиях. Олег был нежным и страстным, и она на какое-то время действительно улетела в неведомую даль, но потом очень быстро пришла в себя.

Они лежали рядом, не прижимаясь друг к другу, но держась за руки. Третьим в комнате был Булька, забравшийся под письменный стол, а четвертым — Дашин холодный рассудок. «Господи, как хорошо! — говорила Даша, обследуя собственное сердце. — Просто сказочно. Такого просто не может быть. Олег — само совершенство. Мне с ним замечательно. Только бы я ему понравилась!» Ей хотелось бы знать, о чем он думает.

Олег думал о том, что все получилось идеально. «Черт побери, такое редко бывает. Я вечно чем-то недоволен, всегда придираюсь, или женщина мне становится по барабану практически сразу. Но тут... Тут совсем другое». Он повернулся и поцеловал Дашу в сухие губы. Он испытывал к ней необыкновенную нежность. И восхищался тем, что она именно такая женщина, о которой мечтаешь в пору зрелой молодости — в меру страстная, в меру сдержанная. У нее было чудесное гибкое тело и копна волос, в которую приятно было зарываться носом. «Мне нужно на ней жениться, —

понял Олег и испытал прилив невероятного счастья. — С такой женой будешь чувствовать себя застрахованным от любых неожиданностей».

Когда они, наконец, добрались до чилийского вина, была уже глубокая ночь. Булька длинно зевал, развалившись на мохнатом коврике перед телевизором. По телевизору шел фильм «Шарада» с Одри Хэпберн.

— Я обожаю Одри Хэпберн, — призналась Даша. — Она безупречна, правда?

— Не знаю, я как-то не задумывался.

У Олега была большая, бестолково обставленная квартира. Правда, мебель была отличной, но сразу становилось ясно, что интерьером никто не занимался. Ковер по цвету совершенно не подходил ни к обоям, ни к обивке дивана и кресел. Хай-тековская люстра вообще явилась непонятно откуда. Олег просто здесь жил. И обстановка его, по большому счету, не сильно интересовала.

— А может быть, ну его, это вино? — неожиданно спросил он, разглядывая бутылку. — Может быть, лучше выпить на ночь по чашке чая? У меня есть замороженные слоеные булки, целая упаковка. Их разогревают в микроволновке.

— Ты хочешь есть? — удивилась Даша.

— А ты разве нет? Наедаться ни к чему, а булки с чаем будут в самый раз.

Он поднялся на ноги, но Даша его остановила:

— Я сама все приготовлю. Если ты мне разрешишь похозяйничать на своей кухне.

— Ладно, — согласился Олег, снова усевшись

на диван. – Я разрешаю тебе все! У тебя карт-бланш.

Он улыбнулся ей, поймал за руку и поцеловал ладонь. Счастливая Даша ушла, шлепая босыми ногами по полу. На ней был старый халат Олега, туго перетянутый поясом.

– Чашки найдешь? – крикнул он ей вслед.

Потом понял, что спрашивать совершенно ни к чему. Конечно, она найдет чашки. И все сделает в лучшем виде. Он прислушался. На кухне шуршало, мягко хлопало и постукивало. Потом низко загудела микроволновка, запахло выпечкой. Даша вернулась с подносом, на котором стоял прелестно сервированный ужин. Кроме булочек здесь были масло и джем. Она нашла даже салфетки с сердечками и выбрала самые красивые чайные ложки, о которых Олег совершенно позабыл.

Она была идеальной. Олег на секунду опустил ресницы, поблагодарив высшие силы. Потом снова вскинул взгляд и хитро подмигнул Бульке. В конце концов, пес тоже был причастен к тому, что случилось.

* * *

На следующее утро они вместе приехали на работу, и их увидели сотрудники. Выбравшись из машины, Олег быстро поцеловал Дашу в губы. Этого было достаточно, чтобы сплетни понеслись по коридорам, подобно полчищу веселых мышей. В кабинет к Даше стали заходить люди, с которыми она еще не была знакома, ей приносили бумаги, советовались, вводили в курс дела. Через некоторое время у нее голова пошла кругом. «Вот что значит — охмурить начальника, — подумала она. — Никаких препятствий на пути к вершине. Наверняка злопыхатели подумают, что я сделала это в корыстных целях».

Впрочем, никаких злопыхателей на фирме не обнаружилось — Шумаков собрал отличную команду, его все любили. Он сидел в кабинете и пил отвратительный кофе из автомата, когда к нему зашел заместитель Борис Гусев — как всегда, наглаженный, подтянутый, с идеальным пробором в черных волосах.

— Если бы ты не был моим другом, — пробормотал Олег, не отрываясь от бумаг, — я бы решил, что ты зануда и педант. Ботинки чистишь до обморочного блеска.

— Олег, это правда, что ты завел роман с новым маркетологом? — с места в карьер спросил Борис. Он подошел к столу и побарабанил по нему пальцами.

— Правда. Как у нас быстро новости разлетаются.

— А как же Наталья?

Олег поднял голову и вздохнул:

— Как раз собираюсь к ней ехать. Уже договорился. Она будет ждать меня через полчаса. Скажу ей всю правду. Честно говоря, я не думаю, что она удивится: мы не встречались больше месяца. И она умная женщина.

— Хм...

— Ты же не собираешься меня осуждать?

— Да нет, — пожал плечами Борис. — Дело в другом. Просто... Ты не будешь против, если я тоже ей позвоню? Потом, позже... Когда вы во всем разберетесь?

— Ты?! — Олег сделал быстрый глоток кофе и закашлялся. — Ты серьезно?

— Вполне серьезно. Кстати, я поддерживаю новую маркетинговую политику.

В этот момент в кабинет ворвался главбух, увидел, что начальство занято, и выкатился обратно с невнятным бормотанием. Борис осуждающе покачал головой:

— Когда ты возьмешь новую секретаршу? Совершенно невозможно так работать. Ни отыскать тебя, ни сообщение оставить, мы закопались в мелочах. Без секретарши просто зарез. Кстати, она будет заваривать тебе кофе во френч-прессе. Или разоришься на кофеварку, в конце концов.

— Я просто проявляю демократизм.

— Да кроме тебя, из этого автомата все равно никто кофе не пьет.

— Ну, конечно, рассказывай! Вокруг него все время собирается народ. Надо же им где-то тусоваться. Раньше курилки объединяли людей, но теперь почти весь молодняк ведет здоровый образ жизни.

— Чего ты вообще сидишь? — неожиданно напустился на него Борис. — Тебя Наталья ждет, отправляйся.

— Если бы я знал, что для тебя это важно...

— Я не собирался тебе говорить. И никогда не

сказал бы. Если бы не твой роман с этой Азаровой.

— «Эта Азарова», скорее всего, станет моей женой. По крайней мере, я на это надеюсь.

Борис удивленно присвистнул.

— Не знал, что все так серьезно. Вы же знакомы без году неделя.

— Думаешь, это имеет какое-то значение? — насмешливо спросил Олег. — С Натальей я встречался два года. И что? Можно подумать, хоть что-нибудь изменилось.

— А с виду казались вполне благополучной парой. Не знаю, что у вас там случилось...

— Да в том-то и дело, что ничего. Просто мы друг другу не подошли. Не смогли... состыковаться.

— Тебе пора ехать, — снова напомнил Борис, поглядев на часы. — Да, кстати, может быть, обратиться в агентство по трудоустройству? По поводу секретарши? Или пусть отдел кадров этим занимается?

— Лучше возьми это на себя. Я тебе верю, как себе. Позвони в агентство, конечно, но возьми все под свой контроль. Пусть начинают присылать анкеты кандидаток.

— Хорошо, а какие у тебя требования к секретарше?

— Требование только одно. Чтобы она не была дурой.

Олег выключил компьютер, запер верхний ящик стола и поднялся. Борис вслед за ним вышел из кабинета.

— А внешность девушки имеет значение? — продолжал допрашивать он.

— Ну... Учитывая момент, лучше чтобы это была не длинноногая блондинка. Понимаешь, да? — Он подбросил ключ на ладони и сунул в карман пиджака. — Не хочу пробуждать преждевременную ревность.

* * *

Год назад кафе «Котлеты от Колетты» было для него родным домом. Рядом располагалась студия, где Наталья преподавала хореографию. Олег старался выкроить время, чтобы повидать девушку днем, когда она приходила на бизнес-ланч. Иногда, разрываясь между ней и делами, он заезжал сюда с Борькой Гусевым. Увидев Наталью, жующую салатные листья, Борька всегда говорил одно и то же: «Бедный олененок Бемби!» Наталья поднимала на него бархатные карие глаза и жалобно моргала. Получался такой забавный ритуал. Олег неожиданно подумал, что у него с Натальей никаких ритуалов не было. У них не было даже любимого столика.

Когда он ворвался с улицы в распахнутом пиджаке, встревоженный, сердитый оттого, что ему предстояло объяснение, официантки мгновенно заулыбались. Они все его отлично знали и рады были обслужить — он никогда не жмотничал и оставлял хорошие чаевые.

Наталья сидела возле окна и хлебала жидкий вегетарианский супчик. Она всегда была голодная.

Грациозная, красивая и голодная. Знание того, что она голодна, отравляло Олегу все их совместные завтраки, обеды и ужины. Невозможно получать удовольствие от еды, зная, что рядом сидит кто-то с пустым желудком.

— Привет, — сказал он и, наклонившись, привычно поцеловал ее в щеку.

Щека была упругой и нежной. В сумочке Натальи лежал баллончик с термальной водой: она постоянно увлажняла кожу. И это знание тоже раздражало Олега. Он не хотел, черт возьми, быть в курсе того, как женщины следят за своей внешностью.

— Ты злой, как пес, — заметила Наталья, спокойно вытирая губы салфеткой. — Грядет буря?

— Ничего не грядет, — пожал он плечами и, подозвав официантку, попросил: — Кофе, пожалуйста.

— Двойной эспрессо? — Девушка держала ручку над крошечным блокнотиком.

— Да, как всегда. Сахар не нужен.

— Мне кажется, я знаю, что ты хочешь сказать, — заявила Наталья, сложив руки перед собой. Побарабанила пальцами по столу. — Хочу облегчить твои муки. Мы расстаемся, так?

— Тебя это сильно расстроит? — с тревогой спросил Олег.

Он никогда не видел, чтобы Наталья плакала. Никогда. Но сейчас глаза ее увлажнились, и он испугался.

— Я опечалена, но... Как говорил классик,

«печаль моя светла». Нам ведь с тобой ничего не стоит расстаться.

— Почему? — тупо спросил Олег.

Мысли о Даше, о прошедшей ночи преследовали его, мешая сосредоточиться. Даша словно создана для него. А вот Наталья — не его женщина. В элегантной, прелестной Наталье всегда таился некий вызов. Вызов всему на свете. Вероятно, из-за того, что в профессии ей приходилось ежедневно проявлять характер.

— Почему нам ничего не стоит разойтись? Потому что если я верну тебе твои подарки, от наших отношений вообще ничего не останется. Ничего, Олег. Ты в них никогда ничего не вкладывал. Никогда! — горячо повторила она.

— Тебе не хватало чувств? — взъерепенился тот. Как всякий мужчина, он не любил критики, которая задевала его мужское самолюбие. — Раньше ты не жаловалась.

— Жалобная книга в таких делах не поможет. И я не говорю, что ты был невнимательным или равнодушным...

— А что тогда значит — ничего не вкладывал в отношения? — спросил Олег, принимаясь за кофе.

В конце концов, отчего он так нервничает? Самое главное уже сказано. Он так боялся, что Наталья устроит скандал. Но она все взяла на себя. Еще одно проявление геройства. Надо немедленно успокоиться. Между ними все кончено, а раз так...

— Это трудно объяснить, — сказала Наталья и принялась за зеленый чай.

Олег редко пил зеленый чай. Он казался ему горьким и невкусным. А уж когда Наталья поведала ему про антиоксиданты, отметив невероятную пользу зеленого чая для здоровья, он и вообще от него отказался. Из вредности. Когда ему говорили о пользе, он считал, что им пытаются манипулировать.

— Ну, конечно, трудно объяснить, — скептически заметил Олег. — Было бы легко, между нами не возникло бы трений. Хорошо, а что ты вкладывала в наши отношения? Что ты делала такого, что свидетельствует о твоем, так сказать, вкладе?

— Ну... Даже не знаю. Я встречалась с твоей матерью.

— Серьезно? — Олег удивился.

— Чтобы узнать, каким ты был в детстве и о чем всегда мечтал. Мне хотелось стать для тебя особенной. И чтобы ты это оценил. Ты, конечно, не оценил. Как я могла быть такой глупой? Сама удивляюсь. Кстати, твоя мать общалась со мной вполне миролюбиво. Но мне кажется, она почему-то не приняла меня всерьез. Наверное, она раньше всех почувствовала, что мы не подходим друг другу.

— Ну, допустим. Ты общалась с моей матерью. Это весь твой вклад? — Олег чувствовал: еще немного, и он перегнет палку. Поэтому постарался успокоиться и сосредоточился на кофе. Наталья не обратила на его вспышку никакого внимания.

— Еще я общалась с твоей бывшей, — заявила она.

— Как это? — опешил Олег.

Он два года состоял в гражданском браке, прежде чем повстречался с Натальей, и она никогда ни словом не обмолвилась, что виделась с его бывшей женой.

— Вот так это. Я хотела быть уверена, что она не сманит тебя обратно. Я хотела посмотреть на нее и составить свое собственное впечатление.

— То есть с твоей стороны все было серьезно, — констатировал Олег, чувствуя странный холодок в душе.

Оказывается, он действительно слишком мало задумывался об отношениях с Натальей. Пустил все на самотек. Ему никогда и в голову не приходило, что отношения нужно планомерно «выстраивать». Все искусственное его отталкивало и раздражало.

— Вот видишь! Я предпринимала какие-то действия и, узнав об этом, ты сразу понял, что у меня это серьезно. А ты? Ты какие действия предпринимал? Ты даже не познакомился с моей младшей сестрой. А ведь она — вся моя семья. Ты не общался с моими подругами... Ты вообще не знаешь, есть ли у меня подруги!

— Зачем мне твои подруги, господи боже мой! — вспылил Олег. — Мне было достаточно нас самих. Тебя и меня.

— Нас не получилось именно из-за того, что я интересовала тебя лишь как женщина, тебе принадлежащая. Если у тебя появился кто-то другой, советую не совершать подобных ошибок.

Олег вышел из кафе, расстроенный и злой. Надо же — он ничего не вкладывал в их отношения! Тут же он стал думать о Даше. Может быть, ему следует воспользоваться советом Натальи? Уделить новым отношениям больше внимания? Конечно, она говорила в сердцах, но ведь и не лукавила. Казалась очень искренней.

Кстати, что он знает о Даше? Есть ли у нее лучшая подруга? И с кем она встречалась до него? Не может быть, чтобы у такой девушки никого не было. Олег вдруг страшно обеспокоился. Может быть, Даша еще не порвала с тем, предыдущим... Вдруг это какой-нибудь крутой перец? Допустим, он надолго уехал по делам, девушка осталась одна... Это следовало срочно выяснить. Конечно, можно спросить у самой Даши. Но тогда получится, он ничего не вложит в их отношения. Вероятно, следует проявить инициативу, так что ли? С родителями Даши он пока знакомиться не хотел. Это уж точно подождет. Пусть они сначала примирятся с ее уходом из дома.

На пороге офиса его встретил все тот же Борька Гусев. Вероятно, все это время он маялся, ожидая исхода переговоров своего друга с Натальей.

— Мы расстались, — коротко доложил Олег, отпихивая его с дороги. — Она расстроена, но не убита. Если тебя это так интересует.

— Я, собственно...— У Гусева сделалось глупое

лицо. Вслед за Олегом он протиснулся в дверь и потащился наверх.

— Ты, собственно, что?

— Я занимался поисками секретарши. В агентство позвонил, дал заявку. Обещали прислать анкеты.

— Гусев, чего тебе надо? — Олег на секунду притормозил, обернувшись и поглядев своему заместителю прямо в глаза.

Тот стушевался:

— Мне ничего не надо.

— Иди, ну тебя. Смотришь на меня, как... Как Булька! Клянусь, Наталья не кидалась мне на грудь и не обливала слезами мою манишку. Наоборот, язвила и перечисляла мои недостатки.

Повеселевший Гусев ушел, а Олег стал думать, как бы ему выяснить, был ли у Даши до него кавалер. Придумать ничего не придумал, но вечером судьба сама подбросила ему ответ.

После работы Даша решила заехать к родителям, и Олег отправился гулять с Булькой один. В Дашин двор он обычно не заходил, но на этот раз пес упорно тащил его к скамейке, на которой они разговаривали в ту знаменательную ночь, когда Даша решила бежать из дома. Пока Булька нарезал круги вокруг боярышника, Олег сидел и покуривал, лениво глядя по сторонам.

Совершенно неожиданно от знакомого подъезда к нему направился подросток лет пятнадцати. Шел он с независимым видом, засунув руки в карманы легкой куртки. У него были черные кудрявые волосы, и Олег сразу понял, что это еще один отпрыск семьи Азаровых. Он выбросил сигарету и встал. А что было делать?

— Здрасьте, — сказал отпрыск, сверля Олега мрачным взглядом. — Вы Дашкин начальник?

— Дашка — это, я полагаю, твоя сестра, — ответил Олег, усмехнувшись.

Он понятия не имел, что мальчишке нужно. Может быть, он даже собирается вступить с ним в бой? Возможно, он решил, что именно Олег увел его сестру из семьи.

— Так вы ее начальник? Олег Петрович?

— В первую очередь, я ее друг, — спокойно сказал Олег. — А ты кто?

— Я Макс, — мальчишка протянул тощую руку для рукопожатия. — Дашка мне про вас рассказывала. И я вас с ней в окно видел. Совершенно случайно.

— Понятно.

Олег принял тощую ладошку и старательно потряс.

— Она мне доверяет, — сообщил Макс. — И знаете, что? Если вы ее друг, вам нужно разобраться с Толиком.

— С Толиком? — переспросил Олег, мгновенно догадавшись, что речь идет как раз о том самом человеке, который сегодня весь день занимал его мысли.

— Толик Пичугин, — пояснил Макс, стараясь казаться независимым. Однако лоб у него вспотел. — Он вроде как был Дашкиным женихом, но не мычал, не телился. А вообще он сволочь. Думает только о себе. Я его терпеть не могу. И Полинка тоже. А у Полинки вообще нюх на плохих людей.

— Серьезно? — спросил Олег просто для того, чтобы не молчать.

Он понятия не имел, как реагировать на это выступление.

— Зуб даю. Этот Толик несколько раз приходил к нам домой. И я слышал, как он кому-то по телефону говорил, что мечтает поскорее смыться, потому что тут полно сопляков, которые действуют ему на нервы. А Дашка всего-то попросила его пять минут за Нюшей приглядеть... И Дашка такая несчастливая, потому что он ее замуж так и не позвал. И вообще он сволочь. Я просто думал, что раз вы ее друг, то должны его шугануть как следует. А то он стал вдруг маме названивать, а она... Ей кажется, что Толик хороший. Но это неправда!

— Понятно, — сказал Олег, когда Макс замолчал, задохнувшись от избытка чувств.— Я посмотрю, что можно сделать. А как его найти, этого Толика, ты знаешь?

— Да очень просто! Он в ПТУ математику преподает.

Макс объяснил Олегу, где находится то самое ПТУ, и, неловко распрощавшись, ушел домой.

Даше Олег ничего говорить не стал. Считалось само собой разумеющимся, что разговор с Максом останется их мужским секретом.

Глава 7

Вот уже месяц, как Серафима объявила себя официальной девушкой Куракина. Она сделала все, чтобы об этом узнало его окружение: и режиссер программы, и девушки-гримерши, и даже телепродюсер Дима, который несколько раз звонил ей и вкрадчивым бархатистым голосом спрашивал, как дела. Такой же вопрос постоянно задавала подруга Мила, реально опасавшаяся, что потеряет сто баксов, проиграв заключенное пари.

— Все в порядке, пожар идет по плану, — бодро отвечала Серафима. — Но мне уже пора устраиваться на работу.

— Ты же замуж собираешься выходить, — ехидно замечала подруга.

— Но я же еще не вышла. Кроме того, пока дети не родятся, я собираюсь зарабатывать на жизнь самостоятельно. Знаешь, времена изменились. Сидеть дома и выщипывать брови стало немодно. Модно делать карьеру. Муж будет ценить тебя, если ты по-прежнему бриллиант, а не осколок добрачной жизни.

Куракин все время сожалел, что у него ненормированный рабочий день. Серафима же называла его ненормальным рабочим днем. Пока у нее не было работы, она могла подстраиваться под чужой график, поджидая Андрея в его квартире. Заодно училась готовить — с этим делом у нее всегда были проблемы. Единственным блюдом, которое у нее получалось хорошо, оказались овсяные оладьи. Андрей ел их с удовольствием. Впрочем, ради справедливости нужно сказать, что он ел с удовольствием все подряд, ибо был молод, здоров и полон энергии.

Еще Серафима занималась уборкой. Это дело было как раз для нее. Ей нравился чистый пол, красиво расставленные вещи, туго натянутые покрывала, выстиранные занавески и отмытая плитка. Страшно сказать, но истинное удовольствие ей доставлял даже отдраенный до молочной белизны унитаз. Ей казалось, что в чистой квартире жить веселее и радостнее, и в голову приходит гораздо меньше дурных и унылых мыслей, нежели в захламленном доме.

Вещи, которые разбрасывал Андрей, она называла милым беспорядком и без звука раскладывала по местам, не забывая заодно вычистить штаны или пришить оторванную пуговицу. Ей это ничего не стоило, даже бодрило. В конце концов, она вкладывала силы в свое будущее, которое уже стояло на пороге.

Но вот однажды Серафима нашла на верхней полке шкафа красный кружевной бюстгальтер, в чашечках которого могли бы легко разместиться две маленькие дыни.

— Что это такое? — ошарашенно спросила она

у Куракина, который явился домой в надежде на ужин и любимую теплую ванну с морской солью, миндальным маслом и вишневой пеной.

— Это было еще до тебя, — без смущения ответил тот, забирая у Серафимы бюстик и небрежно засовывая его в ящик комода, где хранилось его собственное нижнее белье. — Не бери в голову.

На следующий день Серафима провела в квартире обыск. У Куракина имелось множество платяных шкафов: он страсть как любил красиво одеваться и тратил на шмотки несметное количество денег. Тут же выяснилось, что до нее здесь жили голубые трусики сорок четвертого размера, плиссированная юбка сорок восьмого и комбинация, явно принадлежавшая топ-модели. Комбинация была узкой, как чулок, и могла бы подойти Серафиме, если бы той удалось вырасти примерно на метр.

Стало ясно, что еще недавно Куракин вел весьма и весьма свободный образ жизни. Серафима позвонила Миле Громовой и поделилась своими сомнениями:

— Наверное, я зря выманила у Андрея ключ от его квартиры.

— Почему это? — заинтересовалась подруга странным голосом.

Создавалось впечатление, что она разговаривает сквозь стиснутые зубы. Серафима живо представила закройный стол с разложенной на нем тканью, а рядом Милу, у которой изо рта торчат разноцветные головки булавок. Много раз она заезжала к ней на работу, и такая картина была привычной.

— Он человек свободной профессии, привык распоряжаться собой. Как выяснилось, до меня у него бывали женщины...

— Да что ты говоришь? — саркастически пропела Мила.— Вот какая незадача. Хочешь вернуть ему ключи и возможность отрываться по полной программе?

— Нет, ты что? Он больше не будет отрываться. У нас с ним все серьезно. Думаю, скоро он сделает мне предложение.

— Тогда что вдруг на тебя нашло?

— Понимаешь, в умных журналах пишут, что на мужчин нельзя надевать строгий ошейник, они от этого звереют. Андрей должен чувствовать мое доверие. А я на него, получается, давлю. Он уходит на работу — я дома. Он приходит с работы — я снова дома. Так ведь можно подумать, что тебя загнали в ловушку еще до свадьбы.

— Полагаешь, если ты смоешься из его квартиры, он вернется домой с работы, не застанет тебя и внезапно ощутит утрату? — Мила избавилась от булавок, и голос ее обрел силу и звучность.

— Я на это надеюсь. Да было бы тебе известно, у нас абсолютная гармония.

— А всякими глупостями вы часто занимаетесь?

— Какое тебе дело? — буркнула Серафима.— Не обязательно все время заниматься глупостями. Можно просто спать вместе, крепко обнявшись, и чувствовать необыкновенное единение друг с другом.

— Сима, ты со своими штучками меня с ума сведешь! — воскликнула Мила.

— С какими такими штучками?

— Со своими идиотскими порывами обниматься, целоваться и раздирать себя от страсти на кусочки. Забудь всю эту чушь.

— Какая же это чушь? Для меня все это дико важно. Я ради этого, можно сказать, и на свет родилась: любить кого-нибудь так, чтобы у него дух захватывало. Чтобы он сам себе завидовал, что его так любят.

— М-да... Жаль, декабристы в стране закончились, — с сожалением заметила Мила.— Слушай, хоть это и не в моих интересах, учитывая возможную денежную потерю...Я имею в виду наш спор... Но вот что я тебе скажу: не отдавай ключи обратно. И вместо того, чтобы скакать по квартире с метелкой для пыли, лучше поскорее устройся на работу. Вся дурь из тебя мигом выветрится, а Куракин станет по тебе скучать вечерами.

— Думаешь? Кстати, мне уже звонили из агентства. Сегодня как раз иду на собеседование.

— И кому на сей раз требуется секретарь?

— Директору мебельной фабрики. Прямо не знаю, как одеться...

— Только не вздумай лезть в какие-нибудь стратегии, — пригрозила Мила.— Тебя на курсах учили одеваться, как положено.

— Ну да, ну да, — проворчала Серафима.— Нас многому учили. Два базовых языка и один

экзотический, компьютер в совершенстве, стено-
графия, этикет, постановка голоса, пластика. Да
я с такими данными могу претендовать на английский престол. Если принц Уильям внезапно
женится на мне, уж я его не посрамлю.

— Короче говоря, — не слушала ее Мила, —
надевай свой серый костюм и туфли из крокодиловой кожи. И не вздумай мазать губы своей
чудовищной красной помадой. Хоть раз сделай,
как я говорю.

— Да ладно, ладно, сама все понимаю.

— И еще, Сима. Запомни: новый босс для
тебя — табу. Считай, что он не мужчина, а дей-
ствующая модель робота.

— С ума ты сошла? — вознегодовала Серафима. — Зачем мне сдался новый босс, когда у меня
есть Андрей?! Телезвезда, красавец, обаяшка!
И уже почти что женат на мне.

— Думай о том, как закрепиться на рабочем
месте. Делай все, что можешь, и даже больше
того.

— Зачем это?

— Тебя будут ценить, и ты почувствуешь радость жизни, — наставительно пояснила Мила.

— Я чувствую радость, когда мне вовремя вы-
плачивают зарплату. И вообще: не учи ученую.
Я же не обучаю тебя пришивать хлястики, вот
и ты не перечисляй мои служебные обязанности.
Погорелов ко мне никогда претензий не имел. До
тех пор, пока я ему в любви не объяснилась.

Распрощавшись с Милой, Серафима довольно
быстро собралась, выполнив все данные ей реко-

мендации, и отправилась в офис, адрес которого ей указали в агентстве. Почему-то она была уверена, что на эту работу ее обязательно возьмут. «Раз уж начало везти, — имея в виду Куракина, подумала она, — то будет везти во всем». Чтобы мысль стала материальной, ее необходимо было закрепить. Поэтому Серафима взяла с собой большую сумку, в которую уложила универсальный набор секретаря — диктофон, блокнот, несколько ручек, препарат для чистки оргтехники, мыло и салфетки, а также две чашки с блюдцами, чайные ложки, заварку, сахар и маленький дорожный электрический чайник. Сверху бросила лимон, сбоку втиснула небольшой пластиковый поднос с панорамой Таллина и застегнула сумку на «молнию». Не повезет — не рассыплется, оттащит все это добро домой. А если повезет — что же, до вечера без чая сидеть?

Неизвестно, где находилась сама мебельная фабрика, но офис располагался в уютном переулке неподалеку от метро, что являлось несомненным плюсом для рядового сотрудника. Серафима, размашисто шагая, дошла до центрального входа и, оглядевшись по сторонам, проникла внутрь. К стене подъезда были пришпилены листы бумаги с нарисованными стрелками. Стрелки указывали на второй этаж, и Серафима послушно поднялась по лестнице.

Ее глазам предстал длинный коридор, отделанный светлым ламинатом и пластиком. Одинаковые двери с цветными окошками располагались слева и справа. Она уже хотела было заглянуть в первый попавшийся кабинет, как вдруг прямо перед ней возник черноволосый мужчина в костюме с иголочки и с идеальным пробором в черных волосах.

— К кому вы, милая девушка? — спросил он, с улыбкой глядя на Серафиму.

— К Олегу Петровичу Шумакову, — строго ответила она.

Нечего с ней заигрывать! Если она станет секретарем, этому типу тоже придется с ней считаться, кем бы он там ни был.

— Вы случайно не из агентства? — продолжал допытываться тот.

— Из агентства, но не случайно, — кивнула Серафима. — А по заявке. Подскажите, пожалуйста, как пройти к руководителю.

— Идите все прямо и прямо и дойдете до двери в приемную, — все тем же сладким голосом ответил черноволосый.

Серафима поблагодарила и быстро пошла вперед. В приемной никого не оказалось, и она окинула ее придирчивым взглядом. Безобразие, а не приемная! Стол завален непонятно чем, стеллаж загроможден бумагами, которые даже со стороны кажутся старыми и никому не нужными, в углу лежат стопки каталогов и каких-то подшивок, на полу пылится пожелтевший фикус. А на стене красуется картина с мрачным морским пейзажем — терпящий бедствие корабль и горстка людей, барахтающихся в воде. Серафима считала, что подобные художества должны висеть в музеях, а не в приемных, где люди и так чувствуют себя беспокойно. Короче, общее впечатление не радовало.

Вернее, оно могло бы не обрадовать другую, скучную и вялую девушку, но только не Серафиму. У той немедленно зачесались руки, да так, что пришлось сделать себе строгое внушение: «Сначала — инструкции, потом — работа, а не наоборот. Может, меня еще и не возьмут».

В этот момент за ее спиной кто-то аппетитно чихнул. Серафима резко развернулась и увидела щуплого парня в рабочей спецовке и пыльных башмаках.

— Здрась-те, — поспешно сказал парень.

После чего перестал обращать на нее внимание. Присел и, крякнув, поднял кадку с фикусом. Прижал ее к животу, немного потоптался на месте и собрался вместе со своей ношей покинуть приемную.

— Стойте! — приказала Серафима повелительным тоном.

Парень присел от неожиданности. Повернул голову и посмотрел на нее круглыми глазами.

— Куда вы его понесли?

— На помойку, — ответил тот удивленно. — Мне начальство велело.

— Поставьте на место. Бедный цветок еще можно воскресить. Вот вы чихаете. Простудились, вероятно. А что, если бы и вас сразу — на помойку?

— Олег Петрович! — громко закричал парень, не выпуская добычу из рук. — Можно вас на минуточку?

Серафима поняла, что сейчас откроется дверь и появится Шумаков собственной персоной. Отлично. Вот сразу все и решится. Станет понятно, будет она у него работать или нет.

Дверь действительно распахнулась, и на пороге возник мужчина с пластиковым стаканчиком в руках. Самый обыкновенный мужчина, весьма симпатичный. Был он молод и довольно высок. По крайней мере, по сравнению с Серафимой, пришедшей в тех самых туфлях из крокодиловой кожи, которые до странности напоминали крокодилов во плоти.

— Чего тебе, Митя? — спросил он, глядя не на него, а на Серафиму. Взгляд был оценивающим. — Что ты кричишь?

— Тут вот девушка не разрешает фикус на помойку нести.

— Почему? — удивился тот.

— Потому что он вовсе не безнадежен, — безапелляционно заявила Серафима.

— Хотите сохранить ему жизнь?

— Если вы возьмете меня на работу, я попытаюсь.

Олег скептически поднял бровь:

— И кем же вы рассчитываете у меня поработать?

— Секретарем. Если место еще не занято. — Она говорила так, будто других препятствий на пути к этому месту вовсе не существовало. — Меня прислало агентство по трудоустройству.

Олег раздумывал всего несколько секунд. После чего повел подбородком и велел:

— Митя, оставь фикус в покое, его взяли на поруки. Как вас зовут? — обратился он к Серафиме.

— Серафима Тетерина. Показать вам мои бумаги?

— Нет, отнесете их в отдел кадров. У вас есть хоть какой-нибудь опыт?

— Конечно, — ответила она важно, и Олег подумал, что она врет.

Ну, не то чтобы врет, но привирает. Наверняка отработала в какой-нибудь захудалой конторе пару месяцев и решила, что пора повышать ставки. На вид ей было лет восемнадцать, но она выглядела бойкой и решительной. Фигуры практически никакой, но это и к лучшему.

Как только фыркающий, словно кот, Митя ретировался, Олег отхлебнул кофе из пластикового стаканчика и сказал:

— Вы приняты.

— Правда? — Его новая секретарша улыбнулась, и Олег едва не свалился на пол.

У нее была фантастическая улыбка, которую можно было сравнить только с ударом в челюсть. Он крякнул и ворчливо ответил:

— Правда. Полагаю, Серафима, будет правильным, если я стану обращаться к тебе на «ты». Работы у тебя будет много, так что готовься.

— Ладно, — согласилась она. — Когда вы сможете ввести меня в курс дела?

Олег посмотрел на часы и решил, что вполне может уделить ей время прямо сейчас.

— Не будем откладывать. Сначала я расскажу,

что у тебя в компьютере. Надеюсь, ты не играешь в «Шарики»?

— Смешно, — сказала Серафима мрачно. — Нет, я очень ответственная. Я должна следить за вашим распорядком дня?

— Да, за мной обязательно нужно следить, — оживился Олег. — Без секретаря мне приходится туго: я постоянно что-то забываю. Давай я перечислю твои обязанности. — Он подробно объяснил, что она должна делать. — Да, и учти: рабочий день начинается в десять, а заканчивается в самое разное время. Иногда приходится работать и по выходным, но за это будешь получать сверхурочные. У нас все по-честному, никакого обмана.

— Понятно, — сказала повеселевшая Серафима.

Шумаков ей нравился, ей уже хотелось скорее приступить к работе и показать, чего она стоит.

— Думаю, некоторое время ты будешь задавать мне множество вопросов. Не стесняйся, я добрый.

— Зато я не очень, — предупредила Серафима. — Возможно, я произвожу впечатление добрячки, но оно обманчиво.

— Ого! — восхитился Олег. — Ладно, приступай к своим обязанностям. Буду знакомить тебя с людьми по мере их появления.

Впрочем, знакомить ему Серафиму ни с кем не пришлось. Она отлично справилась с этим сама. Сняв пиджачок и повесив его на спинку рабочего кресла, она некоторое время изучала компьютер, а потом принялась вытаскивать из стеллажа бумаги и складывать их на стулья стопками. За этим занятием ее застал Борис Гусев, с которым она, собственно, сегодня уже виделась. Именно он указал ей дорогу к приемной.

— Вот это да! — воскликнул Борис, переступив порог и увидев, что происходит.— У нас что, инвентаризация?

Серафима отряхнула руки и грозно спросила:

— Вы к Олегу Петровичу? По какому вопросу?

— По неотложному. Как вас зовут? — спросил Борис, улыбнувшись.— Кстати, я заместитель начальника. Фамилия моя Гусев.

— Очень приятно, Серафима. Я сейчас уточню насчет вас.

Она скрылась в кабинете Шумакова и через несколько секунд распахнула для Бориса дверь:

— Вас ждут.

Она точно знала, что как только дверь захлопнется, мужчины обменяются мнением относительно нее. Но ей было все равно. Пусть говорят, что хотят — главное, работу она получила. Любовь всей жизни у нее тоже есть. Что еще нужно для счастья?

— Значит, ты ее принял, да? — весело спросил Борис, плюхнувшись на большой удобный стул, являвшийся гордостью мебельной фабрики.— Забавная девчонка. Ты ее анкету смотрел?

— Да чего там смотреть? — пренебрежительно бросил Олег.— Родилась, училась в школе, окончила курсы секретарей-референтов... Или что они там сейчас оканчивают? Что-нибудь вроде Оксфорда для делопроизводителей? Даже не смешно. Зато у нее нрав для секретаря подходящий. Пусть трудится. Я, честно говоря, рад, что вопрос решился так быстро. Так что тебе спасибо.

— Ты не забыл, что в четыре часа мы с тобой должны подъехать на производство?

Олег не забыл, но его голова с утра была занята совсем другим. Во время обеденного перерыва он намеревался отправиться в ПТУ и встретиться с Толиком. Бог его знает, нужно ли ему это? Если бы не Дашин младший брат, возможно, он сто раз бы еще передумал. Но Макс надеялся на то, что он шуганет Толика, и Олегу не хотелось выглядеть в его глазах слабаком. В будущем он рассчитывал заручиться поддержкой хоть кого-то из членов семьи Азаровых. Когда он сделает Даше предложение, это станет известно всем ее многочисленным родственникам. Каждый из них отнесется к этому хорошо или плохо. Пусть хотя бы Макс будет его сторонником.

Кроме того, забыть слова Натальи о том, что он никогда ничего не вкладывает в отношения, оказалось непросто. Почему-то это его задело.

Олег заранее выяснил, какое сегодня расписание занятий и когда заканчивается последний урок математики. Подъехав к мрачному зданию ПТУ, он вышел из машины и закурил сигарету. Он представлял себе Толика высоким, обаятельным типом, похожим на Костолевского в фильме «Безымянная звезда».

Уроки закончились, но ни одного учителя Олег так и не увидел, хотя смотрел на дверь, не отрываясь. Тогда он подошел к групе ребят, толкавшихся во дворе, и спросил, где можно найти их учителя Пичугина.

— А он уже ушел, — сказала веснушчатая девушка с томными глазами. — Я сама видела, как он садился в трамвай. У нас географию с математикой местами поменяли.

Расстроенный, Олег вынужден был признать, что приехал зря. Бормоча ругательства, он зашел в замеченное поблизости кафе, чтобы перекусить и выпить чашку нормального кофе.

В это самое время Толик Пичугин находился в непосредственной близости от его офиса. Он стоял на бульваре, рассекавшем проезжую часть, под большим кленом, и смотрел, как Даша Азарова перебегает дорогу. Они давно не виделись, и Толик был вынужден признать, что за это время она удивительно похорошела. Его это отчего-то расстроило, и он стал придумывать, к чему можно придраться.

Толик рассчитывал, что Даша поцелует его, хотя бы в щеку, как это бывало прежде, однако она не сделала ничего подобного.

— Привет! — сказала Даша и остановилась напротив, засунув руки в карманы короткого жакета.

Костюмчик этот Толик видел на ней сто раз, но никогда он не казался ему столь элегантным.

— А что, нельзя было встретиться вечером, после того, как ты закончишь работу? — спросил он, сдерживая раздражение. — Почему обязательно в обеденный перерыв?

— Потому что вечером после работы я буду очень занята, — ответила Даша примирительным тоном. — А нам обязательно надо поговорить. Хотя бы пару минут.

Мысль о том, что Даша хочет его бросить, даже не приходила Толику в голову. То есть вообще не приходила, ни разу. Он прекрасно знал ситуацию в ее семье и был убежден, что Даша всегда будет зависима от родителей, младших братьев и сестер и от него тоже. Ведь он — свет в ее окне, разве не так?

— Мы прямо здесь будем говорить? — спросил он и повертел головой.

— Можем пойти в кафе. Я заодно перекушу, если ты не возражаешь.

— Я вообще-то тоже после работы, — заметил Толик, оскорбившись, что о его обеде она как-то не подумала.

Однако Даша даже не собиралась извиняться. Просто сказала:

— Значит, перекусим вместе.

Она повела его в кафе, при этом шла чуть впереди. И не взяла его под руку, как обычно. Но даже это не навело Толика на мысль о разрыве. Когда они устроились за столиком и заказали салат, Даша внимательно посмотрела на своего визави.

— Соскучилась? — поинтересовался тот. — Еще бы не соскучиться. Ты со своим семейством вообще скоро позабудешь, что такое выходные и праздники. Кстати, завтра вечером квартира свободна. Думаю, тебе надо приехать. Пора, пора вырваться из твоего сумасшедшего дома!

— Я уже вырвалась, — просто ответила Даша.— И это не сумасшедший дом, а моя семья, которую я люблю.

— Ну-ну. Батраки, знаешь, тоже любят барина.

— Я больше к тебе не приеду. Никогда.

— Почему же это? — ехидно спросил Толик, который ей, кажется, не поверил.

— Потому что я тебя не люблю. И мне жаль тратить время на отношения, которые мне не нужны. Кстати, я так и не поняла, почему ты всегда считал себя в этих отношениях главным? Просто потому, что у тебя время от времени появлялась в распоряжении пустая квартира?

— Я что-то ничего не понял, — сказал Толик, перед которым официантка как раз поставила салат.

Он взял вилку и подхватил мясистый салатный лист. Сдвинув брови, он принялся разжевывать его, сосредоточенно глядя в тарелку.

— Да все ты прекрасно понял, — бросила Даша, тоже принимаясь за салат.

Она проголодалась и ела с аппетитом.

— Погоди, ты что, больше не хочешь встречаться? — удивленно спросил Толик, неожиданно перестав жевать.

— Толик, мне это больше не интересно. Мне не шестнадцать лет, чтобы бегать по чужим квартирам.

— Интересно, а чего ты хочешь? Ты же прекрасно знаешь, что если мы поженимся, то сможем жить только с моими родителями.

— Почему?

— Ну не с твоими же? — бросил Толик. Вилка замелькала в его руке, он активно заработал челюстями.

— Можно было бы снимать квартиру.

— Отдавать почти всю зарплату за квартиру? А жить на что? Короче, выброси эти глупости из головы. Я знаю, что в твоей жизни все плохо, что ты несчастна... Так давай наслаждаться тем хорошим, что у нас есть.

— Да нету у нас с тобой ничего хорошего, — улыбнулась Даша.

Эта ее улыбка произвела на Толика гораздо большее впечатление, чем все сказанные перед этим слова.

— И я вовсе не несчастна. Я больше не живу с родителями. У меня новая работа, новый дом и новые отношения. Я встретила замечательного человека, которого уважаю. Так что прощай, Толик. Не звони мне больше. Хотя ты мне и так почти не звонил.

Она поднялась, просмотрела счет и сунула в него деньги. После чего взяла сумочку и направилась к выходу. Толик нагнал ее уже на бульваре.

— Подожди, постой! — кричал он ей вслед. — Ты не можешь так уйти!

Он схватил ее за руку, да так сильно, что Даша вскрикнула. Развернул лицом к себе и, брызжа слюной, заговорил, приблизив свое лицо к ее лицу:

— Думаешь, можно вот так просто от меня избавиться?! Пришла, наговорила, махнула ручкой... Да что ты вообще о себе возомнила?! Работу она нашла! Кому нужна твоя работа? Ты и работать-то толком не можешь, потому что у тебя все мысли заняты сопляками вашими да мамочкой с папочкой! Квартиру она сняла... Миллионерша, тоже мне, блин!

Толик неожиданно толкнул Дашу в грудь, да так, что она отлетела назад.

Его злоба была такой обескураживающей и такой страшной, что Даша растерялась. Тем временем за спиной Толика, возле офиса, уже затормозил знакомый черный автомобиль. Из автомобиля вышел Олег. Он сразу же услышал крики, повернул голову и увидел растерянную Дашу. А рядом с ней грузного мужика в мешковатом костюме. Мужик размахивал руками и наступал на нее, а потом выбросил руку и толкнул. Олегу не потребовалось много времени, чтобы догадаться, кто это.

Наплевав на пешеходный переход со светофором, он перебежал дорогу перед носом загудевшего пикапа, перемахнул через низкий чугунный забор и рванул прямо через газон. Когда Толик, возвысив голос, выплюнул очередное обвинение, Олег схватил его за плечо и развернул к себе. Толик взвизгнул, как шавка.

— Нет, он не похож на Костолевского, — с сожалением констатировал Олег. — А похож на мешок с дерьмом.

— Олег! — радостно воскликнула Даша.

— Вы кто?! Вы что?! — забормотал Толик, пытаясь вырваться.— Пустите меня! Что вы себе позволяете?!

— А ты себе что позволяешь, скотина? — процедил Олег, с одного только прикосновения поняв, что никакого физического сопротивления этот тип ему не окажет. Он был крупным, но рыхлым. Казалось, будто он набит отсыревшим синтепоном.

— Олег, я давно хотела тебе про него рассказать, — заговорила Даша взволнованно.— Это Толик, он...

— Да чего про него рассказывать? — презрительно бросил тот, взяв Толика за грудки и подтянув к себе. — Чего про тебя рассказывать, гад? — повторил он ему в нос.— Еще раз распустишь руки, я тебе их оторву. Хорошо понял?

Вместо ответа Толик поджал губы и совершенно неожиданно заехал Олегу кулаком в живот.

— Спасибо, — с чувством выдохнул тот.— Теперь я могу дать сдачи с чистой совестью.

Он размахнулся и коротко ударил Толика в скулу. Тот отлетел и упал на землю с квакающим вскриком. Потом начал подниматься, нелепо встав на четвереньки и загребая носками башмаков мелкие камушки. При этом он бормотал какие-то пошлые, площадные ругательства, от которых у Даши мгновенно остекленели глаза.

— Пойдем, — сказал ей Олег, демонстративно отряхивая пиджак. — Считай, что это был твой страшный сон. Но ты уже проснулась.

Когда они поднялись на второй этаж, Дашу стало мелко трясти.

— Пойдем ко мне в кабинет, я напою тебя чаем. Кстати, мне из агентства по трудоустройству прислали секретаршу, огромное облегчение.

Серафиму они застали в приемной за капитальным разбором рабочего стола — она вытащила все ящики и теперь копалась в них, раскладывая канцелярские принадлежности по каким-то коробочкам.

— Олег Петрович, вам звонили из Твери, — сообщила она, бросив на Дашу внимательный взор.

Она сразу догадалась, что спутница босса чем-то сильно расстроена.

— Понял, перезвоню, — ответил Олег.— Даша, это Серафима, мой новый секретарь.

Даша вежливо кивнула:

— Дарья Азарова, маркетолог.

— А сделай-ка нам, Серафима, чаю. Черного, сладкого и горячего, — попросил Олег.

Он завел Дашу в кабинет и сказал:

— Тест на вшивость. Чай мне всегда делают девочки из производственного. У них и посуда, и сахар есть. А в приемной вообще ничего нету. Прежняя секретарша уволилась, и все куда-то делось. Небось сейчас придет, скажет обиженным голосом: «Олег Петрович! А где мне чашки взять? А заварку?»

Даша через силу улыбнулась:

— Забавная эта Серафима.

— Почему забавная? — удивился Олег.

— Не знаю, просто забавная, — пожала плечами Даша. — Бывают такие девушки. Даже когда они ужасно серьезны, их нельзя воспринимать всерьез.

— М-да? Я бы не хотел, чтобы мой секретарь производил подобное впечатление.

— Да нет, не волнуйся, к работе это не имеет никакого отношения. Это просто... впечатление.

— Ты успокоилась? — спросил Олег, усаживая Дашу на стул. — Я тебя прошу: забудь про своего Толика навсегда. Он больше не появится, верь мне. А если появится...

— Я не должна была ничего утаивать, — смущенно начала Даша. — Я тебе сейчас все про него расскажу.

— Не надо мне про него рассказывать, — с отвращением сказал Олег. — Это лишняя информация, которая будет отравлять мой мозг.

Тем временем Серафима сбегала в туалет, набрала в чайник воды и быстренько соорудила чай. Поставила на свой ветеранский поднос чашки, наполненные ярко-коричневым чаем, толстыми дольками нарезала лимон и ногой постучала в дверь.

— Але-оп! — воскликнул Олег, впуская ее в кабинет. С победным видом он посмотрел на Дашу. — Высший пилотаж, правда? Серафима, ты гений. Если бы я тебя еще не принял на работу, сейчас ты была бы уже зачислена. Где ты все это раздобыла?

— Я дальновидна, — спокойно ответила Серафима, ставя поднос на стол. — Кроме того, у меня есть практический опыт, а это гораздо больше, чем диплом с отличием. Хотя диплом у меня тоже есть.

Даше не понравилось, что Олег так радуется чаю. Сама она была вся переполнена эмоциями после стычки с Толиком. У нее даже зубы стучали. И восторгов по поводу новой секретарши она тоже не разделяла. Хорошо хоть, эта Серафима не оказалась томной блондинкой с ногами от ушей. Все-таки есть в жизни справедливость.

Глава 8

На следующее утро Олег приехал на работу рано, Даша еще спала в своей квартире. Конечно, это был не ее собственный дом, но — лиха беда начало! В сущности, Олег мог бы поселить Дашу у себя, учитывая серьезность своих намерений. Но, трезво все взвесив, он решил не торопиться. Девушка должна насладиться свободой. И лишь потом снова связывать себя обязательствами. Иногда Даша оставалась у него на ночь, но на следующий день непременно возвращалась домой.

Родители свыклись с ее уходом, и на душе у нее явно стало легче. Даша часто звонила домой и иногда по вечерам, пока Олег выгуливал Бульку, забегала навестить своих.

По дороге на работу Олег остановился возле метро и купил букет маргариток — маленький, тугой, завернутый в яркую бумагу и украшенный крохотным красным бантиком. Даша над этим бантиком точно будет смеяться. Заскочив в ее кабинет, он положил букет на ее рабочий стол и пошел дальше, до ужаса довольный собой.

Однако не успел сделать и двух шагов, как внезапно услышал женские крики «А-а-а! А-а-а!».

Это были тонкие, длинные крики — их мог бы издавать умирающий, собравшийся с последними силами. Затаив дыхание, Олег несколько секунд стоял неподвижно. Но когда крики раздались снова, он сорвался с места и влетел в приемную, ожидая увидеть... Он не знал, что ожидал увидеть.

Влетел и остановился как вкопанный. На стремянке спиной к нему стояла Серафима со щеткой в руке и мыла окна. Одета она была в укороченные спортивные штаны, футболку и детские кеды с цветными разводами.

— Серафима! — мертвым голосом позвал Олег. Она не откликнулась, и он гаркнул что было сил: — Серафима!!!

Его новая секретарша вздрогнула и обернулась. На ней были маленькие наушники, которые она тотчас выдернула одним ловким движением.

— Вы что-то рано, — невозмутимым тоном заявила она и, спохватившись, поздоровалась: — Доброе утро, босс.

— Серафима, — вкрадчивым голосом сказал Олег, прищурив правый глаз. — Что это ты сейчас делала?

— Что? — удивилась она.

— Вот это: «А-а-а! А-а-а!» — передразнил он, повысив голос до писка.

— Смешно, — мрачно заметила Серафима. — Это я подпевала группе «Аэросмит». Неужели получилось страшно? По-моему, очень красивая песня, это саундтрек к фильму «Армагеддон»,

помните? — И она пропела тощим голосом, за-
жмурив глаза: — I don`t wanna close my eyes...

— Серафима, прекрати немедленно, — приказал Олег ледяным тоном. — Бог дал тебе огромные легкие и луженое горло. Но со слухом у тебя
полный пролет.

— Тетка Зоя тоже не любила слушать, как я
пою, — проворчала Серафима себе под нос.

— И вообще: что ты делаешь под потолком? —
продолжал допытываться Олег, оглядывая разор,
который новая секретарша устроила в приeм-
ной. — Что ты вообще тут нагромоздила?

— Я окна мою. Они такие грязные, как будто
все посетители оставляли на них отпечатки паль-
цев. Не волнуйтесь, к началу рабочего дня здесь
станет красиво. И я тоже переоденусь и сделаюсь
красивой.

— Буду ждать, — коротко ответил Олег. Хмыкнул и направился в свой кабинет. Но на пороге
притормозил и поинтересовался: — А что, убор-
щицы у нас разве не водятся?

— Я звонила в хозяйственный отдел, оставила
заявку. Мне сказали, пришлют на следующей неделе. Что же, нам целую неделю сидеть в грязи и
ждать уборщицу? Просто смешно. Я лучше сама
все уберу, мне нетрудно.

Позже выяснилось, что ей нетрудно делать
массу полезных вещей. Она работала с блеском,
используя творческий подход, и еще ни разу не
пожаловалась на то, как запущены дела. Она не
только систематизировала всю текущую доку-
ментацию, но еще занялась архивом. Огромный

стеллаж в приемной, который раньше был набит бумагами, выглядевшими так, словно их терзали Тузики, превратился в образец делового стиля. Электронная переписка велась безукоризненно.

Уже через пару недель Олег стал полагаться на Серафиму во всем. Она знала, где что лежит, и помнила, на какой час перенесено совещание. Гораздо проще было снять трубку и узнать у нее, что за проблема в производственном отделе, нежели искать отчет. В любое время дня и ночи она отвечала на его телефонные звонки и ни разу не выказала недовольства.

— Как я раньше мог обходиться без секретарши? — удивлялся Олег, которому хотелось поделиться с кем-нибудь своими эмоциями. И он делился с Дашей. Чаще всего, когда они гуляли по вечернему городу.

Даша любила дышать воздухом, и Олег послушно вез ее на Тверской бульвар или на Чистые пруды и чинно водил по дорожкам. Хотя сам считал, что воздуха на бульварах не больше, чем везде. Но Даше нравились огромные, раздавшиеся вширь липы, она все время задирала голову и делала глубокие вдохи, уверяя, что зелень восхитительно пахнет. Олег тоже вдыхал, но чувствовал только горьковатый привкус асфальта. Ему казалось, что на этих бульварах время останавливается. А он был деятельной натурой, ему постоянно хотелось куда-то лететь и что-то решать.

— Предыдущая секретарша так запустила дела, — продолжал он, — что теперь бедной Серафиме приходится работать за двоих.

— Ничего, она справится, — уверяла его Даша.

— Да я не сомневаюсь, что справится. Надо же — такая тощенькая и такая энергичная.

Разговоры про Серафиму становились все продолжительнее. Создавалось впечатление, что она капитально засела в его голове.

— Ты как будто купил себе новую игрушку, — не выдержала однажды Даша. — Мотоцикл или компьютер. Или даже яхту! И теперь никак не можешь наиграться.

Олег тогда ужасно обиделся и свернул разговор о работе. Из-за этого свидание получилось скомканным. Даша решила, что его любимую Серафиму лучше не трогать. Возвратившись домой, она остановилась перед зеркалом, посмотрела своему отражению прямо в глаза и удивленно спросила:

— Ты что, ревнуешь?!

И вынуждена была признать, что — да, она ревнует. Еще бы не ревновать! В их красивые, но еще не окрепшие отношения с Олегом вмешалась какая-то пигалица! С ее появлением в Олеге что-то неуловимо изменилось. «Словно фокус сместился, — подумала Даша. — И что теперь с этим делать?»

Посоветоваться ей было решительно не с кем. Мама вообще не знала о существовании Олега. А если ей рассказать, она сначала будет год переживать по поводу того, что Даша закрутила роман с боссом. И что она бросила Толика, а ведь он такой приличный. И только потом, может быть, даст ей совет. При всей любви к матери Даша почему-то сомневалась в том, что совет пойдет ей на пользу.

Подруги у нее не было. Вернее, раньше-то она была, как у всех смертных. Лиза Машкова, отличница, хохотушка, член городской сборной по баскетболу. На втором курсе института они вместе поехали в спортивный лагерь. Там-то и случился у Даши первый в ее жизни настоящий роман. Он перевернул Дашину жизнь и грозил закончиться свадьбой, но... Лиза Машкова не смогла устоять против соблазна. Уж больно был хорош парень, которого выбрала Даша. Лиза решила, что это несправедливо, и увела его.

С тех пор у Даши не было ни одной подруги. Она так и не смогла решиться подпустить к себе кого-нибудь так же близко, как Лизу. Конечно, ей было жаль, что не с кем делиться самым сокровенным, но что ж поделаешь?

А что, если Серафима положила на Олега глаз? Что, если этот его дикий восторг возник не сам по себе? Вдруг он не что иное, как результат продуманной атаки со стороны секретарши?

Даша долго не могла уснуть. Начиная со следующего дня она стала часто заглядывать в кабинет Олега, придумывая то одно срочное дело, то другое. Иногда заходила специально, чтобы выпить чашку чая. Главное, что ее интересовало, — это поведение Серафимы.

Через некоторое время Даша вынуждена была признать, что Серафима не предпринимала попыток покорить босса. Босс покорялся сам. И при этом не понимал, что с ним происходит. То есть ему казалось, что восхищение, которое вызывает у него Серафима, имеет исключительно деловую подоплеку. Его слепота внушала надежду.

Серафима, судя по всему, считала, что у них с боссом замечательные дружеские отношения. Олег оказался отличным начальником, и это было все, что ей требовалось. Любовь всей жизни она себе уже нашла. Куракин занимал все ее мысли.

Сказать по правде, Серафима боялась, что, объявив ее своей девушкой, Андрей быстро остынет и даст задний ход. Ничего подобного, наоборот! Постоянно подогреваемый матерью, вдохновленный тем, что Серафима нравится его друзьям, Андрей все больше к ней привязывался. Он постоянно звонил ей по телефону, если задерживался — предупреждал, носил в дом продукты, из которых она готовила супы и солянку, и даже собственноручно купил ей халат и домашние тапочки. Вероятно, давал понять, что с его стороны все серьезно.

Серафима уже начала подумывать о том, чтобы подтолкнуть Андрея к объяснению. Пусть, наконец, сделает ей предложение. Чего, собственно, тянуть? Уже и так ясно, что они подходят друг другу и могут жить под одной крышей, не швыряясь вазами и утюгами. Андрей как-то очень быстро к Серафиме привык и вел себя с ней так, словно они уже сто лет вместе. Возможно, кому-то это и не понравилось бы. Однако Серафиме такой расклад был только на руку. Она хотела выйти замуж и начать скорее рожать детей.

Объяснение состоялось неожиданно. В тот день у Серафимы заболел зуб. Она долго трогала его языком, бегала в туалет и открывала рот перед зеркалом. Это, конечно, ей ничем не помогло, а потому пришлось звонить в стоматологическую клинику и записываться на прием к врачу. Потом она сбегала в аптеку, купила обезболивающее и проглотила таблетку. Боль утихла, но Серафима знала, что к врачу идти все равно придется. Прием назначили на завтрашнее утро. Отпрашиваться было не у кого — босс после обеда куда-то уехал. Серафиме пришлось звонить ему на мобильный.

— Нет проблем! — сказал Олег, когда она поделилась с ним своим горем. — Конечно, иди к врачу. — И тут же спохватился: — Ох, нет, проблема есть. Я ключи от кабинета оставил на столе, а запасных не имеется. А мне нужно завтра рано утром быть возле рабочего телефона. В такое время никто из сотрудников еще не появляется, и передать ключи некому.

— Может быть, я вам их куда-нибудь подвезу? — с надеждой спросила Серафима, которая не любила откладывать неприятные дела на потом и ни за что не хотела переносить визит к стоматологу. — Где вы сейчас находитесь?

— Ужинаю в ресторане неподалеку от Китай-города.

— Тогда вы ужинайте подольше, я приеду, — решила Серафима. — Как буду подъезжать, перезвоню.

Он не успел и слова сказать, а она уже отключилась. Хотела спрятать телефон в сумочку, но тот неожиданно зазвонил. На дисплее высветилось: «Андрей».

— Алло! — радостно прокричала Серафима. — А ты сейчас где?

Оказалось, что Андрей неподалеку от ее офиса. Она рассказала ему про зуб и про ужинающего в ресторане босса.

— Давай вместе съездим к твоему Олегу Петровичу, — предложил Куракин. — Одна нога здесь, другая там.

— Какой ты шустрый. Всегда быстро принимаешь решения. Вот за это я тебя и люблю! — заявила Серафима, которая никогда прежде не говорила вслух о своих чувствах.

Однако Андрей пропустил ее слова мимо ушей. Через десять минут она уже усаживалась в его машину.

— Куда ехать? — спросил Куракин, наклонившись и чмокнув ее в щечку.

— Поезжай в сторону Политехнического музея. Босс где-то в окрестностях Китай-города.

— От этих бизнесменов с ума сойдешь, — говорил Куракин, лавируя в потоке машин. — Днем им не работается, обязательно нужно позаниматься своим бизнесом или рано утром, или поздно вечером. Или даже ночью. Он тебе ночью случайно не звонит? Когда я не слышу?

— Нет, — усмехнулась Серафима. — По ночам он, судя по всему, спит. А ты что, ревнуешь?

— Я не ревную, — тоном обиженного мальчишки сказал Куракин. — Но хочу быть уверен, что ты моя и больше ничья.

Серафима едва не лопнула от счастья. Таких слов она от Андрея еще никогда не слышала. Поэтому решила немедленно закрепить успех. Как всякая женщина, она не умела вовремя остановиться.

— Для тебя это правда важно? — спросила она, повернувшись и просверлив Андрея взглядом. — Чтобы я была только твоя? Если важно, то для этого ведь существуют... определенные процедуры.

— Какие процедуры? — удивился Куракин, мельком взглянув на нее.

— Ну... Закрепление отношений. Чтобы все было официально.

Слово «официально» оказалось неподходящим. Оно повисло в салоне грозное и неприятное. Серафима вжала голову в плечи.

— Замуж хочешь? — весело спросил Куракин. — Какие вы все, бабы, одинаковые. Ну не живется вам просто так. Обязательно надо перед тем, как получить удовольствие, напялить на голову веночек из роз и протащиться по всему городу в белом лимузине.

— Без лимузина можно обойтись, — заявила Серафима, по тону Андрея почувствовав, что он не злится. — Но все остальное желательно.

— Серафима, ты что, делаешь мне предложение? — удивился Куракин. — Хорошее выбрала время. Я за рулем и даже не могу встать на одно колено, как положено.

— Но ты согласен? — продолжала напирать Серафима, которую вовсе не заботило то, что Андрей сосредоточен на дороге. — Жениться на мне? — добавила она, чтобы уже все окончательно стало ясно.

Куракин пожал плечами, продолжая смотреть вперед:

— Почему бы и нет? Думаю, ты будешь хорошей женой. Ты деловитая, не ленивая, веселая опять же.

— Боже, Андрей, я так счастлива!

— Только не вздумай кидаться на меня с поцелуями, — предупредил тот. — Впереди мент стоит. Во все стороны глядит...

— Я не буду кидаться, — пообещала Серафима, улыбаясь во весь рот.

Все-таки есть на свете справедливость! Скоро она будет замужней женщиной. Исполнится ее заветная мечта.

— Никогда не думал, что приму решение жениться, проезжая мимо Политехнического музея, — пробормотал Андрей. — Ну, где ресторан с твоим боссом?

— Не знаю, — пожала плечами Серафима. — Надо было дополнительно позвонить, а я отвлеклась.

Андрей притормозил неподалеку от автобусной остановки. Серафима принялась названивать Шумакову, потом они еще некоторое время крутились на одном пятачке, наконец, нашли нужное место.

Как только Куракин заглушил мотор, Серафима сказала:

— Ты тоже выходи из машины.

— Зачем это? Мне твой босс, знаешь ли, без надобности.

— Выходи, выходи, — у нее был лукавый тон, и Андрей послушался.

Оттащив его от кромки тротуара, Серафима деловито сказала:

— Теперь давай поцелуемся. Чтобы скрепить уговор.

Куракин закатил глаза и вздохнул:

— Сима, от тебя можно с ума сойти. Какой уговор?

— Ты же согласился отдать мне руку и сердце, — тут же надулась она.— Первое слово дороже второго.

— Вот ведь...— Он наклонился и поцеловал ее. Хотел ограничиться коротким поцелуем, но Серафима не позволила.

Она обхватила его обеими руками и прижалась всем телом.

— Легче, легче, — пробормотал тот.— Мы все же в общественном месте... Не забывайтесь, девушка.

* * *

Тем временем Олег с Дашей сидели в ресторане на маленьких диванчиках и обсуждали дизайн платяных шкафов, которые только что запустили в производство. Олег сетовал, что не успевает все контролировать и стал упускать из виду важные мелочи.

— Ты знаешь, устал я очень. Впрочем, чего удивляться? Я уже год без отпуска. И если нам удастся с тобой куда-нибудь вырваться, то не раньше октября. А пока, может, махнуть на выходные за город, как думаешь? Давай съездим на Клязьму — искупаемся, покатаемся на лодке.

Он поднес к губам бокал вина, сделал глоток, рассеянно взглянул в окно и неожиданно вздрогнул. На улице, рядом с круглой тумбой, оклеенной афишами, стояла Серафима и, откинув тощую ножку, целовалась с незнакомым мужчиной. Это было так неожиданно, что Олег обалдело присвистнул.

— Что ты там увидел? — удивилась Даша.

— Сама посмотри, — проворчал Олег недовольно. — Узнаешь?

Даша наклонилась вперед, пригляделась повнимательней, а потом воскликнула:

— Ой, кажется, узнаю... Ну да, это же Куракин! Андрей Куракин — он популярное шоу ведет на телевидении. Надо же, так странно видеть его просто на улице, а не в телевизоре. Все же эти люди из «ящика» живьем кажутся ужасно нереальными.

— Даш, ну при чем здесь какой-то там Куракин? — разгорячился Олег. — Я ж тебе не про него говорю, а про девушку.

— А чем тебе не нравится его девушка? — невинно спросила Даша, поднося к губам бокал и делая вид, что ничего особенного не заметила.

— Да как же ты не видишь! Это же Серафима.

— Неужели? — вскинула брови Даша и снова взглянула в окно. — А я ее и не признала. Молодец она у тебя, такого классного парня подцепила — и знаменитость, и красавчик к тому же. Да, за твою секретаршу можно не волноваться — уж она-то в жизни не пропадет.

— Я за нее и не волнуюсь, — желчно заметил Олег. Потом отставил бокал, нервно побарабанил пальцами по столу и снова повернулся к окну: — Это, называется, она мне ключи привезла.

— Конечно, привезла, — улыбнулась Даша. — Ты напрасно так разнервничался. Сейчас она завершит свои дела и непременно подойдет к нам. Не забывай, что рабочий день уже закончился, и она может делать все, что ей заблагорассудится.

— Но почему обязательно надо целоваться прямо тут, у меня на глазах? — никак не мог успокоиться Олег. — Места больше не нашлось? — Он демонстративно отвернулся от окна. — А что, этот парень действительно телезвезда? Почему тогда я его не знаю?

— Наверное, ты не смотришь телевизор, — пожала плечами Даша. — Зато вся страна смотрит и восхищается. Куракин ведет шоу «Силовой метод», а еще его постоянно приглашают в качестве гостя в другие передачи. К тому же его физиономия почти каждый день мелькает в каком-нибудь журнале. Интересно, где это твоя Серафима его откопала?

— Понятия не имею! Какая она, оказывается, ушлая девица...

Олег немного поерзал на своем месте, еще раз покосился в окно, а потом хлопнул рукой по столу и решительно заявил:

— Пойду сам заберу у нее ключи, а то она там еще сто лет будет целоваться.

Даша посмотрела на него с сожалением. Олег вел себя ужасно глупо, и она точно знала, почему.

— Может быть, не стоит? — осторожно спросила она. — А то помешаешь девушкиному счастью.

— Это еще неизвестно, что там на самом деле за счастье такое, — фыркнул Олег. — Ты видела, какая у этой звезды холеная морда? Ничего хорошего от такого типа ждать не приходится. Откормленные знаменитости еще никому счастья не приносили.

Даша пыталась ему возражать, но он ничего не желал слушать. Раздраженно отбросив в сторону салфетку, он вскочил на ноги и решительно зашагал к выходу. Но не успел выйти из ресторана, как дверь распахнулась, и он чуть не столкнулся с Серафимой, которая, улыбаясь во весь рот, вертела на пальце связку ключей.

— Ой, Олег Петрович, здрасьте! — воскликнула она радостно. — Вот, я вам ключи привезла.

Олег ничего не сказал, потеснил Серафиму

плечом и вышел на улицу. Девушка, не обратив внимания на угрюмый вид босса, последовала за ним. Олег огляделся по сторонам. Город тихо отдыхал, погрузившись в сочные летние сумерки. Куракина нигде не было. Он волшебным образом куда-то исчез, возле тумбы с афишей было пусто.

«И чего это я так расстроился? — сам себе удивился Олег. — Какое мне дело до того, с кем крутит романы моя секретарша?»

Однако, посмотрев в масленые глаза Серафимы, он снова завелся и ехидно спросил:

— Серафима, а с кем это ты сейчас вот тут обнималась? — Он махнул рукой на афишную тумбу.

— С бойфрендом, — гордо ответила та. Про то, что они с Андреем договорились пожениться, она пока решила не говорить — чтобы не сглазить. — Он на телевидении передачу ведет. И вообще — звезда. — Серафима широко улыбнулась.

Олег стиснул зубы, чтобы не сказать какую-нибудь гадость. Своей улыбкой Серафима действовала на него как-то... деморализующе.

— Ты там смотри, поосторожней со звездами-то, — буркнул он. — У звезд обычно бывает кошмарная репутация — один любовный роман за другим. А поскольку ты еще в этом не разбираешься...

— Почему это я не разбираюсь? — искренне возмутилась Серафима.

— Молода слишком. Кстати, сколько тебе лет?

— Двадцать четыре.

— Сколько-сколько?! — Олег так изумился, что даже выронил из рук переданные ему Серафимой ключи.

Почему-то он был уверен, что ей лет восемнадцать, не больше. Ну, в крайнем случае, девятнадцать. А она, оказывается, совсем уже взрослая. Это в корне меняло дело! Тем не менее сдаваться он не собирался.

— Женщины способны совершать глупости в любом возрасте, — нравоучительным тоном сказал он.

— Мужчины тоже, знаете ли, разные бывают, — оскорбилась Серафима.

Она-то думала, что босс будет потрясен, узнав, с кем у нее роман. А он ведет себя, как заботливый папенька. Еще не хватало, чтобы он прочел ей тут лекцию о нравственности.

— Ну, что с тобой поделаешь, раз ты такая умная, — вздохнул Олег.

Серафима недовольно пожала плечами:

— Ладно, вы идите, Олег Петрович, вас там, наверное, ждут. А мой друг сейчас купит сигареты, и мы домой поедем.

— Тогда счастливо. Желаю удачного похода к стоматологу, — небрежно бросил тот и ушел, не оглядываясь.

Спровадив босса, Серафима сначала прогуливалась взад-вперед, потом прислонилась спиной к афишной тумбе и замечталась, сложив руки на груди. Почти сразу же возле нее притормозила черная машина. Опустилось стекло, и некто в темных очках хриплым голосом спросил:

— Сколько?

Бесхитростная Серафима, которой и в голову не приходило, что ее могут принять за девушку легкого поведения, ничего не поняла. Она посмотрела на часы и ответила:

— Без пятнадцати девять. — Чего он еще мог спрашивать, кроме времени?

— Дура-то, прости господи, — буркнули темные очки, машина рванула с места и умчалась.

В этот момент к ней подрулил Куракин.

— Ну ты, мать, даешь! — возмутился он. — Ты чего тут встала — нога на ногу? Хочешь, чтобы тебя кто-нибудь снял?

— Чего меня снимать? Я уже пристроена, — гордо заявила Серафима, взяв его под руку собственническим жестом. — Поедем домой и отпразднуем нашу помолвку.

— Голова у тебя забита ватой, — хохотнул Куракин. — Я уж и слова такого сто лет не слышал — помолвка. Но если тебе хочется...

Олег и Даша через окно наблюдали за тем, как Куракин усадил Серафиму в машину, напоследок ущипнув ее за хилый бочок. Они уже давно уехали, а Олег все никак не мог избавиться от мыслей о своей секретарше. Он то и дело принимался рассказывать разные истории, где та была главным действующим лицом. То она не пустила к нему в кабинет налогового инспектора, то ухитрилась дозвониться заместителю министра, который сидел в сауне, то она использовала какой-то дико дорогой почетный кубок вместо вазы для цветов...

К тому моменту, как Даша очутилась дома, она была сыта Серафимой по горло. От досады девушка с такой силой захлопнула входную дверь, что вешалка не выдержала потрясения и обвалилась, обрушив висевшие на ней зонты, пыльники и жакеты.

Поднимая свое добро, Даша заплакала. Это было ужасно несправедливо! Еще недавно она считала себя самой счастливой девушкой на свете — и вот, пожалуйста. Олег думает только о Серафиме, говорит о Серафиме, восхищается Серафимой, переживает за Серафиму... Нет, так дело не пойдет. Этому нужно положить конец.

Даша скинула туфли и, содрав с себя одежду, побросала вещи на диван. Она не отдаст Олега! Как она будет без него? Она уже спланировала всю свою дальнейшую жизнь, и Олег занял в ней центральное место. Все вращалось вокруг него, все ее планы включали только его одного. Он — ее будущее. И она не позволит отнять у себя это будущее. Ни за что!

Даша завернулась в просторный халат и отправилась на кухню. Достала из шкафчика мартини и налила себе полный бокал. С бокалом в руке вернулась в комнату, включила музыку и уселась на диван. Элвис Пресли пел знаменитую «Бессаме мучо», его голос растекался по комнате, на глаза Даши навернулись слезы. «Целуй меня, целуй меня крепко...» — пел Элвис, и Даша чувствовала, как тает ее гнев. «Целуй меня, целуй меня крепко. Как если бы эта ночь была последней»...

Господи, любовь... Люди с ума сходят от любви. Прекрасная мексиканка Консуэла Веласкес написала эту песню, когда еще ни разу не целовалась, ей было всего пятнадцать лет. Она воображала идеального мужчину, в которого могла бы влюбиться. Потом она прославилась, приехала в Голливуд, встретила там Грегори Пека и была потрясена тем, как он похож на ту ее давнюю юношескую мечту. Мужчина-мечта...

Поддавшись порыву, Даша достала диск с фильмом «Римские каникулы», включила изображение и убрала звук. Песня продолжала звучать, черно-белый Грегори Пек двигался и жил на экране. Он был бесподобен. Даша уронила в мартини две сладкие слезы. Люди всегда придумывают для себя сказки — и все эти сказки о любви. Люди сочинили историю о том, что Консуэла Веласкес в свои пятнадцать была безответно и безнадежно влюблена в Грегори Пека и писала свою песню для него. От этой песни весь мир сошел с ума. И когда она приехала в Голливуд, мужчина-мечта влюбился в нее. Их роман был головокружительным, но они расстались, потому что Консуэла не смогла справиться с этой любовью — такой сильной и такой нереальной.

«Боже мой, — думала Даша. — Это так... так великолепно! Пусть даже это сказка. А я? Что же я делаю? Я ведь не влюблена в Олега. Да, он мне нравится, он потрясающий, но... Но я бы никогда не смогла написать для него песню».

Даша прикончила мартини и выключила музыку. Вышла на маленький балкон, откуда открывался чудесный вид — кусочек города, шоссе, а за ним большой парк. В парке горели фонари, их было много, и издалека они казались новогодними гирляндами, запутавшимися в ветвях деревьев. Было прохладно и тихо, только шуршали колеса проносящихся мимо машин.

«И чего это я так расчувствовалась? — подумала Даша, подставляя лицо сонному ветерку, у которого едва хватало сил пошевелить листву. — Не всем людям дано встретить в жизни свою единственную любовь. Многие просто женятся, потому что подходят друг другу — как мы с Олегом. Отказаться от него только потому, что я не пылаю страстью? По-моему, это глупость. Что, если больше никогда мне не попадется кто-то, кто будет таким же умным, добрым и заботливым? И я до конца своих дней буду кусать локти и превращусь в желчную старую деву, гуляющую по вечерам с двумя пекинесами. Ужас».

Даша решила никогда не расставаться с Олегом. Она не отдаст его Серафиме. Надо непременно что-нибудь придумать. Возможно, его стоит увезти от нее подальше. Он упоминал о том, что сто лет не был в отпуске. Что, если уговорить его взять несколько дней за свой счет и махнуть куда-нибудь на море, где все на свете секретарши выветрятся у него из головы?

Да, это была отличная мысль. Даша так вдохновилась, что еще какое-то время не могла заснуть, ворочаясь с боку на бок и представляя, как они с Олегом улетают из Москвы далеко-далеко... А Серафима остается с носом.

Глава 9

Это была среда. День, который стал роковым для Серафиминой любви. Впрочем, она еще об этом не знала и ехала на работу в хорошем настроении, улыбаясь солнцу и прохожим, которые глядели на нее с подозрением. В офисе ее встретил взъерошенный босс, которого душили деловые обязательства.

— Серафима, ты едешь со мной, — сказал он тоном, не терпящим возражений. — Сейчас у меня встреча с важным оптовиком, а потом телевизионная съемка. Я участвую в передаче о бизнесе. Мне нужен ассистент.

— Для солидности? — с пониманием спросила Серафима.

Важные персоны никогда не появляются в гордом одиночестве, всегда их кто-то сопровождает.

— Пусть для солидности, — не стал спорить Олег. — Возьми диктофон, блокнот и... И влажные салфетки.

Он уже стоял в приемной, готовый к выходу — в летнем костюмчике и с портфелем в руках.

— Поняла, — сказала Серафима, деловито обшаривая ящики стола. — Я буду все записывать и попутно утирать вам пот со лба.

Когда они шли по коридору к выходу, Олег на минуточку заскочил в кабинет к Даше. Серафима терпеливо ждала, придирчиво разглядывая свои туфли. Она по-прежнему одевалась консервативно, но обувь выбирала красивую, на высоком каблуке, которая даже ее неказистые ножки делала симпатичными.

Наконец Олег появился, и они отправились в путь. Важный оптовик, которого поначалу намеревались пригласить в офис, из каких-то своих соображений попросил перенести переговоры в центр города, на летнюю веранду ресторана «Потешки».

— Какое-то подозрительное название для заведения, где кормят людей, — сказала Серафима, забираясь в машину и пристегиваясь ремнем безопасности. — Мы приготовим, вы съедите, а потом вместе посмеемся, так, что ли?

Олег фыркнул. Он настолько привык к экзотическим названиям московских ресторанов и кафе, что перестал обращать на них внимание. У Серафимы же был свежий и веселый взгляд на вещи: всю дорогу она смотрела в окно и отпускала забавные комментарии по поводу увиденного.

Наконец они добрались до места, и Олег с трудом нашел парковку, заехав двумя колесами на высокий бордюр. Серафима, кряхтя, выползла из машины и проворчала:

— Вот смотришь по телевизору, как какая-нибудь Софи Лорен появляется из автомобиля, и думаешь: этому, наверное, где-то специально обучают. Потому что лично я всегда чувствую себя каракатицей. У меня вообще заниженная самооценка.

— Это у тебя-то? — удивился Олег, помогая ей утвердиться на ногах. — Ты к себе несправедлива. Твоя самооценка вполне подошла бы в качестве эталона для Палаты мер и весов.

Они вошли в ресторан и устроились на веранде под навесом. Ветерок обдувал им лица. Странички меню, которое принес официант, сами собой перелистывались.

— Что будешь заказывать? — спросил Олег.

— Ничего не буду заказывать, — пожала она плечами. — Вы же не дадите мне самой заплатить за еду. А за ваш счет я наедаться не хочу.

— Думаешь, ты сможешь слопать столько еды, что у меня денег не хватит все оплатить? — ухмыльнулся Олег. — Прекрати валять дурака, Серафима.

— Вообще-то я совсем недавно завтракала, — заявила она, сложив ручки на коленях. — Так что чашки кофе будет вполне достаточно.

Олег заказал кофе и мороженое для дамы. Как это ни странно, словечко «дама» очень ей подходило, несмотря на избыточную живость натуры. Когда эта дама прикончила десерт и облизала ложку, снова позвонил оптовик. Он очень сожалел, что задерживается еще на полтора-два часа, но на трассе, по которой он добирался до Москвы, произошла авария и движение встало.

— Вот же не было печали! — недовольно воскликнул Олег и посмотрел на часы. — Хорошо еще, что до съемок у нас уйма времени. Но вот что мы с тобой будем делать целых полтора часа? С нынешними пробками возвращаться в офис совершенно бессмысленно — успеем доехать только туда.

— А почему этот ваш важный клиент сам не захотел приехать к нам в офис? — задала резонный вопрос Серафима.

— Капризничает, — буркнул Олег. — Он в этом ресторане несколько встреч подряд назначил — так ему удобнее, видите ли. Моего времени ему, конечно, не жалко. Но делать нечего — я вынужден соглашаться. Ненавижу такие ситуации.

— Слушайте, босс, а давайте сходим в кино, — оживилась Серафима. — Это как раз и займет полтора часа. Ну, будто у нас с вами обеденный перерыв. Вон же кинотеатр, совсем рядом! Кстати, там идет новый фильм Питера Джексона.

Олег собирался сказать, что уже смотрел этот фильм, но прикусил язык, заметив, как у Серафимы горят глаза.

— А ну, как твой бойфренд узнает, что ты ходила в кино с начальником? — ядовито спросил он. — Вот уж он устроит тебе сцену ревности.

— Андрей мне доверяет, — важно заявила Серафима. — Я очень честная и верная девушка.

Олег взглянул на нее с насмешливым восхищением.

— И эта девушка жалуется на пониженную самооценку... Ладно, пойдем в кино, и не забудь взять на заметку, какой добрый у тебя начальник.

В буфете кинотеатра Серафима купила себе

огромный стакан попкорна, и Олег немедленно возмутился:

— Ты же сказала, что не голодная!

— Это не еда, а катализатор эмоций, — беспечно ответила она. — Плакать и смеяться с кукурузой гораздо интереснее, чем просто так.

— Только не подавись, пожалуйста, — хмыкнул Олег. — С твоими эмоциями это запросто.

Они вошли в зал и заняли свои места. Олег вспомнил, как ходил на этот же фильм вместе с Дашей, и неожиданно подумал: «Что, если бы Серафима была моей девушкой? Хотя нет, это просто глупо. Она ужасно... как там Даша сказала? Забавная, вот. Она забавная, а я всегда мечтал иметь отношения с женщиной, которая отвечала бы самым высоким стандартам».

Когда фильм начался, Олег в какой-то момент поймал себя на том, что следит больше за Серафимой, чем за событиями, происходящими на экране. И, кажется, не потому, что знает сюжет. Его спутница запускала руку в стакан с попкорном, хохотала, когда было смешно, откинув голову назад, и даже иногда толкала Олега локтем в бок и шептала:

— Смотрите, смотрите!

— Я смотрю, — говорил он, но смотрел все время только на нее.

Конечно, он старался, чтобы она не заметила. В лирические моменты на ее глаза наворачивались слезы, которые она вытирала крохотным платочком, и совершенно этого не стеснялась.

Иногда она делилась с Олегом мыслями по поводу героев.

— Какой классный мужик этот Брюс, — говорила она громким шепотом. От нее пахло жирным маслом, а к губам пристали легкие белые крошки.

Когда сеанс закончился, Серафима вскочила и громко сказала:

— Супер! Мне так понравилось. Джексон рулит.

— А мне не понравилась актриса, которая играет роль матери, — неожиданно для себя сказал Олег.— Она недостоверна. У истории скомканный конец. И получилось не так пронзительно, как хотелось бы.

Конечно, это была глупая выходка с его стороны — повторить слова Даши, но ему почему-то захотелось узнать реакцию на них Серафимы. Серафима посмотрела на него с сожалением:

— Олег Петрович, вы просто кино смотреть не умеете. Вы ходите в кинотеатр, чтобы, так сказать, приобщиться. А я — чтобы наслаждаться. И что значит — получилось не пронзительно? Я даже плакала.

— Ну, раз ты плакала, Питер Джексон наверняка получит «Оскар», — заметил Олег.

— Не стоит относиться ко мне, как к своей дочери, — сказала Серафима, бросив пустой картонный стакан в специальную корзину.— Мы уже выяснили, что я взрослая и умная.

— Иногда даже чересчур, — вздохнул Олег и посмотрел на часы.— Нам надо поторапливаться.

Они бодро двинулись в сторону ресторана. На площади перед кинотеатром бил фонтан и, проходя мимо него, оба попали во влажную дымку, повисшую в воздухе.

— Фу, как хорошо, — простонала Серафима, выпятив грудь.

Олег давно заметил, что грудь у нее имеется, но старался не заострять на этом внимания.

— Действительно, освежает.

Вокруг фонтана бегали дети и скакали воробьи, спасаясь от жары. И те, и другие громко чирикали.

— В чем заключается моя задача? Сидеть с умным видом? — поинтересовалась Серафима, стараясь шагать широко, чтобы не отставать от босса.

— Сиди с каким хочешь видом. Ты мне нужна исключительно в качестве свидетеля.

— Проворачиваете темные делишки? — покосилась на него секретарша.

— Не смеши. Ты лучше всех знаешь, как я веду бизнес.

Олег неожиданно подумал, что она действительно очень много знает о его делах. И отлично в них разбирается, кстати. Она могла бы добиться больших успехов, если бы захотела.

— Кстати, Серафима, давно уже хотел спросить: почему ты не пошла в институт?

— Я пошла, — пожала плечами та. — Хотела стать инженером связи, но на втором курсе желание исчезло напрочь. И тогда я с головой погрузилась в делопроизводство. А что? Хорошие секретари всегда нарасхват, без работы не сидят. А я хороший секретарь.

— Серафима, ты случайно не занимаешься психологическими практиками? Ты постоянно произносишь заклинания, которые должны возвысить тебя в собственных глазах и в глазах окружающих.

— Они называются не заклинаниями, а мантрами, — подсказала Серафима. — Нет, меня это совершенно не вдохновляет. Чтобы кто-то учил меня жить?! А на что же тогда мозги, сердце и интуиция? Бог зачем-то дал мне все это. Странно было бы не пользоваться такими дарами.

Встреча с оптовиком, полным лысым человеком в удушающе тесном костюме, продолжалась минут сорок. Серафима в переговорах не участвовала, поэтому от нечего делать принялась заказывать себе еду. За это время она, презрев приличия, съела салатик с креветками, оладьи из кабачков, облитые сметаной, и кусок яблочного пирога, который в меню назывался «Дом, милый дом». Когда оптовик стал с ней прощаться, она едва смогла встать. Глаза у нее были подернуты сытой пеленой.

— Как ты непоследовательна, — подколол ее Олег. — То ни за что не хотела есть, и вдруг разошлась.

— Вот вы бы так попробовали провести почти целый час, — ничуть не смутилась Серафима. — Сидишь и скучаешь, а мимо постоянно мелькают официанты с подносами. А эта еда так пахнет! Да вы не расстраивайтесь, можете вычесть стоимость обеда из моей зарплаты. И вообще: почему это я должна скрывать свой аппетит?

— Твой аппетит вряд ли можно скрыть, — пробормотал Олег, вспомнив про гигантский стакан попкорна. — Удивительно, как это у тебя на боках ничего не откладывается? Девушки, которые сидят на диетах, должны тебя ненавидеть.

— Меня нельзя ненавидеть, — ответила Серафима. — Я безвредная.

— Надо записывать эпитеты, которыми ты себя награждаешь. Список получится очень длинным и позитивным.

Серафима самодовольно улыбнулась.

— Куда мы теперь, Олег Петрович? — спросила она, когда они снова уселись в машину.

— Теперь едем в «Останкино», самое время, — ответил тот. — Переговорами я доволен, все срослось, можно расслабиться.

— Не думаю, что съемка в студии вас очень сильно расслабит. Обычно все испытывают страх перед камерой, особенно новички. Происходит невероятный выброс адреналина и...

— А, ну конечно, я совсем забыл, что ты у нас почти профессионал в этом деле, — съязвил Олег. — У тебя же роман с телезвездой. Ты, наверное, посещаешь все его эфиры?

— Нет, я не светский человек, — беспечно махнула ручкой Серафима. — Мне милее домашний уют. Я не очень-то напрашиваюсь на эфиры. Кстати, надо позвонить Андрею и сказать, что я тоже сегодня буду в «Останкино» Может быть, вы с ним даже познакомитесь.

— О! Это было бы... фантастикой, — сказал Олег, покосившись на нее.

Она достала мобильный телефон и нажала на кнопку вызова: Андрей стоял у нее первым в списке контактов. Он ответил сразу, и радостная Серафима принялась что-то щебетать, но щебет почти сразу оборвался.

— Как, тебя нет в «Останкино»? В командировку? А куда? Почему же ты мне раньше не сказал? Я бы отпросилась тебя проводить. — Она покосилась на босса, который делал вид, что страшно увлечен вождением. — Как жалко, Андрюша... А сколько тебя не будет? Да я не расстраиваюсь, просто не люблю неожиданностей. То есть я люблю неожиданности, но исключительно приятные. Когда у тебя самолет? Ты летишь один? Ты ведь будешь мне звонить?

Пока они ехали, Серафима задала еще тысячу вопросов. Олег позавидовал характеру Куракина, который стоически выдерживал этот натиск — был слышен его успокаивающий голос, хотя, что конкретно он говорил, разобрать не удавалось.

Закончив разговор, Серафима увяла.

— Ты чего это расклеилась? — спросил Олег, выруливая на улицу Академика Королева. Впереди виднелось толстое, словно ракета, основание Останкинской башни. Неподалеку от здания телецентра вокруг пруда гуляли люди, не обращая внимания на сходившее с ума солнце.

— Андрей уехал в командировку, а я даже не поцеловала его на прощание. И он, как пить дать, кое-как собрал чемодан.

— Наверняка он едет в командировку не в первый раз и уже научился паковать свои вещички, — успокоил ее Олег, заруливая на стоянку.

Они вместе прошли к входу в здание телецентра, похожее на плоскую серую коробку. Олег позвонил редактору, и за ними спустился ассистент. Миновав контроль, Серафима неожиданно затормозила на полном скаку.

Олег, который уже успел пройти вперед, не обнаружив рядом своей секретарши, недоуменно обернулся.

— Эй, не отставай, Серафима, а то еще потеряешься.

— Олег Петрович, а можно я с вами на съемку не пойду? — неожиданно попросила та, не глядя Олегу в глаза.

— А где же ты будешь меня ждать, в коридоре? — удивился тот.

— Да вот, в кафе, — Серафима указала рукой на близко стоявшие друг к другу столики, вокруг которых плотно сидели люди.— Кафе прямо возле входа, так что вы меня не потеряете.

— Но я могу там надолго задержаться, — предупредил Олег.— И вообще: я хотел, чтобы ты оказывала мне моральную поддержку.

— Там полно ассистентов — они всегда на подхвате.

— Нет, Серафима, пойдем вместе, — уперся Олег.

Ему очень не хотелось оставлять ее одну. У него было такое чувство, словно он собирается бросить без присмотра ребенка.

«А ей, между прочим, двадцать четыре годика, — напомнил он себе. — Кажется, внезапное отбытие звезды в командировку ее потрясло. Неужто она так влюблена в своего Куракина?»

— Я...Я есть хочу.

— Есть?! — изумился он. — Ты врешь, этого просто не может быть.

— Когда я расстраиваюсь, у меня аппетит разыгрывается.

— И когда радуешься, тоже, — проворчал Олег.— Ладно, что с тобой делать, сиди тут. Только не уезжай. Если ты мне срочно понадобишься, я позвоню. Или пришлю за тобой кого-нибудь.

Зачем Серафима могла ему понадобиться, он не знал. Просто ему не хотелось, чтобы она уезжала.

— Так вы идете? — фальцетом спросил их сопровождающий. Он был маленьким и вертким, как лоцманский катер. В сущности, и обязанности он исполнял те же самые.

— Иду, — ответил Олег.

Пристально посмотрел на Серафиму и ушел, не оборачиваясь. Она же поплелась к стойке и встала в очередь. Конечно, ничего особенного в том, что Андрей уехал в срочную командировку, не было. И все же те красивые отношения, которые она себе напридумывала, не предполагали таких поступков. Андрей должен был позвонить ей заранее, как только узнал, что уезжает. А не тогда, когда началась посадка в самолет. Он улетал из Домодедова, значит, еще довольно долго добирался до аэропорта. Она проверила мобильный телефон — никаких пропущенных звонков не было.

Заказав себе чашку кофе, Серафима медленно и с наслаждением выпила его и чуточку взбодрилась. «Может быть, зря я бросила босса одного? — с раскаянием подумала она. — Конечно, он не пропадет, но все-таки... Зачем-то же он потащил меня с собой». Шумаков представлялся ей абсолютно самодостаточным. Кажется, таким людям вообще никто не нужен, они со всем справляются сами. И слабостей у них никаких нет. И на них во всем можно положиться. В общем, не мужчина, а каменная крепость.

Перебрав в уме достоинства босса, Серафима снова вернулась мыслями к Андрею. Чего думать о боссе? Босс для нее — табу. Кроме того, у него роман с Дарьей Азаровой. И вообще. Босс — это не мужчина, а функция.

Она сидела, углубившись в размышления, когда кто-то весело хлопнул ее по плечу.

— О, Серафима! — раздался за ее спиной мужской голос. — Что ты здесь делаешь?

Она обернулась, вскинув брови. Рядом с ней стоял телепродюсер Дима и улыбался во весь рот — так рад был ее видеть. В белой рубашке с красным платком на шее он всем бросался в глаза, но его это, судя по всему, ничуть не смущало.

— Привет, — оживилась Серафима. — Я тут по делам.

— По дела-а-ам? — протянул Дима. — А по каким? В передаче снимаешься?

— Не я, а мой начальник. Он известный бизнесмен. Вот... жду. Ты в курсе, что Андрей уехал в командировку?

— Ну, если это сейчас так называется, — ухмыльнулся Дима и быстро добавил: — Подожди, я себе тоже кофе закажу, и мы поболтаем, ладно?

Он скользнул к прилавку, на котором были выложены завернутые в целлофан бутерброды и пирожные на круглых рифленых картонках. Серафима почувствовала, как тонкая игла пронзила ее сердце. Она немедленно поднялась со своего места и побежала за Димой.

— Эй, погоди-ка, что это ты имел в виду? — спросила она, хватая его за рукав.

— Да так, — пожал плечами тот, даже не пытаясь вырваться.

И улыбнулся какой-то дрянной улыбкой. Серафиме немедленно захотелось выбить ему зубы. Усилием воли она сдержалась и хмуро сказала:

— Нет, не «так». Ты что-то имел в виду, так что выкладывай немедленно.

— Господи, Серафима, ну ты что, маленькая? Наверняка уже сама обо всем догадалась, — Дима окончательно вошел в роль доброго друга.

Он заказал и для нее тоже чашку кофе. Девушка, выполнявшая заказ, постоянно поднимала карие глаза, выстреливая взглядом в стоящих по ту сторону прилавка мужчин. Била она без промаха, и почти каждая из ее мишеней либо цепенела, либо приосанивалась, либо торопливо смотрела на часы.

— Спасибо, радость моя, — сказал Дима, принимая у нее из рук две чашки с горками пенки наверху. — Удачного тебе дня.

Он нравился сам себе до полного обалдения. Влюбом другом случае Серафима нашла бы повод от него избавиться. В ее репертуаре был такой коронный номер — уйти в туалет и не вернуться. Однако сейчас она горела желанием вытянуть из Димы правду.

Их столик уже заняли, пришлось проталкиваться к окну и отодвигать в сторону грязные подносы.

— Давай, объясняй, на что ты намекаешь? — требовательно спросила Серафима, когда они, наконец, уселись друг против друга. — На то, что Андрей мне соврал? Он на самом деле никуда не уехал? Тогда где он?

— Ну что ты, он уехал, уехал, — поморщился Дима. — Но только не в командировку. Серафима, ты в самом деле надеялась сделать из матерого кота ласкового котеночка?

Серафима презрительно хмыкнула:

— Да ты просто мстишь мне за то, что я выбрала не тебя, а Андрея. Ты первый начал строить мне глазки, я же помню.

— Мщу? — Дима рассмеялся. — Да делать мне больше нечего! Выбрала и выбрала. Когда я узнал, что вы решили пожениться, я сразу тебя пожалел.

— Нечего меня жалеть, — бросила Серафима и встала. — Счастливо оставаться.

Да пошел он, этот Дима! Не станет она слушать все эти гадкие обвинения. Она верит Андрею. Не может он так искусно ее обманывать, она бы почувствовала.

Однако не успела Серафима сделать и нескольких шагов, как в ее поле зрения появилась Реджина — редактор программы. Она узнала ее по очкам и пиджачку — теперь уже не черному, а зеленому, — но по-прежнему надетому на футболку.

— Реджина! — крикнул Дима. — Можно тебя на минутку? Серафима, подожди. Реджина, скажи ей, куда уехал Андрей.

— В Черногорию, — без заминки ответила та, выдула из жвачки пузырь, лопнула его и снова заработала челюстями. — А что?

— Это ведь ты делала для него билеты? — продолжал вопрошать Дима со своего места.

— Ну, я. А что? — ответила та. — Хочешь его слить? — Реджина кивком указала на Серафиму. — Не обделаешься потом, когда тебе по башке настучат?

— Будь милосердна, надо открыть девушке глаза. А то она «ждет-пождет с утра до ночи»... Правды знать совсем не хочет, — срифмовал он и хмыкнул.

Серафима молча смотрела на Реджину.

— Да ладно тебе, — сказала та, теперь уже обращаясь непосредственно к ней. — Будто ты не знаешь, какие они все козлы. Он уехал с Таней Средой. У него давно с ней то любовь, то расставание.

— С Таней Средой? — переспросила Серафима.

Она все никак не могла взять в толк, что Андрей ее обманул. Перечеркнул все ее надежды... Таня Среда была молодой фолк-певицей. До сих пор она Серафиме очень нравилась.

Серафима тотчас дала себе слово, что сегодня же вернется домой и выбросит все ее диски в мусоропровод. Впрочем, по ее лицу нельзя было догадаться о том, что у нее на душе.

— Они уехали до вторника. Гостиница «Вилла Леонсия» неподалеку от Будвы, с собственным пляжем. Двухместный люкс, завтрак и ужин входит в стоимость проживания. — Реджина выдула еще один пузырь. — Короче, это все, что я знаю.

— Наш водитель отвозил их в аэропорт, — подлил масла в огонь Дима. Он уже выпил свой кофе и вытирал салфеткой рот. — Серафима, ты не должна принимать Андрея всерьез.

— А Таня Среда принимает его всерьез? — спросила та замороженным голосом.

— Не думаю, — ответила вместо него Реджина. — Она его уже раз десять посылала. Однако он хорош, зараза... Его все бабы рано или поздно прощают. И ты простишь.

— Поедем, Серафима, зальем горе вином, — раздольным голосом предложил Дима, поднявшись на ноги и приобняв ее за плечи. — Пусть Андрюха колобродит в Негромонте, а мы с тобой и в Москве классно гульнем!

— Спасибо за предложение, — ответила Серафима. — Но я же тебе говорила, что я босса жду. Он у меня на съемках. И потом мы с ним еще вернемся в офис. У нас... график.

У Серафимы было так погано на душе, что она мечтала только об одном — остаться, наконец, в одиночестве. Она готова была пинками гнать отсюда этих двоих. Те говорили ей какие-то слова, хлопали по плечу, но она не обращала внимания. И когда, наконец, они растворились в пространстве, Серафима отошла в сторону и замерла, задумавшись.

Значит, Таня Среда? Перед ее мысленным взором всплыл образ юной звезды. Хорошенькая, как спелое яблоко, с ямочками на щеках, с прямыми длинными волосами цвета меда, Таня носила длинные юбки и туфли без каблука. В Интернете имелись сотни ее снимков — непременно с гитарой. Наверняка Таня взяла инструмент с собой и будет по вечерам петь подлому Куракину песни на берегу моря.

Что же делать? Серафима прикусила губу и поняла, что плакать ей совершенно не хочется. А хочется добраться до Куракина и убить его. Удушить собственными руками за то, что он оказался таким гнусным лжецом! Он позволил ей надеяться на близкую свадьбу. Она так отлично все спланировала, она шла к своей цели семимильными шагами, уже о детях подумывала, а он...

Потом вдруг Серафиме в голову пришла невероятная мысль. Что, если это просто какая-то ошибка? Ошибка, которая может сама собой благополучно разрешиться? В жизни случаются всякие дикие путаницы, и из-за них рушатся судьбы людей. Сейчас она поверит этим двоим, а потом окажется, что они все придумали, или все неправильно поняли, или еще что-нибудь... А Андрей ничего не сказал ей про Таню, потому что побоялся, что она его неправильно поймет.

В тот же миг ее осенила идея: она должна немедленно отправиться в Черногорию и все увидеть своими глазами! Она должна встретиться с судьбой лицом к лицу.

Как только Серафима решила, что делать, столбняк прошел, и ее охватила лихорадка. Надо действовать сейчас же, немедленно. Хотя... Сначала нужно дождаться босса. Интересно, долго он будет там рассуждать о своем бизнесе? Не придумав ничего лучше, она снова встала в очередь за кофе.

— Вам повторить? — мрачно спросила девушка за стойкой, как будто Серафима не капучино заказывала, а неразбавленный виски.

— Повторить, — кивнула она.— И сахару дайте побольше.

Она слышала, что сахар стимулирует мозг. Хотя, сказать по правде, голова у нее всегда варила хорошо. И если нужно было срочно найти выход из безвыходной ситуации, она его находила и еще ни разу не сплоховала.

Так. В прошлом году Милка летала в Черногорию по турпутевке. Виза для поездки не нужна — это важно. Перед Серафимой стояла одна серьезная задача: каким-то образом отпроситься с работы на целых два дня. Разве она дотерпит до пятницы? Ее сердце висит на ниточке, а она будет сортировать письма и отвечать на звонки? Да она с ума сойдет!

Серафима решила сочинить для Шумакова историю, которая покажется ему достаточно правдоподобной. Он должен отпустить ее сразу и без разговоров! Два дня за свой счет... Как их выцыганить? Не скажешь же про больную бабушку? Которая просто не может обойтись без внучки, стоя на пороге вечности...

Представив несуществующую умирающую бабушку, Серафима снова перескочила мыслями на семью, которую ей так хотелось создать. Если Куракин и в самом деле подложил ей такую свинью...

В этот момент на ее плечо легла чья-то рука. Серафима вздрогнула и подняла голову. Рядом с ней стоял Шумаков.

— По-моему, ты задумала кого-то убить, — сказал он, отодвигая для себя стул и усаживаясь напротив. — Нужно следить за выражением лица. Полагаю, ты все еще страдаешь из-за того, что тебе не дали собрать чемодан?

Мысли Серафимы заметались, словно вспугнутые котом канарейки.

— А вы уже вернулись? — глупо спросила она, в панике оттого, что так и не придумала, каким образом взять два дня за свой счет.

Сказать, что ей собираются удалять зубы? Несколько штук сразу! Нет, это несерьезно, не поверит. Вон у него какие глаза.

Глаза у Олега в самом деле были неглупыми. Казалось, он просматривает Серафимины мысли, как учитель школьное сочинение.

— У тебя что-то случилось? — спросил он, нахмурившись.

— Да! — воскликнула Серафима, решив воспользоваться моментом.— Бабушка! — неожиданно для самой себя выпалила она.

— Заболела бабушка?

— Она при смерти, — Серафима готова была вырвать «грешный свой язык», но было уже поздно.

Бабушка выскочила из нее просто сама собой.

— Полагаю, ты хочешь быть рядом с ней? — сочувственно спросил Олег.

— Да, Олег Петрович! — Серафима умоляюще сложила руки.— Если бы вы отпустили меня на два дня. За свой счет! Я бы поехала к ней и скрасила бы... В общем, вы понимаете.

— Может быть, отвезти тебя домой? — предложил Олег.

— Нет, лучше в офис, у меня там вещи. Вы же сейчас на работу?

Олег посмотрел на часы и кивнул:

— На работу. Давай не будем рассиживаться, хорошо?

Он поднялся на ноги, призывая Серафиму следовать за ним. Они быстро прошли через холл, миновали пост охраны и, спустившись по ступенькам вниз, очутились на улице. Солнце спряталось за тучу, и мир сразу сделался скучным. Серафима ни на что не обращала внимания — она прокручивала в голове все, что ей предстояло сделать.

Обратиться в турагентство, заказать билет и забронировать гостиницу — лучше ту же самую, в которой поселился Андрей. Собрать вещи, поменять рубли на евро. Прилететь и увидеть все собственными глазами. Серафима стала представлять, что может увидеть собственными глазами, и даже застонала от негодования. Двухместный люкс, надо же!

— Да ты уж не переживай раньше времени, — бросил Олег, придерживая для нее дверцу машины. — Может, еще все обойдется. Бабушке сколько лет?

— Восемьдесят, — ляпнула Серафима, мысли которой были сосредоточены на сбежавшем Куракине. Мифическая бабушка была от нее так же далека, как созвездие Тау-Кита.

— М-да. Может быть, тебе помочь с билетом? Далеко ехать?

— Спасибо, Олег Петрович, я справлюсь, — с надрывом сказала Серафима, не ответив, далеко ли ей ехать. И, не удержавшись, добавила: — Надеюсь, вы за два дня не запутаете делопроизводство.

Ей очень хотелось чувствовать себя незаменимым сотрудником, без которого все в офисе рухнет и придет в упадок. И еще ей хотелось, чтобы Олег Петрович осознал, как ему без нее плохо. «Хотя, какое мне дело до чувств Олега Петровича?» — одернула себя Серафима, припомнив наказ Милы «Босс для тебя — табу». Она покосилась на Шумакова, который явно был преисполнен сочувствия и вел машину так осторожно, словно вез не только саму Серафиму, но и ее умирающую бабушку.

Как только они поднялись в офис, им навстречу вышел Борис Гусев, который сразу же взял Олега в оборот. Босс велел Серафиме не уходить без него и скрылся в кабинете заместителя. Воспользовавшись моментом, та бросилась в приемную, швырнула сумочку на стол и, плюхнувшись в кресло, схватилась за телефон. Ей требовалось немедленно поговорить с Милой.

— У меня тут клиент сидит, — вполголоса сказала подруга, прикрывая трубку рукой.

— Сгони его со стула и сядь сама, — безапелляционно заявила Серафима. — Кажется, моя стратегия опять провалилась. Куракин сбежал.

— Как сбежал?! — ахнула Мила, мгновенно позабыв про клиента. — Он тебя бросил?

— Нет, хуже. Он меня обманул, — обиженная Серафима почувствовала, что у нее дрожат ноздри. — Знаешь певицу Таню Среду?

— Ой, это такая симпатичная молодая девчонка, которая сама на гитаре играет?

— Эта твоя «ой» соблазнила Куракина и увезла его в Черногорию. Они сняли двухместный люкс и теперь развлекаются там вдвоем.

— Откуда ты знаешь? — спросила Мила сердито. — Он сам тебе сказал?

— Ха! Он сказал, что улетает в командировку. Казался опечаленным. Позвонил уже из аэропорта, перед самой посадкой в самолет. Это чтобы я приехать не успела.

— А откуда ты знаешь про Таню Среду и про номер люкс?

— Я все знаю. И что их гостиница называется «Вилла Леонсия», и что пробудут они там до вторника, и что раньше у них уже был роман, но потом они разругались.

— Анонимный звонок? — деловито поинтересовалась Мила.— Не бери в голову, Сима! Наверняка это завистники твоего Куракина. Я в этом просто уверена. Поговаривают, что на телевидении кипят недетские страсти, гораздо круче, чем в сериале «Скорая помощь».

— Я уважаю твою любовь к сериалам, но даже если это происки завистников, все равно они на чем-то основаны. Дыма без огня не бывает.

Серафима неожиданно и сама почувствовала себя героиней мелодрамы. А если она героиня, то должна немедленно начинать действовать.

— Сима, ты, главное, заранее не волнуйся. Я сегодня после работы заеду к тебе, и мы все обговорим. Выработаем стратегию... Ты же любишь стратегии.

— Я уже все без тебя выработала, — прервала ее Серафима.— И можешь вечером не заезжать — ты меня не застанешь. Я отправляюсь в Черногорию.

Мила некоторое время шумно дышала в трубку, переваривая услышанное, после чего осторожно спросила:

— А что ты собираешься делать, когда приедешь? Ну, допустим, ты узнаешь, что все это — чистая правда: Куракин с Таней приехали в отель и закрылись в своем люксе. И что?

— Я сориентируюсь на месте. Прежде чем принимать решения, нужно разжиться достоверной информацией. Это азбука полководца.

— Надеюсь, твои войска вернутся домой без потерь, — пробормотала Мила. — Думаю, отговаривать тебя бесполезно. У тебя деньги есть?

— Не очень много, но мне много и не надо. Я не собираюсь носиться по горам в поисках древних развалин или скупать на рынках вязаные жилетки. А на перелет и проживание мне хватит. Кроме того, у меня припасена заначка. Возьму ее на всякий случай с собой. Не волнуйся за меня.

— А если твой Куракин увлечен Таней, ты готова разлучить влюбленных и забрать его обратно?

— Конечно, готова. Он мой, — отрезала Серафима. — Я сделала на него ставку! Я уже унавозила почву и ждала всходов.

— Наверное, с навозом ты перестаралась, — заметила Мила иронически. — А с работы тебе удалось отпроситься?

— Ну, отпроситься — не отпроситься...

— И что это значит?

— Я придумала историю про умирающую бабушку, — смущенно ответила Серафима. — Сказала, что просто обязана срочно уехать, чтобы проводить старушку в мир иной.

— Ты шутишь? — свистящим шепотом спросила Мила. — Ты так опозорилась?

— Имей в виду, я находилась в состоянии аффекта, — начала защищаться Серафима. — У меня не было времени, чтобы сообразить, как соврать половчее. Кроме того, как выяснилось, Олег Петрович — человек жалостливый, бабушка оказалась в самый раз.

— Значит, он тебя отпустил?

— Отпустил. Честно говоря, мне ужасно стыдно и неловко перед боссом. Он дико взволновался, даже хотел купить мне билет.

— Ты сказала, что бабушка живет в Черногории?! На кого ты похожа меньше всего, Серафима, так это на черногорку. Я там была и знаю, что говорю. Все девушки в этой стране высокие и статные, у них потрясающие фигуры и длинные черные волосы. Ты не потянешь даже на внебрачного ребенка.

— Да ладно, ничего я не говорила про пункт назначения. На это мне ума хватило. Короче, Мила, я прямо сейчас отправляюсь в ближайшее турагентство и заказываю билет. Забронирую номер в гостинице «Вилла Леонсия» или в каком-нибудь другом отеле, поблизости. Как только определюсь, позвоню тебе еще раз, и ты дашь мне наставления. Ты же бывалая путешественница.

— Ну да, — проворчала Мила. — Каждый раз я отправляюсь в турпоездку, чтобы познакомиться с мужчиной, и каждый раз знакомлюсь только с местными достопримечательностями. И если уж по-честному, Сима, давать тебе советы опасно: ты всегда все извращаешь, как иезуит.

— Не критикуй меня, — обиженным тоном сказала Серафима. — Мне ужасно плохо, и ты должна меня поддерживать.

— Не знаю, почему тебе плохо. Куракин —

всего лишь твой проект. Если что, ты легко заменишь его другим мужчиной.

— Нет, ну ты сказала — легко заменю! Я к Андрею уже успела привязаться. Вот когда от тебя кот сбежал, так ты неделю рыдала. А ведь он был приблудным и весь так и искрился блохами.

* * *

Даша Азарова стояла в кабинете Олега, затаив дыхание. Когда она вошла сюда, чтобы забрать необходимую Борису Гусеву папку с документами, то лишь слегка прикрыла за собой дверь. Серафима же ворвалась в приемную и начала говорить по телефону так внезапно, что Даша просто не успела дать ей о себе знать. Теперь она прекрасно слышала все, о чем секретарша рассказывала своей подруге. Разговор оказался столь любопытным, что Даша просто не смогла заставить себя не подслушивать.

Так вот оно что! Эта прохиндейка обманула Олега. Придумала историю про умирающую бабушку, а сама собирается рвануть в Черногорию, чтобы выцарапать из лап соперницы своего приятеля.

В этот момент Серафима бросила трубку на аппарат, еще немного подвигала ящиками и поскрипела креслом. После чего ее каблуки процокали к выходу из приемной. Чмокнула дверь, и наступила тишина. Судя по всему, секретарша сегодня больше не вернется. Даша уселась на стул и принялась лихорадочно размышлять. У нее в руках неожиданно оказался козырь против Серафимы. Да, но если она просто расскажет обо всем Олегу, это будет выглядеть... Погано это будет выглядеть. Она что, школьная ябеда? Нет, это не годится. Такая мелкая месть! Женщина не может быть подлой — это Даша усвоила крепко.

«Зато она может быть чуточку коварной, — тотчас подумала она. — Обстоятельствами следует управлять. И никто никогда не догадается, в чьих руках вожжи». План, который пришел ей в голову, был простым и ясным, как рисунок счастливого ребенка. Она уговорит Олега полететь в Черногорию. Они поселятся в отеле «Вилла Леонсия» или поблизости, и Даша сделает все для того, чтобы Олег столкнулся со своей обожаемой секретаршей нос к носу. Вот тут-то и разразится скандал. Ни один мужчина не потерпит такого надувательства. Его же просто провели! Он обозлится, и его романтические чувства угаснут, как костер, заваленный мокрыми дровами.

Даша вскочила и обхватила себя руками за плечи. Ее била дрожь. Это была дрожь предвкушения. Или на нее так подействовало собственное коварство?

Когда Олег, по обыкновению, влетел в кабинет, он застал Дашу в странном расположении духа.

— Что с тобой? — сразу же спросил он. — Выглядишь так, будто у тебя температура.

— Я просто размышляла. — Даша подошла и положила ладони Олегу на грудь.

Обычно на работе она себе такого не позволяла. Но сейчас был особый случай — время поджимало. С каждой минутой возможность забронировать номер в гостинице и купить билеты на ближайший рейс уменьшалась. В конце концов, сейчас самый разгар летнего сезона, а не какое-нибудь жалкое охвостье осени.

— О чем ты размышляла? — спросил Олег и коротко поцеловал ее в губы.

— О том, имею ли я на тебя влияние, — улыбаясь, ответила Даша.

— Не говори глупостей. Конечно, имеешь.

— Я подразумеваю не мелкую уступку вроде той, кому первому идти в душ, — не сдавалась Даша, глядя Олегу в глаза. Она попыталась пустить в ход все свое обаяние.

Хотя, если сказать честно, она никогда не чувствовала в Олеге никакого особого отклика, даже если начинала откровенно кокетничать.

— А что ты имеешь в виду?

— Хочу предложить тебе совершить безумство и опасаюсь, что ты недостаточно увлечен мною для того, чтобы согласиться.

Олег поднял вверх брови и пошутил:

— И ты говоришь это после всего, что между нами было? Конечно, я тобой увлечен. И еще как! Приказывай, моя госпожа.

— Ты можешь на пару дней оторваться от бизнеса? — волнуясь, спросила Даша. — Что, если бы мы прямо сегодня купили билеты и улетели на море? Например, в Черногорию. Там сейчас так замечательно, ты даже себе не представляешь.

Я никогда не видела Адриатического моря! И мы еще никуда не ездили вдвоем.

— Даш, но почему именно сегодня? А не в выходные, например?

«Потому что до выходных твоя любимая Серафима вполне может успеть решить все свои дела и смыться».

— Мне очень, очень хочется именно сегодня, — ответила она. — Женский каприз.

Олег раздумывал не больше секунды. Почему-то он сразу вспомнил Наталью с ее сакраментальным: «Ты ничего не вкладываешь в отношения». Ему не хотелось, чтобы когда-нибудь Даша тоже его упрекнула. После него должны остаться не только подарки, которые можно вернуть, но и кое-что гораздо более важное.

— Я согласен, — сказал он и улыбнулся уголками губ.

Даша вспыхнула:

— Нет, правда?

— Правда-правда. Только тебе придется самой подготовиться к нашему бегству — а я начну закрывать срочные дела, договорились?

— Договорились!

Даша сияла. Она не ожидала, что ей удастся так быстро добиться своего. Это был добрый знак. Хорошо бы и дальше все пошло так же гладко.

— Сейчас я запишу для тебя телефон турагентства, услугами которого уже давно пользуюсь, они сделают для нас все возможное и невозможное, — пообещал Олег.

— У меня нет купальника, — неожиданно вспомнила Даша.

А она должна быть неотразимой! Там солнце, пляж, красивые девушки...

— Сходи в магазин. Не забудь, мне нужно еще пристроить Бульку. Хорошо, что мама в Москве, пес ее просто обожает. Эх, и задала же ты мне задачку! Учитывая, что Серафиму пришлось отпустить... У нее, знаешь ли, бабушка при смерти.

— Серьезно? — невинно спросила Даша.— Наверное, бабушка очень старая, а Серафима ее сильно любит?

— Знаешь, бабушки — это особый случай. Старые или не старые, но они наши.

«Серафима твоя — тоже особый случай, — подумала Даша. — Ну, ничего, ты скоро узнаешь, что она за штучка».

Глава 10

Серафима вышла из автобуса, который вывез пассажиров на летное поле, и мрачно посмотрела вверх. Маленькое ослепительное солнце, словно гвоздь, было вбито посреди светло-голубого неба. Легкий ветер трепал волосы и щекотал подбородок. Пассажиры цепочкой потянулись за служащей аэропорта, которая бодро вела их к самолету. Самолет принадлежал Черногорской авиакомпании и был маленьким, как автобус, который схватили за нос и вытянули.

— А вы уже летали на таких самолетах? — спросил Серафиму мужчина с внушительным портфелем, стоявший рядом с ней. За стеклами его очков металась паника.

— Это немецкий самолет, называется «фоккер», — важно сказала Серафима, которая знала только то, что ей рассказали в туристической фирме. — У него хорошая репутация.

— Мы же будем низко лететь, — с надеждой подхватил мужчина. — Если что — спланируем.

— Конечно. И не забудьте взять в руки картонку, — насмешливо добавил высокий парень с

216

висящей на плече сумкой для лэп-топа. — Чтобы планировать.

Серафима посмотрела на него укоризненно, но тот только пожал плечами. Всходя по трапу, она оглянулась на здание аэропорта. Не совершает ли она глупость, бросаясь вслед за мужчиной, для которого, судя по всему, семья и отношения не имеют особого значения? Ее нетерпеливо подтолкнули в спину. Серафима хмыкнула. Она только один раз в жизни была за границей — тетки-Зоины знакомые брали ее с собой, когда возили на автобусах по Европе группу детей, занимающихся бальными танцами. Они проехали по Франции, Италии, Германии и Австрии. Серафима успела наглотаться впечатлений, словно жадная утка желудей. И одно усвоила крепко — в Европе никто и никогда не станет подталкивать вас в спину, если вы замешкались. Только русские не видят в этом ничего особенного. Ну, подтолкнул. А чего она, дура, рот разинула?

Место оказалось возле иллюминатора. Серафима сразу стала смотреть в окно, и когда самолет тронулся с места и начал выруливать на взлетную полосу, ей показалось, что она едет в машине. Ее соседкой оказалась высокая статная дама с пучком на макушке, которая долго вздыхала и возилась, прежде чем ей удалось пристегнуться ремнем. Справившись с этим делом, она стала копаться в огромной сумке. Достала флакончик спрея от насморка и по очереди оросила каждую ноздрю.

— Чтобы уши не закладывало, — объяснила она взглянувшей на нее Серафиме.— Хотите?

— Нет, спасибо, у меня еще никогда ничего не закладывало.

Это было правдой, потому что на самолете она летела первый раз в жизни.

Соседка все никак не могла успокоиться. Она шуршала обертками леденцов, потом набросала в рот целую горсть. Когда самолет разогнался и взлетел, леденцы все еще стучали о ее зубы. «Ух ты!» — про себя ахнула Серафима, почувствовав, как ее вжало в кресло. Кто-то огромный и невидимый сжал все ее внутренности, а потом мягко отпустил. Вероятно, это был сам Господь Бог. Конечно, он. Кто еще мог позволить металлической штуковине с неподвижными холодными крыльями взлететь так высоко?

Серафиме все было так интересно, что она не заметила, как пролетело время. Наконец внизу появились горы — складчатые, как шкура шарпея. По радио начали говорить что-то неразборчивое. Как Серафима ни вслушивалась, понять ничего не смогла. И это несмотря на «английский в совершенстве». Вероятно, у того, кто сидел перед микрофоном, дела с английским обстояли гораздо хуже, чем у нее. Неожиданно из слипшегося текста выскочило одно знакомое слово — Подгорица. Судя по всему, они приближались к пункту назначения. В поле зрения Серафимы попал лоскут моря, и самолет начал заходить на посадку.

Сердце ее громко стучало, когда она шагнула из здания аэропорта навстречу неизвестности.

Непонятно, почему оно так стучало. Волноваться и предвкушать встречу с Куракиным было еще рано. Вероятно, это происходило от удивления: вот только что она была в опоенной смогом Москве, а сейчас оказалась в незнакомом краю, где небо было щедро залито синим, и по нему катилось чужое солнце — ласковое и ленивое.

Шофер такси, согласившийся везти ее в Будву, оказался здоровым белозубым детиной с карими глазами. По-русски он говорил плохо, по-английски еще хуже, поэтому Серафима просто махнула на него рукой. Она успела разжиться путеводителем и наивно решила, что разговаривать с шофером необязательно — достаточно того, что она отдала ему бумажку с написанным на ней адресом и названием отеля.

Языковой барьер встал между ними в тот момент, когда они после относительно спокойного кружения по равнине, окаймленной пирамидальными тополями, выехали на прямую трассу. Дорога оказалась узкой, по одной полосе в каждую сторону. Нагнав два грузовика, тащившиеся друг за другом, водитель внезапно совершил рывок, выехал на встречную полосу, вдавил в пол педаль газа и понесся прямо навстречу автобусу с оскаленным радиатором. Серафима разинула рот, но крик застрял в горле — ее парализовал ужас. Они мчались по встречке, а прямо на них, грозя смести с дороги, ехал автобус. За несколько секунд до столкновения их автомобиль вильнул вправо и ловко встроился в общий поток.

— Ты что, мать твою, охренел?! — закричала Серафима, перед внутренним взором которой пронеслась вся ее жизнь.

Нет, даже не вся! Вся пронестись не успела — какие-то обрывки жизни, которая только что могла бесславно закончиться. Водитель что-то спросил, удивленно посмотрев на нее. После чего нажал на газ и проделал свой дьявольский маневр еще раз! Обогнав большую машину, ехавшую, по его мнению, недостаточно быстро, он едва не устроил лобовое столкновение с фурой.

— Прекрати сейчас же! — взвизгнула Серафима и стукнула шофера по голове путеводителем. Он уклонился и захохотал, быстро заговорив по-сербски.

Надо сказать, что этот тип был крупным и красивым, как певец югославской эстрады, выступление которого Серафима очень любила смотреть на музыкальном ретро-сборнике.

— Дерьмо! Мерде! Шит! — продолжала бушевать она, изо всех сил моргая, чтобы вытаращенные глаза вернулись обратно в глазницы. — Поезжай же ты, как человек.

Гораздо позже Серафима узнала, что все местные ездят именно так, и шофер просто не понимал, почему она на него орет.

Пока она вопила, автомобиль въехал прямо внутрь горы — в огромную пасть тоннеля, который тянулся так долго, что становилось не по себе. Только что пришедшая в себя Серафима снова сжалась от страха, когда тоннель закончился и они очутились на дороге, вьющейся вдоль побережья. С одной стороны была отвесная скала, с другой — ничем не огороженный обрыв. Далеко внизу лежало безмятежное море. Если что — кувыркаться до него по косогору пришлось бы несколько километров. Но зато красота была такая, что захватывало дух. Душа распахнулась ей навстречу, как парашют — с громким хлопком. Горы, море, солнце и сотни ярко-оранжевых черепичных крыш внизу, на побережье, на какое-то время лишили Серафиму дара речи.

Шофер тем временем по своей привычке вдавил в пол педаль газа и помчался по опасной дороге на скорости, больше подходящей гоночному автомобилю. Серафима решила, что он болен бешенством. Она сжалась в комок, подобрала колени к груди и стала тихо выть.

Шофер снова захохотал и, наконец, сбавил скорость. Вероятно, до него наконец-то дошло, что она боится за свою жизнь. На особо опасном участке он минут пять тащился за трактором, настраивая музыкальную волну на своем приемнике, потом что-то громко сказал и снова выскочил на встречку — прямо перед крутым поворотом. Серафима зажмурилась. Надежду на благополучный исход мероприятия внушало лишь то, что, невзирая на смертоубийственную езду, сам шофер был до сих пор жив. И даже невероятно весел!

Сглатывая кислую слюну, заполнившую рот, Серафима открыла путеводитель, который должен был отвлечь ее от дороги. После кратких сведений о посольстве, медицинской страховке и транспорте внутри страны шли «Заповеди истинного черногорца». Первая из них гласила: «Человек рождается уставшим и живет, чтобы отдыхать». Следующая звучала еще более привлекательно: «Все болезни от работы, не умри молодым».

«Ну, и чего с него взять? — подумала Серафима, покосившись на водителя, который вел машину медленнее, чем раньше, но все равно весьма рискованно. — Он просто пытается поскорее разделаться с работой, чтобы завалиться спать». Серафима продолжала колебаться между восторгом и ужасом. Бешеная езда мешала ей наслаждаться пейзажем. Особенно противным было то, что от вылета в открытый космос их отделяли только пучки травы, окаймлявшие обочину.

— Как же так? — не выдержала и сказала она вслух, хотя знала, что шофер ничего не поймет. — Вот же, написано: Евросоюз выделил вам миллионы, чтобы вы тут все себе построили! Неужели нельзя было оставить немножко денег хоть на какой-нибудь заборчик вдоль обрыва?

Водитель ответил ей по-сербски. Ответ был развернутым и наверняка содержал массу полезной информации. Серафима решила, что к тому моменту, как они доберутся до места, она заработает себе гастрит. От пережитых потрясений желудок громко ворчал.

— Будва! — неожиданно возвестил шофер, широко махнув рукой.

На взгляд Серафимы, Будва ничем не отличалась от всего остального — изрезанный бухтами берег, похожий на жадно обкусанный кусок пирога, и насколько хватает взгляда — черепичные крыши. Единственное, что свидетельствовало о приближении к известному курорту — затруднённое движение: шоссе пересекали пешеходы в широкополых шляпах, резиновых тапочках, шортах и парео. Они бродили стадами, как буйволы, и приходилось пропускать их, снизив скорость до благословенных двадцати километров в час.

Серафима против воли напряглась: вдруг она заметит Андрея? Она его сразу опознает — у него потрясающая фигура с рельефным животом, по которому она любила ради удовольствия молотить кулаком. Конечно, никакого Андрея она не увидела. Дорога снова взмыла вверх, ближе к небу. Синее небо, синее море, а между ними, словно прослойка сэндвича, — россыпь больших кораблей и белых яхт. Серафима не знала, куда смотреть — вперед или назад, потому что всюду было невообразимо красиво. Неожиданно прямо перед ее глазами всплыл указатель «Villa Leonsia». Стрелка указывала вниз, и шофер послушно повел машину по ответвлению дороги. Через несколько минут они въехали на территорию огромного пятиэтажного отеля, помпезного, как итальянское палаццо.

Серафима долго думала, давать ли шоферу на чай, но потом все же раскошелилась. Она слепо доверяла путеводителю, а там было сказано, что чаевых от нее ждут. Обманывать чьи бы то ни было ожидания она считала подлым, и прибавила к счету пять евро. Войдя в холл отеля через огромные стеклянные двери, она ненадолго остановилась, чтобы прийти в себя. Холл был гигантским, как танцпол. Казалось, что буйная южная природа ворвалась сюда, не обращая внимания на плиточный пол и каменные стены, — повсюду цвели цветы, зеленели пальмы и какие-то местные фикусы: не чета тому, который Серафима усердно выхаживала в своей приемной.

Ей страшно хотелось дать на чай еще и мальчику, который переносит вещи приезжающих и отъезжающих гостей. Мила просветила ее насчет того, что такие служащие не получают зарплаты, а забирают себе лишь ту мелочь, которую им платят туристы. Однако мальчика нигде не было видно: вероятно, спортивная сумка Серафимы не привлекла его внимания.

Серафима двинулась к стойке регистрации, достала из сумочки ваучер, предоставленный турфирмой, и приготовилась говорить по-английски, но молодой человек, встретивший ее приятной улыбкой, сказал на чистом русском:

— Добро пожаловать! Вы впервые в нашем отеле?

Вероятно, русских туристов тут было так много, что появился смысл нанимать русскоговорящих служащих.

— Впервые, — призналась Серафима, выкладывая на стойку паспорт.

Ей вдруг стало до ужаса жаль, что целых двадцать четыре года прошли вдали от мандариновых садов и необыкновенной рыбы, которой кишат прибрежные воды.

Наконец, все формальности завершились, и Серафима получила ключ от номера. Повертела в руках, спрятала в сумочку, но не ушла.

— Подскажите, пожалуйста, в каком номере остановился господин Куракин? — спросила она легкомысленным тоном. — Надеюсь, он уже зарегистрировался?

Молодой человек обратился за помощью к компьютеру и через минуту сообщил, что господин Куракин и госпожа Среда, действительно, приехали и заняли номер четыреста пятнадцать.

Услышав фамилию Среда, Серафима помрачнела. О чем она только думала? Почему верила, как дура, что Андрей все-таки приехал один? Какие только мысли не рождались в ее голове! Каких только оправданий она ему не придумала! Все из того же путеводителя Серафима узнала, что Будва считается летней сценой для различных культурных событий. Ее вообще называют городом фестивалей и праздников. Может быть, Андрей участвует в каком-нибудь мероприятии? Его пригласили вести концерт гастролирующей знаменитости или еще что-нибудь в этом роде...

— Я могу позвонить в четыреста пятнадцатый, — прервал ее размышления администратор.

— Нет-нет, я сама зайду туда позже, — поспешно улыбнулась Серафима. — Когда пообедаю. — И она выразительно похлопала себя по животу.

Молодой человек немедленно объяснил, где она может утолить голод. В отеле имелось по меньшей мере три кафе, а также три ресторана, еще десяток был рассыпан по окрестностям. На побережье от ресторанов вообще было некуда деться. Столики стояли прямо на деревянных помостах, и гости могли вкушать пищу и одновременно наслаждаться морским пейзажем, подкармливая стайки подплывающих рыб свежевыпеченным хлебом.

Серафима зашвырнула сумку в номер, мимоходом удивившись тому, до чего в нем светло и просторно, и поторопилась снова спуститься вниз. Через вторые стеклянные двери холла она вышла во двор отеля, засаженный деревьями. До моря оказалось двести шагов. Людей вокруг было до невероятности много. Визжали дети, шныряли загорелые, похожие на тощих стрекоз подростки, утиным шагом шествовали по дорожкам супружеские пары. Множество стариков сидело на скамейках под тентами. Со старушки, заснувшей в инвалидной коляске на широком пандусе, окружавшем отель, слетела соломенная шляпа. Серафима подняла ее и водрузила обратно. Тотчас откуда-то выскочила голенастая девица в коротком сарафане. У нее были чумные глаза и громовой голос:

— Вот спасибочки, — воскликнула она, напугав белку, сидевшую неподалеку на газоне. Белка гигантскими прыжками унеслась прочь. — Я бабусю лучше в тенечек подвину.

Тенечка здесь тоже было хоть отбавляй. Таких роскошных деревьев Серафима никогда в жизни не видела. Она понятия не имела, как они называются, и только головой вертела в разные стороны, пытаясь напитаться впечатлениями.

Махнув рассыпавшейся в благодарностях девице рукой, Серафима пошла к пляжу. Ее распирало от вольного воздуха, от необъятного простора, который не помещался в груди. Даже забитый отдыхающими пляж не смог испортить ей настроение. Да, людей было слишком много. Но и моря было много! Оно лежало перед ней — грозное и нежное, темно-голубое, с замысловатыми малахитовыми разводами. Ближе к берегу ходили взад и вперед рыбацкие лодки и грациозные прогулочные яхты. Полчаса Серафима просто бродила по окрестностям, очумев от яркости красок и соленого морского воздуха. Потом вдруг настроение ее резко упало. Зачем нужна такая красота, если не с кем ее разделить? Почему Андрей приехал сюда не с ней? Неужели он совсем не успел к ней привязаться? Тогда к чему все эти телодвижения с ее стороны? Стоит ли пытаться вернуть того, кому ты совсем-совсем не интересен?

Желудок снова заворчал, и Серафима подумала, что упаднические мысли появились в ее голове от голода. Она посмотрела на часы. До ужина еще больше сорока минут. Наверное, сейчас самое время взять себя в руки, подняться на четвертый этаж и постучать в дверь четыреста пятнадцатого номера. Она понятия не имела, как поведет себя Куракин, когда увидит ее. И тем более не знала, какое впечатление произведет ее появление на Таню Среду.

— Пусть это будет экспромт, — решила Серафима. — Как только я взгляну в глаза Андрея, я сразу пойму, как действовать.

Войдя в лифт и нажав на кнопку, она неожиданно передумала. «Стоит мне оказаться в их номере, как случится безобразный скандал, — поняла Серафима. — И устрою его именно я. Зачем мне нужен скандал? Скандал только еще больше настроит Андрея против меня. Надо подловить сладкую парочку где-нибудь на пляже или в ресторане и пройти мимо в моем сногсшибательном купальнике или в не менее сногсшибательном платье. Андрей увидит меня, вздрогнет, смутится, его неожиданно охватят стыд и сожаление, и он побежит за мной. Тут-то мы и объяснимся. Я гордо подниму подбородок и, едва сдерживая слезы, спрошу его, как он мог так подло со мной поступить. Потом мы, конечно, помиримся». Как произойдет примирение и куда денется Таня Среда, Серафима предпочитала не думать. Думать было слишком страшно.

Когда двери лифта раздвинулись, она осталась стоять на месте. Снова нажала на кнопку первого этажа и поехала вниз. За стойкой регистрации теперь стояла девушка. Серафима спросила, ужинают ли ее друзья — господин Куракин и госпожа Среда — в гостинице, а то она никак не может их разыскать. Оказалось, что — нет, в стоимость их проживания включен только завтрак. «Выходит, ужинать они могут где угодно, — подумала Серафима. — Мало ли здесь уютных ресторанчиков?»

Оставался единственный на сегодня шанс — вечернее выступление музыкантов в холле отеля, о котором сообщала афиша. Холл был разделен на две зоны. Первая была деловой — здесь происходила регистрация гостей, располагался информационный зал, комната для хранения багажа, стояли стойки с проспектами и рекламными буклетами, висел стенд с расписанием автобусов. В другой части холла, отделенной от первой ступеньками и целым рядом аквариумов, постоянно работал бар, стояли столики с креслами, где туристы пили кофе и прохладительные напитки. Вечером тут наверняка будут подавать алкоголь. Андрей и Таня запросто могут спуститься сюда из номера и послушать музыку перед сном.

Размышляя о превратностях судьбы, Серафима полчаса гуляла вдоль моря, после чего галопом понеслась на ужин. Шведский стол оказался столь обильным, что у нее разбежались глаза. От жадности она наложила себе огромную гору еды, а потом еще сходила за десертом. Эпопея закончилась тем, что она возвращалась в свой номер раздувшаяся, как дорвавшаяся до объедков бродячая собака. Там она повалилась на кровать и заснула мертвым сном.

Глава 11

Как только самолет поднялся в воздух, Олег немедленно заснул, пробормотав: «Прости, я, кажется, сейчас вырублюсь». Сборы были бурными и лихорадочными, Олег постоянно говорил по телефону, на ходу решая деловые вопросы. Даша боялась, что он вот-вот начнет сожалеть о том, что вообще согласился на эту авантюру, но он оказался на высоте и изо всех сил старался не портить ей настроение.

Когда Олег задремал, Даша решила почитать книгу. Впрочем, ухватить нить сюжета ей никак не удавалось: соседи, которые сидели через проход от нее, мешали ей сосредоточиться. На эту пару она обратила внимание еще в здании аэропорта — они стояли в очереди на паспортный контроль чуть впереди них с Олегом. У мужчины был такой хмурый вид, как будто он летел не отдыхать, а мучиться. Его спутница, напротив, казалась не в меру оживленной.

— Ну, Егор, — выговаривала она, — ты опять читаешь свои сообщения. Мы же договорились, что в отпуске ты забудешь о работе!

— Мы еще не в отпуске, — постным голосом отвечал тот. — Вот прилетим на место, тогда, клянусь, я отключу мобильник и буду безраздельно принадлежать тебе.

Он не мог похвастать высоким ростом, но бедра у него были узкими, а плечи широкими, из-за этого он казался мощным и чем-то напоминал Даше Дитера Болена: наверное, светлыми волосами и улыбкой. «Ух ты, какой зубастый! — подумала она. — Прямо акула, отправляющаяся на море охотиться за красотками. Впрочем, эта девица ему особо разгуляться не даст». Девица была очень молодая и очень живая. Она ни на минуту не оставляла своего приятеля в покое, одолевая его бесконечными придирками. В самолете представление продолжилось.

— Маруся, ну где я возьму тебе кроссворд? — сердито спрашивал Егор.

Даша скосила на него глаза. Он сидел прямо через проход, так близко, что она могла бы протянуть руку и коснуться его. В какой-то момент она поймала себя на том, что ей и впрямь хочется до него дотронуться. Хотя, на Дашин вкус, в нем не было ничего особенного, но этот мужчина притягивал ее мысли как магнит. Просто так, без всякой причины.

— Почему ты сама о себе не позаботилась? — продолжал выговаривать своей спутнице Егор. — В аэропорту мы видели кучу кроссвордов в киоске.

— Это ты должен обо мне заботиться, — недовольно заявила Маруся.

У нее была высокая грудь, загорелые ноги, едва прикрытые юбкой, и длинный белокурый «хвост», перетянутый простой резинкой. Иными словами, она была свежа, как лилия, и хороша, как девушка Бонда.

«Ничего себе! — подумала Даша. — Вот интересно, я могла бы так помыкать Олегом? Принеси то, подай се, «это ты должен обо мне заботиться!» Нет, такое совсем не в моем характере».

Эти двое словно заранее распределили роли: она — королева, а он ее военачальник. Храбрый, смелый, мужественный, но находящийся в полном подчинении Ее Величества. Даше такие отношения казались бесперспективными.

Слегка повернув голову, она снова покосилась на соседа и неожиданно поймала его взгляд, направленный прямо на нее. От неожиданности девушка вздрогнула и резко отвернулась. Еще не хватало, чтобы этот тип заподозрил ее в том, что она испытывает интерес к его особе. Ничего подобного! С какой стати ей заглядываться на посторонних мужчин, коли у нее уже есть Олег?

Дабы утвердиться в этой мысли, она положила руку на локоть Олега, опустила голову ему на плечо и прикрыла глаза. Тот завозился и рассеянно поцеловал Дашу в висок. Однако избавиться от назойливых размышлений о соседе слева ей не удалось.

«Вот интересно, насколько эта девица моложе его? — думала Даша. — Лет на пятнадцать, наверное. Конечно, таким красоткам ничего не стоит вскружить голову мужчине любого возраста, а те и рады. Ну естественно — когда рядом с ним сидит вот такая длинноногая штучка, он тоже начинает чувствовать себя неотразимым».

Она слегка приподняла ресницы и сквозь них осторожно взглянула на Егора. Он по-прежнему смотрел на нее и, кажется, ухмылялся.

«Ужасно противный, — вынесла вердикт Даша. — И совершенно неважно, что он похож на Дитера Болена — все равно такие мужчины совсем не в моем вкусе».

Еще в аэропорту Олег арендовал «Ауди», объяснив Даше, что на горных дорогах нужны сильные машины. Он настроил «навигатор» и ехал медленно, позволяя Даше любоваться пейзажем.

— Мы могли бы просто взять такси. Ты бы отдохнул в дороге, — сказала она.

— Не люблю доверять свою жизнь кому-то другому, — ответил Олег. — Кроме того, вдруг нам потом захочется поездить по побережью? Мне сказали, нужно обязательно побывать на Скадарском озере, там в ресторанах подают уклейку, которую просто нельзя не попробовать.

Всю дорогу позади них, словно привязанный, ехал небольшой красный автомобильчик, который следом за ними повернул к отелю. Каково же было изумление Даши, когда из него вышли Егор и Маруся.

«Надо же было такому случиться, что эта парочка выбрала для себя тот же самый отель, что и мы. И теперь «Дитер Болен» будет постоянно попадаться мне на глаза и противно ухмыляться при встречах. Да и пусть! Я вовсе не собираюсь обращать на него внимание, и ему ни за что не удастся испортить мне настроение».

Решив так, Даша гордо вскинула голову и сделала вид, что не заметила своих попутчиков из самолета.

«Если мы сразу наткнемся на Серафиму, будет просто отлично, — думала она, входя в холл отеля и оглядываясь по сторонам. — А если нет, придется мне проявить смекалку. В конце концов, у меня творческая профессия и хорошее воображение. Я обязательно найду эту маленькую обманщицу и устрою все так, чтобы Олег тоже ее заметил».

Однако историческая встреча произошла только на следующее утро. Серафима, которая проспала двенадцать часов кряду, распахнула глаза и долго смотрела в потолок, не в силах понять, где находится. В течение нескольких секунд она чувствовала себя героем шпионского романа Джейсоном Борном, забывшим все, даже свое имя. Когда, наконец, память вернулась, больно ударив Серафиму в лоб, она кое-как поднялась на ноги, добрела до ванной и хмуро уставилась на свое отражение.

— Умереть от обжорства на берегу Адриатического моря — что может быть прекраснее? — сказала она сама себе и проверила язык.

Язык выглядел красивым и розовым. Слюны было достаточно, на лампу смотреть не больно.

— Значит, я все-таки не пила.

Судя по всему, во всем были виноваты куриные шашлычки, залакированные кусочками дыни и взбитыми сливками. До этого были еще креветки, рыбное филе, гренки и мороженое с жареным арахисом. Боже, как в нее все это влезло?!

После прохладного душа Серафима почувствовала, что у нее буквально выросли крылья. Однако полетать ей не удалось: желудок попросил отвести его на завтрак. Именно там, в буфете гостиницы, она могла встретить сладкую парочку, ради которой прилетела в другую страну. В связи с этим следовало привести себя в порядок. Серафима пригладила волосы щеткой, надела шорты, футболку и шлепанцы. Подошла к большому зеркалу возле кровати и удовлетворенно сказала:

— Я и так отлично выгляжу. А тот, кто этого не ценит — просто кретин.

После чего отправилась в буфет, где налила себе огромную чашку кофе, а на тарелку положила два пончика, два бутерброда с сыром, вареное яйцо и сардельку. Приступая к завтраку, она неожиданно поняла, что меньше всего на свете хочет, чтобы Куракин появился сейчас на горизонте — даже в единственном числе. «Еда на меня странно действует, — подумала Серафима раздраженно. — Она подавляет центры, отвечающие за чувство справедливости. Я похожа на охотника за крокодилами, который пришел на болото и увлекся погоней за бабочкой. Нужно немедленно взять себя в руки». Насытившись, она возвратилась в номер и через силу стала прихорашиваться. Во-первых, надела откровенный сарафан на тоненьких бретельках, который еще прошлым летом привел Милу в неистовство. «В этом сарафане ты противоречишь всем законам анатомии, — заявила она.— Кажется, что у тебя гораздо больше косточек, чем у других людей». Серафима ей не поверила.Сарафан был ярко-голубого цвета и очень ей шел. Пусть Милка застрелится! Под него она надела синие босоножки на высоченной танкетке — недорогие, но эффектные. Подошла к зеркалу, поправила волосы и пожелала:

— Ну, Серафима, ни пуха тебе, ни пера!

* * *

Даша увидела ее первой.Они с Олегом загорали на берегу, а Серафима шла по дорожке вдоль пляжа в ярко-голубом сарафане. И столько в ней было радостного оживления и какого-то детского упоения жизнью, что Дашу неожиданно пронзила зависть. У нее никогда так не получалось! Не получалось отдаться чувствам, позволить им захлестнуть ее целиком. Дашу все время что-то останавливало. Нет, не «что-то», а жесткий самоконтроль! Она всегда была старшей сестрой, эта роль прилипла к ней, словно горячая резина к коже. Как же: младшие берут с нее пример! Она не могла позволить себе расслабиться ни на минуту.Карьера тоже требовала работы над собой. Так и получилось, что она всю жизнь прожила, затянутая в корсет обязательств. И потеряла вкус к жизни! Вернее, она так и не распробовала до сих пор этот вкус.

А кто виноват? Она сама, и больше никто. Правда, она сделала попытку все изменить, ушла из дома, зажила самостоятельно, но что из того? Вот сейчас вместо того, чтобы наслаждаться солнцем, морем, любовью, она, черт бы ее подрал, охраняет Олега от его собственных чувств, пытаясь сломать зарождающийся в его душе росток настоящей любви. И все только ради того, чтобы все у нее было спокойно и гладко — так, как она запланировала.

Даша резко перевернулась с живота на спину, потом села и потерла виски.

— Ты чего, перегрелась? — спросил Олег.

Он тоже сел с ней рядом. На нем были темные очки в пол-лица. Даша уже открыла рот, чтобы произнести заранее заготовленную фразу: «Слушай, ты говорил, что твоя секретарша уехала к умирающей бабушке? А не кажется ли тебе, что вон та девушка в голубом безумно на нее похожа?» Однако слова застыли у нее на губах.

— Да нет, — ответила она, — просто шея затекла.

— Так давай прогуляемся, — воскликнул Олег.— Не обязательно торчать тут и...

Он сделал широкий жест рукой, чтобы показать, сколько людей прогуливается вдоль берега, повернул голову и увидел Серафиму. Очки свалились у него с носа, лицо вытянулось, и он стал удивительно похож на актера, играющего комическую сцену.

— Что случилось? — скучным голосом спросила Даша.

Все выходило именно так, как она задумала еще в Москве, однако радости по этому поводу она вовсе не испытывала. Олег тем временем действовал четко по сценарию.

— Даша, ты помнишь, что я тебе говорил про Серафиму? — спросил он напряженным голосом.

— Что?

— Что она уехала проститься с умирающей бабушкой?

— Да, ты говорил.

— Она меня обманула! Посмотри скорее туда, — он с такой силой схватил Дашу за запястье, что та чуть не взвыла.

— Да, действительно Серафима, — подтвердила она, повернув голову. — Надо же. Это прямо какая-то загадка: она постоянно попадается на твоем пути. Даже за границей невозможно от нее скрыться. К чему бы это?

— Погоди-ка.

Олег порылся в сложенных кучей вещах и извлек мобильный телефон. Быстро набрал номер Серафимы. При этом он не сводил с нее глаз. Вот она притормозила, услышав звонок. Достала из сумочки свой сотовый, посмотрела на дисплей и сразу же ответила:

— Да, Олег Петрович! Что-нибудь случилось?

— Серафима, ты сейчас где? — спросил Олег вкрадчивым тоном.

Даше он напоминал кобру, приготовившуюся к броску.

— Я уже на месте, а что?

— Как бабушка?

— Вы знаете, она не так плоха, как казалось, но все же я рада, что приехала.

— Серьезно? — иронически спросил Олег. — А что это у тебя там за шум такой странный? Как будто море плещется...

— Что вы, Олег Петрович, какое море? — засмеялась Серафима. — Это я... посуду мою. Вода плещется в раковине.

— А когда ты моешь посуду, ты всегда так одеваешься? В эротический сарафанчик?! — рявкнул Олег, решив прекратить игру. — И можешь не врать, потому что я тебя вижу!

Серафима вздрогнула и завертелась на месте. Телефон она все еще держала возле уха. Олег решительно поднялся на ноги, чтобы она его увидела. И она его увидела! Как только они встретились взглядом, Серафима присела, как вратарь, опасающийся пропустить гол, потом все так же, на полусогнутых, подпрыгнула, развернувшись в прыжке на сто восемьдесят градусов, и дунула с пляжа. Это выглядело так потешно, что Даша буквально согнулась пополам от смеха.

— Я ее уволю! — зловещим голосом сказал Олег, глядя, как мелькают вдали голые пятки его секретарши. — Нет, ты подумай, какова актриса! И я, как идиот, попался на ее удочку! — Олег плюхнулся на покрывало и хлопнул себя мобильником по лбу. — Эта выдумка про бабушку была такой глупой, что я ей поверил!

Он снова принялся набирать номер на мобильном телефоне.

— Она тебе не ответит, — сказала Даша, вытирая глаза тыльной стороной ладони.— Мне кажется, твоя Серафима через пять минут уже добежит до канадской границы.

— Этот пляж принадлежит отелю, — сказал Олег. — Неужели она поселилась именно здесь? Какое удивительное совпадение! — В этот момент он дозвонился, наконец, и закричал громовым голосом: — Борька, это я. Слушай, сделай милость — немедленно уволь секретаршу! Конечно, мою. У нас что, есть какая-нибудь еще? Не спрашивай меня, просто сделай это — и все. Уволь ее своим приказом, понятно? Если ты этого не сделаешь, я приеду и уволю тебя.

Он захлопнул крышку мобильника, вскочил на ноги и сказал Даше:

— Знаешь, что? Я должен ее найти.

— Конечно, — не скрывая иронии, кивнула та. — Конечно, ты должен. Беги, догоняй ее.

Олег был настолько поглощен идеей изловить Серафиму, что никакой иронии не почувствовал.

— Ты еще позагораешь? — спросил он, похватав свои вещи.

— Нет, я пойду и полазаю по пальмам, — сказала она ровным тоном.

— Хорошо. Тогда встретимся в номере, — бросил он и припустил бегом.

Даша молча смотрела ему вслед.

* * *

Олег был уверен, что Серафима бежит от него в ужасе. Что она боится встретиться с ним лицом к лицу и, как малый ребенок, инстинктивно хочет спрятаться от опасности. «Рано или поздно ей все равно придется поговорить со мной начистоту, — думал Олег. — А эта дурочка драпает, как будто я собираюсь откусить ей голову».

На самом деле ужас обуял Серафиму лишь на мгновение. Увидев босса в непосредственной близости от себя, она испытала шок. Но когда бросилась бежать, в голове ее уже созрел план, который мог позволить ей выйти сухой из воды.

Старушка! Старушка в инвалидном кресле, с головы которой ветром сдуло шляпу. Именно она обещала избавление от всех бед. Если удастся отыскать ту голенастую девицу, которая за ней приглядывает... Девица говорила по-русски, значит, с ней удастся найти общий язык.

Серафима еще издали заметила их. Девица играла в пинг-понг на спортивной площадке, бабуся дремала в инвалидном кресле, свесив голову на грудь, в тени сосен и кипарисов.

— Эй! — позвала Серафима, влетев на площадку. Помахала рукой и широко улыбнулась.

Она давно уже заметила, что ее улыбка особым образом действует на людей. Она их обезоруживает. Милка всегда ей говорила: «Если бы ты была аферисткой, Сима, то наверняка вошла бы в золотой список мошенников всех времен и народов».

— Привет! — удивилась девица, передав ракетку стоявшей в очереди девушке. — Чего случилось?

— Это твоя бабушка? — Серафима решила не церемониться.

Да у нее и времени на это не было.

— Ну... Я очень дальняя родственница. Меня взяли сиделкой. Вообще-то бабуля ничем не больна, только от старости слегка ку-ку. А что?

— Как тебя зовут?

— Арина.

— А меня Серафима Тетерина. Я из Москвы. Вот, вчера приехала. Хотела отдохнуть, понимаешь? Но у меня босс очень строгий. Так я взяла и сказала ему, что еду сидеть с умирающей бабушкой. Вот он меня и отпустил с работы. Я купила билет на самолет, гостиницу заказала, приехала, пошла на пляж, а он — там.

— Кто? — не поняла Арина.

— Да босс мой! Такое поганое стечение обстоятельств! Мы оказались в одном отеле, вообрази. Босс меня увидел и озверел просто. Наверное, догонит и уволит. Так я вот что хотела попросить. Можно я скажу ему, что твоя бабушка — это моя бабушка? Ну, постою, подержусь за инвалидное кресло. Пусть старушка спит, ей же от этого ни жарко, ни холодно.

— Даже если она проснется, у тебя проблем не будет, — сразу же включилась в игру Арина.— Можешь прогулять ее по дорожке туда-сюда. Только будь у меня на глазах, хорошо? Я ведь за нее ответственная.

— Конечно-конечно, — сказала Серафима. — Спасибо! С меня выпивка. Если выкручусь, встретимся вечером в баре, я тебя коктейлем угощу. Думаю, босс сейчас появится. Как только я с ним разберусь, сразу поставлю бабушку на место, вон под тот кипарис.

Уперев руки в бока, Арина смотрела, как Серафима, мелко шагая, покатила коляску по дорожке, которая пересекала газон. Как раз в этот момент на горизонте появился Шумаков. Он не бежал, но шел очень быстро, и вид его не предвещал ничего хорошего. Вот он вскинул голову и замедлил шаг, заметив Серафиму, которая с лицом пай-девочки катила ему навстречу инвалидное кресло. В кресле сидела аккуратная старушка в белых ботиночках и соломенной шляпе. Она дремала, и вид у нее был благостный.

Мир в голове Олега мгновенно перевернулся. Он даже испытал короткий приступ раскаяния.

— Значит, вот она ты, — сказал он, подходя к Серафиме. — И зачем же ты от меня драпала?

Голос он понизил почти до шепота, опасаясь разбудить бабушку.

— Я не от вас драпала, — гордо ответила та, подняв подбородок. — Я просто бабушку без присмотра оставила. Когда мы утром прогуливались вдоль пляжа, я обронила одну вещь. Пошла поискать, а тут вы со своими угрозами!

— Серафима, ну нельзя же быть такой... — Он хотел сказать — дурой, но сдержался. — Почему ты мне еще в Москве не сказала, что летишь за границу? Что твоя бабушка живет в Черногории?

— Она тут не живет. Когда она заболела, врач прописал ей морской воздух. Вот ее и привезли. Чувствуете, как здесь дышится? Воздух такой ароматный, что хочется его ложкой есть.

— Но это же дорого, — Олег никак не мог поверить, что всему есть свое объяснение.

— Мой дядя может себе позволить дополнительные расходы. Он поселил бабулю в Черногории, и все родственники по очереди ездят сюда, чтобы за ней приглядывать. А я — бабулина любимая внучка. И когда ей стало хуже, она захотела меня видеть.

— Но почему надо было делать из этого секрет? — продолжал настаивать Олег, на душе у которого сразу стало легко. Серафима ни в чем не виновата! Мир по-прежнему справедлив и честен.

— Если бы я вам сказала, что лечу на заграничный курорт, вы бы меня отпустили? — спросила Серафима с вызовом.

— Конечно, отпустил бы. Я же не монстр какой-нибудь. Хм. А ведь я уже велел Борису тебя уволить, — проворчал Олег. — Подожди, я ему сейчас перезвоню.

Он действительно позвонил в Москву и, услышав голос заместителя, небрежным тоном спросил:

— Борь, ты подписал приказ об увольнении Серафимы? Нет? Ну, вот и хорошо. Мы тут уже во всем разобрались. Так что должность остается за ней.

— Хочешь сказать, что Серафима сейчас вместе с тобой в Черногории? — недоверчиво спросил Борис.

— Серафима в Черногории, но не вместе со мной, а сама по себе.

— Отлично. Я давно уже понял, что этим дело кончится.

— Чем? — тупо спросил Олег.

Впервые кто-то откровенно намекнул, что в его отношении к Серафиме есть кое-что личное. Сам себе он в этом еще ни разу не признавался.

— Пока! — весело бросил Борис и отключился.

Олег кашлянул и неожиданно взглянул на Серафиму новыми глазами. Глазами мужчины, а не босса. Нет, он и раньше, конечно, замечал, какая она симпатичная. Но у него была Даша. А у нее — телезвезда Куракин. И вообще... Втрескаться в собственную секретаршу — что может быть анекдотичнее?

«Да нет, я не втрескался, — сам себе не поверил Олег. — Просто она мне нравится... как человек».

— Спасибо, что восстановили меня в должности, — с чувством поблагодарила Серафима. — В принципе, я могу обменять свой билет и уже сегодня вернуться домой. Приехала моя двоюродная сестра Арина, она готова меня сменить. Главное, я повидалась с бабулей, — на глаза Серафимы навернулись слезы.

Это были слезы благодарности судьбе, но Олег, конечно, знать этого не мог и испытал еще один приступ раскаяния.

— Ну и зачем тебе сейчас менять билет? — спросил он небрежно. — Впереди выходные, воспользуйся возможностью немного подышать морским воздухом. Тем более, ты сама отметила его замечательные свойства. И позагорать тебе не мешает, и поплавать. Кстати, плавание отлично развивает мускулатуру, имей в виду. Ладно, Серафима, я пойду, меня там... ждут. Еще встретимся! Ты вечером что будешь делать?

— Уложу бабушку и погуляю вдоль моря, — пожала плечами Серафима, вошедшая в роль ангела во плоти.

— Хорошо, — Олег кивнул и, развернувшись, двинулся обратно на пляж.

Поездка, до сих пор не особенно его будоражившая, неожиданно показалась забавной. Он был не любителем пляжей — валяться просто так на песке и подвергать опасности собственный иммунитет, поджариваясь на солнце? Нет, это не для него. Морей он в своей жизни уже навидался. Его поездка сюда была всего лишь личным вкладом в их с Дашей отношения. Да, он совершил правильный поступок. Но этот поступок его тяготил.

Черногория с Серафимой была совершенно иной, нежели без нее. Знание того, что она где-то здесь, совсем рядом, неожиданно окрасило мир в яркие цвета. Олег огляделся по сторонам и обалдел. Он вдруг заметил и благородную пыльную зелень олив, и роскошь тропической мимозы, и обжигающую синеву моря, и простор, который мог опьянить даже трезвенника. Он посмотрел на горы, окутанные голубоватой дымкой, и усмехнулся. С ним что-то происходило. Что-то странное.

Даша по-прежнему лежала на покрывале и загорала. И собиралась делать это еще три дня. Вместе с ним. Три дня валяться на песке, словно он водоросль! Какой кошмар. Даша надела темные очки, но Олег почувствовал, что она не спит. На ней был сплошной черный купальник с изумрудной вставкой, подчеркивающий достоинства фигуры. Свои кудри она укротила и заплела в косу.

— Даш, все разъяснилось, — сказал Олег, плюхаясь на покрывало. Он закинул руки за голову и потянулся. — Зря я взбеленился. Серафима действительно приехала к своей старой бабушке. Старушке стало плохо, вот ее и вызвали.

Даша сняла очки и уставилась в пустоту. Она ничего не говорила, и Олег поторопился объяснить все до конца:

— У них в семье есть какой-то богатый дядя, он в состоянии оплатить бабушкино пребывание на море — врачи рекомендовали ей морской воздух. Все по очереди пасут бабусю. А Серафима у нее любимая внучка. Ну, конечно, она слукавила, когда сказала, что бабушка при смерти. Я заметил на щеках старушки румянец...

— Олег, прекрати, — Даша неожиданно села и в бешенстве уставилась на него. — Прекрати это немедленно!

— Что? — он так удивился, что едва не прикусил себе язык.

— Вот это. — Она ткнула пальцем ему в грудь. — Серафима просто морочит тебе голову. Но ты до такой степени ослеплен ею, что ничего не замечаешь.

— Я?! Ослеплен Серафимой?! — Олег попытался расхохотаться, но из его груди вырвался только клекот, который немедленно подхватили пролетавшие мимо чайки.

— Твоя секретарша — круглая сирота, — продолжала Даша звенящим голосом. — У нее нет ни родителей, ни бабушек, ни дедушек. Тетка, которая ее воспитывала, умерла. Серафима рванула в Черногорию, когда узнала, что ее дружок Куракин улизнул у нее из-под носа с новой подружкой. Она решила во что бы то ни стало его вернуть. Придумала сказочку про умирающую бабушку, навешала тебе на уши лапши, и ты ее прекрасненько отпустил...

Пока она говорила, выражение лица Олега стремительно менялось. Сначала оно было недоверчивым, потом обалдевшим, а теперь сделалось хмурым и злым.

— Откуда ты все это узнала? — спросил он, когда Даша перевела дыхание.

— Из уст самой Серафимы.

Олег достал телефон и позвонил в Москву.

— Борис, — сказал он ледяным тоном, пресекавшим на корню всякие возражения. — Немедленно уволь мою секретаршу.

— Опять?! — воскликнул тот, не веря собственным ушам. — Слушай, чем вы там с ней занимаетесь?

— Я отдал приказ. Изволь его выполнить. — Олег убрал мобильный в карман и повернулся к Даше. — Мне кажется, ты расстроена.

— Неужели ты заметил? — Даша вскинула брови.

— Знаешь, что? Погоди расстраиваться. Я сейчас поймаю Серафиму и вытрясу из нее всю правду. И тогда мы с тобой сможем спокойно поговорить, хорошо?

— Конечно-конечно, — Даша пожала плечами. — Торопись, а не то она сбежит в горы.

— С нее станется, — пробормотал Олег, вскочил и рванул с места, как бегун, услышавший хлопок стартового пистолета.

Тем временем Серафима, беспечно решившая, что она выкрутилась, сдала бабушку Арине с рук на руки и отправилась в отель. По дороге она подумала, что теперь самое время обмозговать план атаки на Андрея. Подойдя к барной стойке, она заказала большой стакан газировки, уселась на высокий табурет и даже успела подумать: «Все-таки сволочь этот Куракин», как неожиданно снова увидела своего босса. Тот ворвался в холл через стеклянные двери со стороны пляжа. Свирепое выражение его лица не предвещало ничего хорошего.

Шестое чувство подсказало Серафиме, что ее обман раскрыт. Интересно, на чем она прокололась? Впрочем, выяснять это у нее не было ни малейшего желания. Пусть Шумаков сначала немножко успокоится. Спрыгнув с табурета, Серафима снова пустилась в бегство. Ей удалось заскочить в лифт и уехать еще до того, как босс преодолел коридор. Закрываться в номере она посчитала глупым. «Сначала он будет колотить в дверь, а когда ничего не добьется, заявит администратору, будто я позвонила ему по телефону и сказала, что мне плохо. Они откроют номер запасным ключом, и я все равно окажусь в его лапах».

Нельзя сказать, что Серафима так страшно боялась Шумакова. Она всего лишь здраво полагала, что злой, но уже успокоившийся босс гораздо лучше того, который только что понял, что ему натянули нос, и находится в связи с этим в бешенстве. По лестнице она вновь спустилась на первый этаж, выскочила через главный вход на улицу и побежала вокруг отеля к побережью. Заметив впереди рыбный ресторан, Серафима нырнула в окружавшие его зеленые заросли и, отдышавшись, хотела достать мобильный телефон, чтобы позвонить боссу и как-нибудь его успокоить, но тут обнаружила, что телефон пропал.

Она сняла с плеча свою сумочку, аккуратно достала из нее документы и ключ от номера, а остальное просто вытряхнула на землю. Телефона не было! Неужели потеряла? Это была катастрофа. Без телефона она оказалась отрезана от большого мира. Она еще раз перебрала каждую мелочь: ничего.

«Что ж мне так не везет-то!» — посетовала Серафима и начала засовывать вещи обратно в сумку. Среди всего прочего она внезапно обнаружила бумажный пакет с половиной слоеной булки, которую прихватила с собой утром из буфета. В тот момент есть она больше была не в состоянии, но булка оказалась слишком вкусной, чтобы оставлять ее врагам.

Развернув пакет, Серафима обнюхала свою находку, и у нее сразу же потекли слюнки. Но не успела она поднести булку ко рту, как почувствовала, что на нее кто-то смотрит. Она испуганно огляделась и вдруг увидела кошку. Кошка сидела неподалеку и смотрела на нее пронзительным взглядом. Она была тощей, как килька, и довольно страшной.

— Привет! — поздоровалась с ней Серафима. — Что ты на меня уставилась? Это булка. Сладкая. Ты же не будешь булку! — В глазах кошки вспыхнул дьявольский огонь. — Или будешь?

Серафима отщипнула кусочек и бросила на землю. Кошка метнулась вперед, щелкнула зубами и проглотила его в один присест. Через две секунды рядом с Серафимой было уже две кошки. Через три секунды — три. Короче, не успела она по-настоящему удивиться, как ее окружила целая стая кошек с торчащими от худобы хребтами.

— Вот это да! — воскликнула Серафима. — Вы же живете на берегу моря. Что же, вам есть нечего?

Она раскрошила булку и высыпала на траву. Кошки пришли в движение.

— Серафима, ты попалась, — сказал позади нее знакомый голос. — И не вздумай выламываться из этих кустов, будто я собираюсь тебя убить.

Разумеется, это был босс. Ну, вот. Стоило ей только потерять бдительность...

— Знаете...

— Выходи отсюда. Немедленно.

Серафима вздохнула и вышла на дорожку, по которой гуляли туристы. За ней цепочкой потянулись кошки.

— Олег Петрович, я...

— Лучше молчи, — бросил Олег. — Иди во-о-он туда, к скамейке. Видишь скамейку под деревьями?

— А что мы будем там делать? — угрюмо спросила Серафима, тем не менее двинувшись в указанном направлении.

— Ну, уж точно не предаваться грезам.

— Мне это не нравится.

— А мне не нравится, когда мои подчиненные врут мне в глаза. Причем нагло и с завидным постоянством. Сейчас ты сядешь и расскажешь мне всю правду, какой бы ужасной она ни была, ясно?

* * *

Пока Олег охотился на Серафиму, Даша сидела на пляже и предавалась отчаянию. Обхватив руками колени, она смотрела на рябящее легкими волнами море и с тоской думала о том, что все кончено. Не надо было быть семи пядей во лбу, чтобы догадаться, как будут дальше развиваться события. Олег поймает Серафиму, и у них произойдет крупное разбирательство, которое закончится примирением, которое, в свою очередь, плавно перерастет в объяснение в любви. Потом Олег сделает неуклюжую попытку повиниться перед ней, Дашей, и ей ничего не останется делать, как уступить свое место пронырливой секретарше. Что она станет делать потом, было совершенно неясно. Это «потом» выглядело таким пугающим, что Даша даже поежилась и нервно потерла руками плечи.

— Что это вы дрожите, как в лихорадке? — раздался у нее над головой мужской голос, и, вскинув глаза, Даша увидела перед собой своего давешнего попутчика.

«Ну вот, только его мне сейчас и не хватало», — с досадой подумала девушка и скорчила недовольную гримасу.

— Вы случайно не перегрелись на солнце? — продолжал Егор, как ни в чем не бывало. — От долгого пребывания на жаре тоже может быть озноб, знаете ли, и даже температура иногда поднимается.

— Вы что, врач? — небрежно спросила Даша и, отведя глаза от нависшего над ней мужчины, снова посмотрела на воду.

— Вообще-то я журналист, — признался Егор и, не спрашивая разрешения, уселся рядом с Дашей на песок, по-турецки поджав под себя ноги. — Но все же имею представление о таких вещах, как солнечный удар. Раз уж вы часами валяетесь на пляже, вам следовало бы обзавестись соломенной шляпкой или, на худой конец, панамкой.

— Откуда вы знаете, как долго я здесь сижу? — буркнула Даша, не поворачивая в его сторону головы.

— Да я уже в десятый раз за сегодняшний день прохожу мимо и каждый раз лицезрею вас, неподвижно сидящую или лежащую на одном и том же месте.

— С какой это стати вы меня лицезреете? —

продолжала вредничать Даша, которой на самом деле было приятно от того, что «Дитер Болен» проявил к ней завидный интерес — не только заметил на пляже, но даже нашел повод подойти поболтать.

— Ну как же я могу проигнорировать девушку, которая всю дорогу не сводила с меня глаз? — очень живо откликнулся Егор.

— Кто? Я? Это я не сводила с вас глаз?! — вспыхнула негодованием Даша. — Что за ерунду вы несете? Если я пару раз и посмотрела в вашу сторону, то лишь потому, что вы препирались со своей спутницей.

— Ничего подобного, — самоуверенно заявил Егор, — вы все время косились в мою сторону, а потом еще разглядывали меня из-под опущенных ресниц.

Даше стало так ужасно неловко, что даже слезы выступили у нее на глазах. Тем не менее она постаралась взять себя в руки и возмущенно сказала:

— Да как вы смеете разговаривать со мной в таком тоне? Что вам от меня надо?

— Вообще-то я хотел познакомиться, — сказал Егор и обезоруживающе улыбнулся. — На самом деле это я сам всю дорогу не спускал с вас глаз.

— Почему? — глупо спросила Даша, ошарашенная таким неожиданным признанием.

— Черт его знает, — развел руками ее собеседник. — Наверное, потому, что вы мне понравились.

«Ну ничего себе заявочки, — возмутилась про

себя Даша. — Ему на глаза попадается привлека-
тельная девица, и он тут же распушает перед ней
хвост. При этом его абсолютно не смущает ни
то, что сам он прилетел сюда в компании очаро-
вательной девушки, ни то, что я тоже нахожусь
здесь не одна».

— Не понимаю, о чем вы говорите, — решительно сказала Даша. — Мне вовсе не интересно
знать о вашем ко мне отношении. Я приехала на
отдых вместе со своим... с моим женихом, и не
собираюсь заводить никаких сомнительных зна-
комств.

— А, так это ваш жених гонялся по территории
отеля за тонконогой пигалицей в синем сарафане? Это было захватывающее зрелище! Если бы
у меня с собой была видеокамера, я непременно
заснял бы эпизод погони и отправил его в передачу «Сам себе режиссер» — главный приз мне
был бы обеспечен.

— Так вы не только за мной подглядываете? —
ядовитым голосом сказала Даша. — Выходит, вы
еще и за моим женихом шпионите?

— Боже упаси, — возмутился Егор. — Я никогда ни за кем не шпионю даже по долгу службы.
Просто мне показалось, что ваш жених чересчур
увлекся погоней, и вас это огорчило. Разве я не
прав?

Даше совсем не нравилось, что он пытается
вот так нахрапом влезть к ней в душу. Она еще
сама не до конца разобралась в своих чувствах
и уж, конечно, не собиралась делиться своими
сомнениями с каждым встречным-поперечным.

Невероятная проницательность этого типа раздосадовала Дашу, и она не стала скрывать своих эмоций.

— Если даже и так, то я не думаю, что вы именно тот человек, который сможет меня утешить, — довольно резко сказала она.

Егор немного помолчал, глядя на нее задумчивым взглядом, а потом поднялся на ноги и стряхнул с себя песок.

— Очень жаль, — спокойно сказал он. — Мне казалось, что я могу вам чем-то помочь, но выходит, ошибся.

— Выходит, так, — ворчливо сказала Даша. На самом деле она уже сумела пожалеть о том, что отшила такого приятного молодого человека, который успел ей уже немного понравиться. Однако идти на попятную она не хотела.

— Если вы еще не знаете, то меня зовут Егором, — прогудел голос над ее макушкой.

— Зачем мне это знать? — продолжая капризничать, пожала плечами Даша.

— Так, на всякий случай. А вдруг вы когданибудь все же захотите со мной побеседовать? Не будете же вы подманивать меня пальцем и кричать «Эй, вы, ну-ка, подите сюда!»

Даша против воли хмыкнула и вскинула на Егора глаза.

Однако тот смотрел уже вовсе не на нее и, проследив за его взглядом, она увидела на дорожке под пальмой Марусю. Рядом с ней стояла еще одна девица — такая же длинноногая, загорелая и очаровательная, только волосы у нее были не светлые, а рыжие. Обе девушки приветственно махали руками и что-то кричали. Егор помахал им в ответ, а потом снова обратился к Даше:

— Ну что же, приятно было познакомиться. Хотя своего имени вы так и не назвали, я все равно знаю, как вас зовут. Всего доброго, Даша! Очень рекомендую вам приобрести панаму.

С этими словами он зашагал по направлению к ожидавшим его девушкам, а Даша осталась сидеть на своем месте в совершенно растрепанных чувствах. Она никак не могла разобраться в том, что творилось сейчас в ее душе. Досада на Олега ушла куда-то на задний план, и теперь все ее мысли сосредоточились на разговоре с Егором. У нее было такое ощущение, что хотя они и пикировались, но оба понимали, что это лишь игра. Он признался, что Даша ему понравилась, и это ее здорово приободрило. Конечно, любой девушке приятно осознавать, что она нравится мужчине, однако Даша точно знала, что радуется именно потому, что это сказал Егор.

Она невольно обернулась, чтобы поглядеть ему вслед, и увидела, как ее новый знакомый удалялся в сторону отеля, одной рукой обнимая за плечи блондинку, а другой — рыженькую. Неожиданно все трое дружно рассмеялись, запрокинув головы, а потом Егор поцеловал Марусю в макушку.

Настроение у Даши мгновенно снова испортилось. Было такое ощущение, что ей принародно показали язык.

«Интересно, как все это понимать? — с досадой думала она.— Один уверяет, что любит меня, а потом без зазрения совести влюбляется в свою секретаршу. Другой говорит, что я ему понравилась, а потом идет развлекаться со своей девицей. Нет, теперь даже с двумя девицами! Неужели все мужчины такие идиоты? Или же это со мной что-то не так?»

Угрюмо побросав свои вещи в плетеную корзинку и подхватив покрывало, Даша медленно поплелась в гостиницу.

Глава 12

*Т*ем временем в Москве Мила Громова сходила с ума от беспокойства. От Серафимы не было никаких известий. Ее мобильный телефон был выключен или находился вне зоны действия сети. «Ну, Сима! — грозила про себя подруге Мила. — Попадись только мне в руки. Уж я тебе хвост накручу!» Она маялась на работе, маялась дома, долго не могла уснуть и весь следующий день держала мобильный под рукой, постоянно поглядывая на дисплей. Звонков не было.

Вечером, возвратившись с работы, Мила включила компьютер и через Интернет нашла телефон гостиницы «Вилла Леонсия». Ей довольно быстро удалось дозвониться до администрации. После недолгих объяснений администратор сообщил, что госпожи Тетериной, вероятно, нет в номере, потому что к телефону она не подходит.

— А у вас никаких происшествий на территории отеля не было? — на всякий случай спросила Мила. — И как узнать, все ли в порядке с постояльцем? Может, с ним что-то случилось, а вы не знаете?

Администратор предложил Миле перезвонить через полчаса. Она перезвонила, все полчаса просидев перед компьютером и кусая ногти. Наконец снова набрала номер. Ей ответили, что госпожа Тетерина приходила на завтрак и на ужин, в этом можно быть уверенным, так как при входе в буфет ведется учет гостей.

— А если это не она отмечалась? — неожиданно спросила Мила, которая была большой поклонницей сериалов, в том числе и детективных, и держала в голове огромное количество криминальных ходов и уловок. — Тот, кто отмечает, не знает ведь, как она выглядит.

Потом она задала еще дюжину самых разных вопросов, и к концу их беседы в голосе администратора появилось откровенное раздражение. Мила еще некоторое время бесцельно бродила по квартире, потом достала из ящика с документами заграничный паспорт. Задумчиво пролистала его и снова вернулась к компьютеру. Вошла в поисковую систему и набрала запрос: «Авиабилеты в Черногорию. Горящий тур».

* * *

— Ты думаешь, достаточно проныть: «Простите меня, пожалуйста, босс!» — и все сразу уладится?

— Вы меня уволите? — спросила Серафима мрачно.

Она стояла возле скамейки, укрытой в тени пушистых сосен, а Шумаков расхаживал перед ней взад и вперед, заложив руки за спину.

— Я уже тебя уволил!

— За что? За то, что я отпросилась на два дня? — продолжала допытываться та.

— Как я смогу продолжать и дальше работать с тобой? — не слушал ее Олег.— Как я смогу доверять тебе, зная, что ты в любой момент снова можешь соврать?

— Я не врала, а чуточку приукрасила, — сказала Серафима и бурно задышала.

Олег старался не концентрироваться на ее голых плечах. В офисе она никогда не появлялась в подобном виде. Попробовала бы только появиться!

— Чуточку приукрасила?! А этот слоеный пирог из бабушки, богатого дяди, двоюродной сестры и еще кучи родственников? Ты решила выставить меня дураком!

— Да ничего я не решила! — взбеленилась Серафима.— Если хотите знать, я о вас вообще не думала.

— Вот спасибо. Я-то как раз о тебе очень много думал. Переживал, что не могу помочь. А ты, мало того, что соврала мне в Москве, ты ухитрилась еще и тут обвешать меня лапшой с ног до головы.

— Ваши кулинарные сравнения совершенно ни к чему, — рассердилась Серафима.— Я раскаиваюсь в содеянном. Думаю, этого достаточно.

— Достаточно?!

— Да, потому что вы меня уволили. И, стало быть, вы мне больше не начальник. Я вообще могу вам ничего не объяснять. И обзывайте меня, сколько хотите и кем хотите, мне все равно.

— Я тебя никем не обзывал, — желчно бросил Олег. — Хотя в голове у меня и вертелось одно... животное. Большое и розовое.

— Уходите, Олег Петрович.

Серафима смотрела себе под ноги.

— Отлично. Она меня обманула, вывела из себя, и она же меня еще и гонит. Ладно, Серафима, раз так — можешь оставаться одна со своими проблемами. Прощай.

Олег развернулся и быстро пошел прочь. Ярость душила его. Люди, попадавшиеся навстречу, провожали его глазами, потому что он двигался быстрее всех и лицо у него было озабоченным. На курорте так себя не ведут. Здесь ходят медленно, расслабленно и улыбаются морю, солнцу и друг другу.

Добежав почти до самого отеля, Олег внезапно затормозил, а потом повернул назад. Ему показалось, что Серафима как-то уж слишком легко от него открестилась — «Вы мне больше не начальник!». Ему это категорически не понравилось. К тому же до него только сейчас дошло, что, уволив Серафиму, он потеряет возможность с ней общаться. Эта простая мысль буквально пронзила его сердце.

Серафима скрючилась на лавке и рыдала, сложившись пополам и уткнув голову в колени. Вокруг нее сидели штук восемь кошек, удивительно тощих и страшных. Почему-то в Черногории все кошки были дико тощими и вечно голодными. На набережных они приставали к туристам, а в ресторанах, располагавшихся на открытом воздухе, гипнотизировали едоков.

— Брысь! — прикрикнул на них Олег, но ни одна из них даже ухом не повела.

Зато Серафима, услышав его голос, зарыдала еще пуще.

— Ну вот что, — сказал Олег, усаживаясь рядом с ней на скамейку и сложив руки на груди. — Мне кажется, мы неправильно себя повели.

— Это вы неправильно себя повели, — прогудела Серафима откуда-то из коленей.

— Ты зальешь слезами свое красивое платье.

Серафиму продолжало трясти, ее лопатки то поднимались вверх, то уезжали вниз. Олегу стало ее жалко.

— Серафима, я не должен был гоняться за тобой, как за преступницей. Согласен, я погорячился. Но знаешь, когда ты абсолютно уверен в человеке, а потом вдруг видишь, что тебя надули...

— Но я же хорошо работала! — Серафима неожиданно вскинулась, оторвав голову от колен. — Как к секретарю у вас не может быть ко мне никаких претензий!

Лицо у нее было красным, а влажная челка стояла дыбом.

— Я работаю с людьми, а не с должностями, — ответил Олег, испытывая отчего-то муки совести. Хотя вообще-то мучиться должна была бы она.

— Я вас обманула не как человек, а как женщина, — неожиданно заявила Серафима, выпятив нижнюю губу и обдувая лицо.

— Что ты хочешь этим сказать? — изумился Олег.

Он испытывал какие-то сложные чувства, которые не успевал анализировать.

Серафима посмотрела ему прямо в глаза и неожиданно призналась:

— Я очень хочу выйти замуж.

— Похвальное стремление. А при чем здесь твое вранье?

— Только вы не смейтесь, Олег Петрович, но у меня страшная, необыкновенная потребность в любви.

— Серафима, ты меня просто пугаешь, — вскинул брови Олег.

— А что в этом такого? Меня никто никогда не любил так, как я хочу! Никто не думал обо мне днем и ночью, не беспокоился обо мне, не хотел прижать меня к себе так, чтобы дух захватило... Знаете, о чем я мечтаю больше всего на свете? Чтобы мужчина, влюбившийся в меня, раскрыл мне объятия, а я бы разбежалась и бросилась ему на шею. И мы бы обнялись крепко-крепко... И одно это сделало бы его счастливым.

— Серафима, тебя, оказывается, раздирают нешуточные страсти, — озадаченно протянул Олег.— А почему же ты не проделаешь этот фокус со своим бойфрендом?

— С ним так не получится, — печально сказала Серафима. — Его это только рассмешит. Он не почувствует важности момента. Он... не такой тонкий, что ли. Но я бы ему это простила, честно. Я уже приготовилась любить за двоих. А он взял и...

— Что?

— Убежал от меня в Черногорию. С другой девушкой. Он меня обманул! Сказал, что его послали в командировку.

— Я знаю. Если ты помнишь, мы как раз вместе с тобой ехали на телевидение, когда он позвонил.

— Ну да, — кивнула Серафима. — Я решила, что непременно должна его вернуть. Разве я могла признаться вам, что отпрашиваюсь с работы, потому что ревную своего бойфренда и хочу узнать, с кем он удрал развлекаться?

— Да ты могла вообще ничего не объяснять, — устало произнес Олег. — Сказала бы: тебе нужны два дня за свой счет в связи с личными обстоятельствами.

— Вы бы все равно из меня вытрясли правду. Когда у вас нет полной информации, Олег Петрович, с вами вообще невозможно ни о чем договориться.

— Это ты на меня критику наводишь? — удивился Олег. — Ну, хорошо. Ладно. Ты обманом вырвала у меня два дня, приехала сюда и — что? Поговорила со своим Куракиным?

Серафима отрицательно помотала головой:

— Я его никак найти не могу. Знаете, с кем он сюда приехал? С Таней Средой. Она такая талантливая. И очень красивая!

— Не стоит сравнивать себя с эстрадными артистками, — сказал Олег. — У них другая энергетика. Хотя, знаешь ли, с твоей энергетикой можно и артисток не опасаться. Слушай, ну раз Куракин тебя предал, может быть, не стоит его и возвращать?

— Он собирался на мне жениться, — с несчастным видом вздохнула Серафима.

— Ну, мало ли кто на ком собирается жениться! — воскликнул Олег и смутился, невольно подумав о Даше. — Вот ты говоришь, что жаждешь любви. А на самом ли деле ты любишь своего Куракина? Давай, признавайся.

Серафима наклонилась, погладила ближайшую кошку, которая немедленно выгнулась дугой, и задумчиво ответила:

— Не знаю... Наверное. Когда он сказал, что мы поженимся, я была счастлива.

— Какой-то странный у тебя подход к этому делу. «Кажется, наверное, не знаю»... В любви так не бывает. Если человек влюблен, он ни в чем не сомневается.

Тут Олег снова смущенно подумал про свое отношение к Даше. На самом деле, если бы кто-нибудь сейчас спросил его в лоб, любит ли он ее, Олег ответил бы точно так же, как Серафима: «Не знаю... Наверное».

Однако речь сейчас шла не о нем, поэтому он приосанился и снова обратил все внимание на свою секретаршу.

— Может, тебе надо было бы поделиться своими сомнениями с каким-нибудь близким человеком? — Он чуть было язвительно не добавил

«С бабушкой, например», но вовремя прикусил язык. — У тебя есть такой человек?

— У меня есть только подруга, — вздохнула Серафима. — И той я позвонить не могу, потому что мобильник потеряла.

— Еще бы, — проворчал Олег. — Так носиться — голову потеряешь. На вот, возьми мой, позвони своей подруге. А я пока пойду и куплю кошкам что-нибудь поесть, а то у меня просто сердце разрывается, на них глядючи.

Он достал телефон, сунул Серафиме в руки. Телефон подавал длинные сигналы.

— О, черт! — воскликнул Олег. — Разряжается. Ну, все равно попробуй. Вдруг успеешь словом перемолвиться? Звони через «плюс семь».

Он устремился к палатке, торгующей быстрой едой и напитками, а Серафима по памяти набрала номер Милы. Нажимая на клавиши, она неожиданно снова начала плакать — ей было себя страшно жалко. Так что когда Мила ответила на звонок, она услышала сначала громкий протяжный всхлип, а потом задушенный стон подруги: «Милка-а-а! Куракин, скотина...»

На этом месте телефон издал протяжный крик и отключился окончательно.

— Ну как? Поговорила? — спросил Олег, возвратившись обратно с двумя огромными сэндвичами в руках. — Больше ничего не было. Как ты думаешь, кошки хлеб едят?

Оказалось, что кошки едят все, что можно разжевать. Через две минуты они уничтожили даже салатные листья, обильно смазанные майонезом.

— Хорошие киски, — похвалил Олег. — Вы случайно на туристов не нападаете по ночам?

— Посоветоваться мне не удалось, — сказала Серафима. — Но все равно спасибо, Олег Петрович. Я рада, что мы с вами помирились.

— Ладно, Серафима. Кто старое помянет, тому глаз вон. Я позвоню в Москву и отзову приказ о твоем увольнении. Несправедливо увольнять женщину только за то, что она смертельно хочет замуж.

— Значит — мир? — спросила она, и на ее зареванном лице нарисовалась улыбка.

Несмотря на то что Серафима была сейчас похожа на побитого грозой воробья, ее «деморализующая» улыбка в который уже раз повергла Олега в замешательство.

— Мир, — ответил он и вдруг поспешно засобирался. — А теперь мне нужно возвращаться. Я, видишь ли, приехал не один...

— Да я понимаю, — заверила его Серафима. — Я знаю, Олег Петрович, что у вас невеста есть. Она очень красивая. И такая... царственная.

Олег решил не обсуждать с ней достоинства Даши, поэтому строго сказал:

— Не сиди тут одна. Пойдем, я провожу тебя до отеля.

Они снялись с места и через газон, засаженный великолепными цветами, двинулись к дорожке, бегущей вдоль берега.

— Посмотрите, Олег Петрович, как здесь все цветет! — не удержалась от восторгов Серафима.

— Еще бы. Здесь климат-то какой. Я бы и сам здесь цвел. — Он окинул взглядом окрестности и неожиданно остановился. — Подожди-ка. Смотри, это не твоя пропажа? — ткнул он пальцем в сторону уходящего в море причала.

Там стоял Куракин и ожесточенно размахивал руками.

Серафима оживилась.

— Да, это точно Андрей! — воскликнула она. — И еще Таня Среда.

— И еще кто-то третий, — добавил Олег.

Возле причала покачивался большой белый катер, на борту которого стоял широкоплечий мужчина в белых штанах и капитанской кепке. Таня Среда передавала ему свои сумки. Тип пристроил ее багаж, потом ступил на пристань, подхватил саму Таню и перенес ее на борт.

— Ты поступаешь со мной жестоко! — крикнул Куракин каким-то жалким голосом.

Таня что-то небрежно бросила ему в ответ, и тут у них завязалась перепалка.

К этому времени Серафима с Олегом подошли достаточно близко, чтобы услышать, из-за чего разгорелся сыр-бор. Сразу же стало понятно, что тип в белых штанах — Танин жених, с которым она не так давно серьезно поссорилась. Решив ему отомстить, Таня отправилась с Куракиным в Черногорию. Оскорбленный жених не пожелал сдаваться без боя и бросился в погоню. Так или иначе, но влюбленные помирились и теперь уплывали на катере в неизвестном направлении. Наверное, собирались причалить к берегу на каком-нибудь уединенном пляже и отпраздновать там свое благополучное воссоединение.

— Но ты же говорила, что не простишь его ни за что на свете! — бушевал Куракин.

— Чем горячее любовь, тем пламеннее ссоры, — звонко засмеялась Таня. — Гуд-бай, мой мальчик!

Когда катер отплыл, Куракин пнул ногой спасательный круг, лежавший на причале, и побрел в сторону отеля.

— Знаете, что? Вы идите, Олег Петрович, а я немного повременю — мне сейчас не очень хочется встречаться с Андреем, — тихо сказала Серафима.

— Зато потом ты его, конечно же, простишь, — вздохнул Олег. — Таких козлов почему-то всегда прощают, — пробормотал он уже себе под нос.

Он коротко кивнул и пошел по дорожке, не оглядываясь. Серафима задумчиво смотрела ему вслед.

* * *

— С Серафимой мы все утрясли, — сообщил Олег, отыскав Дашу в одном из летних кафе, открытых при отеле.

Кафе располагалось в зеленой зоне, неподалеку от спортивной площадки, отсюда можно было видеть море и наблюдать за игроками в бадминтон, пинг-понг и волейбол. Все они прыгали, бегали и подскакивали, на их фоне особенно приятно было сидеть и попивать кофе.

— И до чего же вы договорились? — поинтересовалась Даша, безмятежно разглядывая корабль, приближавшийся к берегу. Корабль был белым и прекрасным, как мечта.

— Я оставлю за ней ее место, — со вздохом ответил Олег. — В конце концов, все случилось из-за ее сумасшедшей любви к Куракину.

— У них сумасшедшая любовь? — Даша взяла в руки чашку и сделала маленький глоток.

А про себя подумала: «Значит, объяснение с Серафимой откладывается на неопределенный срок. Вероятно, объяснение с самим собой тоже».

— Понятия не имею. Куракин ей изменил, выходит, его любовь не сумасшедшая. И вообще... Чужая душа — потемки. С тех пор как я стал заниматься бизнесом, я понял, что словам доверять нельзя. Еще Стендаль писал о том, что «слово дано человеку, чтобы скрывать свои мысли». Я это хорошо запомнил.

Даша смотрела на Олега и испытывала странное чувство отчуждения. Он больше ей не принадлежал, и с этим ничего нельзя было поделать. И все равно ей с ним было легко. «Нет страсти — нет страданий» — так, кажется, говорят?

— У тебя сегодня красивая прическа, — сказал Олег.

— В номере есть фен, — мимолетно улыбнулась ему Даша.

— А на улице есть ветер и повышенная влажность. У тебя просто талант хорошо выглядеть.

— Спасибо. Надеюсь, это принесет мне счастье.

Олегу показалось, что она над ним смеется. Он бросил на нее внимательный взгляд, но увидел лишь безмятежную улыбку.

— Слушай, вон от той пристани каждый час отправляются прогулочные катера. Давай сплаваем на Свети-Стефан, там немного погуляем, а потом поужинаем в ресторанчике на берегу.

— Давай, — согласилась Даша.— У меня с собой фотоаппарат, так что даже не надо возвращаться в номер.

Весь вечер она наблюдала за Олегом, пытаясь понять, что изменилось в их отношениях. Сначала казалось, что ничего не изменилось. Однако когда они нагулялись, устроились за столиком ресторана и сделали заказ, Олег внезапно помрачнел. Он то и дело обращал взгляд на море, словно пытался издали разглядеть, что там поделывает его любимая секретарша.

Не нужно было обладать телепатическими способностями, чтобы понять, что думает он именно о ней. Он то и дело проговаривался, упоминая Серафиму к месту и не к месту.

— Так она выяснила отношения со своим Куракиным? — не выдержала и спросила Даша.— Воссоединение двух любящих сердец состоялось?

— Не знаю, — мрачно ответил Олег.

Из чего можно было сделать вывод, что именно это и портит ему настроение. Вероятно, воображение рисовало ему разные картины этого воссоединения, хотя он и старался особо ему не поддаваться. И все же к моменту возвращения в отель Олег уже просто не находил себе места. Когда они поднялись в номер и Даша сказала, что отправляется принимать ванну, он небрежно бросил:

— Знаешь, я, пожалуй, загляну к Серафиме и проверю, все ли у нее в порядке. Душа как-то не на месте.

— Ты мог бы ей просто позвонить.

— Она потеряла мобильный телефон, — Олег чувствовал себя так глупо, как будто это он сам его потерял.

— Надо же, какая неприятность, — усмехнулась Даша. — Тогда можно позвонить по внутреннему номеру, — она подбородком указала на аппарат, стоявший на столике. — Наверняка постояльцы отеля могут переговариваться друг с другом.

— Видишь ли, — сказал Олег рассудительно. — Я не знаю, в каком номере она остановилась. Чтобы узнать, мне придется спуститься к стойке регистрации. Ну а раз уж я все равно буду выходить, то лучше постучаться к Серафиме и все увидеть своими глазами.

— И что ты рассчитываешь там увидеть? — не сдавалась Даша. Ее внезапно обуяла вредность.

— Ну, я хочу узнать: помирилась ли она с Куракиным. Если помирилась, значит — все хорошо, можно спать спокойно.

— А если нет? — Даша стояла перед зеркалом и вытаскивала из волос заколки, складывая их на салфетку аккуратной горкой.

— А если нет, я проверю, в каком она состоянии. Вдруг она решит отравиться таблетками?

Даша развернулась к Олегу лицом. Он вдруг подумал, что она невероятно хороша. И умеет держать себя в руках. Вот за нее он совершенно не волнуется.

— Нет, конечно, если ты опасаешься за Серафиму, тебе обязательно нужно убедиться, что она жива и здорова. Обо мне не беспокойся: я приму ванну, почитаю книжку и лягу спать.

— Отлично, — встрепенулся Олег. — Тогда я пошел.

Он быстро поцеловал Дашу в щеку и выскочил за дверь. Послышались торопливые удаляющиеся шаги. Когда они смолкли, Даша схватилась за живот и захохотала. Она смеялась и смеялась, и никак не могла остановиться. И только когда мельком поймала свое отражение в зеркале, поняла, что у нее истерика. Усилием воли она взяла себя в руки, упала спиной на кровать и, уставившись в потолок, пробормотала:

— Второй раунд. Интересно, кто выйдет победителем — я или Серафима?

Глава 13

Андрей Куракин лежал на кровати в своем двухместном люксе, закинув руки за голову, и предавался невеселым мыслям. Жалюзи на окнах были опущены, кондиционер мягко шипел.

Итак, Таня уехала. Зачем он вообще с ней связался? Есть же пословица — два раза войти в одну и ту же реку нельзя. А он с этой красоткой уже сто раз мирился и ссорился. Ничем хорошим такие отношения не заканчиваются. Вот — даже пары дней не продержались. Гульнул, называется. Конечно, можно отправиться на пляж и познакомиться с какой-нибудь девчонкой, для него это никогда не составляло труда. Но заводить новый роман было лень. Таня со своим женихом капитально испортили ему настроение. Теперь они где-нибудь в Италии, а он валяется тут, одинокий и покинутый. Особенно обидным было то, что это Таня его бросила, а не он ее. Чаще всего именно он являлся инициатором разрывов. Девушки быстро ему надоедали. И вообще — как-то так получалось, что каждая следующая его девушка оказывалась похожей на предыдущую. Только Серафима была особенной, ни на кого не похожей.

«Надо позвонить Серафиме, — решил Куракин.— Скажу ей, что дела занесли меня в Черногорию и что мне тут одиноко. А завтра прогуляюсь по Старому городу и накуплю ей всяких подарков. Здесь, говорят, можно купить очень красивые серебряные украшения. Надо будет присмотреть для нее что-нибудь особенное. Не кружку же тащить через границу». Представив, как будет радоваться Серафима его подаркам, Андрей как-то сразу приободрился. Серафима ему нравилась, но он понимал, что, конечно же, и дальше будет ездить на курорты без нее. Когда они поженятся — тоже. Иначе придется всю жизнь провести с ней бок о бок — она ведь цеплючая, как клещ. Хотя и забавная.

В этот момент в дверь постучали. Андрей, кряхтя, сполз с кровати и пошлепал на зов.

— Кто там? — крикнул он еще издали.

Возвращения Тани он не ждал, значит, за дверью, скорее всего, горничная с какими-нибудь полотенцами или щетками.

— Куракин, открывай, — ответил ему грозный голос.

Голос был женским, поэтому Андрей, ни секунды не раздумывая, нажал на ручку. Женщин он никогда не боялся. А зря.

Та, которая ворвалась в номер, с ним особо не церемонилась. Она мигом схватила его за горло, протащила по всей комнате и швырнула в кресло, которое, басисто охнув, подалось назад вместе с упавшим в него телом. А потом грозно вопросила:

— Где она?!

— Кто? — Куракин смотрел на нападавшую во все глаза.

— Серафима!

Перед ним стояла самая настоящая красавица — высокая, статная, с длинной темной косой и огромными глазами. Глаза метали громы и молнии.

— Серафима? — изумился Куракин, даже не пытаясь выкарабкаться из кресла. — Понятия не имею. — Он настолько обалдел, что просто лежал и смотрел на нее снизу вверх. — Нет, то есть я имею какое-то понятие... Она в Москве!

— Нету ее в Москве, — отрезала красавица. — Она за тобой, скотиной, в Черногорию отправилась.

— И почему же это я скотина? — рассердился Куракин и рывком сел в кресле.

— Потому что голову ей заморочил, жениться пообещал, а потом обманул — уехал на курорт с другой. Ты разбил ей сердце.

— Для того чтобы разбить сердце Серафимы, потребуется урановая бомба, — проворчал Куракин и попросил: — Только не вали меня обратно, ты мне копчик отбила.

— Если ты сейчас же не скажешь, где она, копчик тебе больше никогда не понадобится. Тебе вообще ничего больше не понадобится.

— Господи, да кто ты такая? — простонал Куракин, поднявшись на ноги и потирая ушибленные места.

— Меня зовут Мила Громова, и я лучшая подруга Серафимы. Я ей все равно что сестра. И это значит, что я за нее любому глотку порву!

— Я перед Серафимой ни в чем не виноват, — сварливо сказал Куракин и потрогал себя за вышеозначенную глотку, словно проверяя, все ли с ней в порядке. — Я тут, между прочим, в командировке, причем совершенно один.

— В двухместном люксе? — фыркнула Мила. — Не смеши мои подметки.

Она подбоченилась, раскраснелась и стала нравиться Куракину еще больше.

— Ты что, из Москвы сюда явилась? — догадался он. — А как ты вообще узнала, что я здесь?

— От Серафимы я узнала, — сказала Мила.

— От Серафимы?

Мила подняла жалюзи и выглянула в окно. Прошлась по номеру, заглянула под кровать. Потом проверила ванную комнату и, обнаружив на полотенцесушителе трусики, спросила:

— Танины?

После чего швырнула их Куракину в лицо. Поймав кружевной лоскуток, тот оторопел:

— Так Серафима, выходит, в курсе всех моих дел, что ли?

— Что ли, что ли, — подтвердила Мила. — И у тебя не дела, а делишки. Как говорится: почувствуйте разницу.

Когда она стучала в дверь, то думала, что убьет Куракина. Но оказавшись с ним лицом к лицу, почему-то остыла. Все-таки звезда есть звезда. Просто так в телевизор не попадешь — нужно иметь харизму. Харизма у Куракина была, с этим приходилось считаться. «Возьми себя в руки, — приказала себе Мила. — И прекрати пялиться на этого типа, он скоро женится на Серафиме и станет тебе почти что родственником».

Будущий «родственник» между тем осмысливал ситуацию, вытянув губы трубочкой и задумчиво глядя в окно, на раскинувшиеся вдали мандариновые сады. Мила подумала, что к такой красоте невозможно привыкнуть. К урбанистическому пейзажу — можно. Вернее, с ним можно смириться.

— А почему ты ищешь Серафиму тут? — наконец выдал Куракин итог своих размышлений.

— Потому что она приехала сюда вслед за тобой, — воскликнула Мила. — Сколько можно объяснять?! Приехала и пропала. Куда ты ее дел?

— Да ты что! — закричал Куракин. — Сбрендила, да? Я ее, видишь ли, куда-то дел! Я что — Джек-потрошитель? Я ее в глаза не видел! Да если бы я знал, что она тут... Может, она не прилетела? — неожиданно сообразил он. — Может, с самолетом что-то случилось? Вынужденная посадка в горах, сломанная рация...

— С самолетом ничего не случилось. А Серафима вчера зарегистрировалась в отеле, — ответила Мила. — И я никогда не поверю, что, пробыв здесь столько времени, она не пришла к тебе в номер и не высказала в лицо все, что она о тебе думает!

— Но она действительно не приходила, — Куракин почесал макушку. — И это в самом деле странно. Если она узнала, что я тут с Таней... Ух ты! — Вероятно, он вообразил, какой бэмс должна была устроить Серафима, ворвавшись к нему в тот момент, когда он предавался плотским утехам. — Выходит, с Симой в самом деле что-то случилось.

Они взволнованно уставились друг на друга.

— Так, — первой опомнилась Мила. — Надевай штаны, мы отправляемся на поиски. Если нужно, поднимем на ноги полицию.

— Я ни разу не видел здесь ни одного полицейского, — сказал Куракин. — Здесь криминал отсутствует в принципе. Ночью можно запросто гулять, где хочешь. Можно голосовать на дороге и спокойно садиться в незнакомые машины. Поэтому я даже не представляю, что с Симой могло случиться. Если только она полезла купаться и у нее ногу свело...

— Она бы не полезла купаться до тех пор, пока не начистила бы тебе физиономию, — отрезала Мила. Держать себя в руках стоило ей большого труда. — Сам-то ты это понимаешь? Кроме того, сегодня от нее был звонок.

— Сегодня? — обрадовался Куракин.

— Ты не воодушевляйся раньше времени. Она позвонила в слезах. Единственное, что я от нее услышала, это то, что ты — скотина.

— Я скотина?

— Именно ты. Из чего я делаю вывод: ты что-то скрываешь.

— Может, она увидела, как мы с Танюхой обжимались? Мне ж и в голову не заходило, что она потрюхает за границу только для того, чтобы меня за штаны схватить! Наверное, она меня любит.

— Она думает, что она тебя любит, — отрезала Мила. — Сказала же: надевай штаны.

— А чем тебе не нравятся мои шорты? — удивился Куракин, на котором красовалось что-то серое и драное в дым.

— Да у тебя же на заду дырка! — возмутилась Мила. — А через дырку видны семейные трусы.

— Не трусы, а стринги, — обиделся Куракин. — Ну, и куда мы пойдем? На улице уже темнеет. И народу здесь, как семечек в мешке.

— Ты пойдешь к администратору, а я еще раз постучусь к Серафиме в номер. Потом проверим все злачные места — рестораны, кафе, молодежные сборища. Пробежимся по пляжам...

На то, чтобы отчаяться окончательно, им потребовалось примерно два часа. За это время на улице совсем стемнело, горы сделались невидимыми, и первую скрипку теперь играло море, отшлифованное лунным светом до ртутного блеска. Серафима как сквозь землю провалилась.

Мила впала в панику. Поддавшись ее настроению, дежурный администратор поднялся наверх и проверил, нет ли в запертом номере бездыханного тела.

— Вероятно, ваше тело бегает по пляжу или пьет вино в одном из ресторанов, — сказал он, захлопывая дверь. — Люди приезжают сюда дышать воздухом, плавать и знакомиться с другими людьми, а не валяться в кровати.

Если у Куракина и появились после этого пораженческие мысли, то Мила не дала ему высказать их вслух.

— А ну, давай-ка не распускай нюни! Думай, где она может быть? Если Сима своими глазами видела тебя с другой, она запросто могла впасть в депрессию. А когда она впадает в депрессию, то начинает бродить. Может убрести довольно далеко.

— Если она начала бродить, знаешь, где могла оказаться? Тут целое море имеется. Может, она по берегу, по берегу... И куда-нибудь усвистела? Слушай, давай присядем и перекурим. Страсть как курить хочется.

Они шли по бульвару, слабо освещенному фонарями. Миле было жалко, что она не может любоваться этой чудесной южной ночью. Нервы ее были напряжены до предела. Когда ты волнуешься за близких, весь мир становится плоским, и никакие красоты не задевают твоего сознания.

— Не разговаривай, топай, — приказала Мила. — Курить будешь, когда Серафима отыщется.

Куракину почему-то нравилось, как она им командует. Она вообще ему нравилась. Но он боялся ей об этом сказать. Для него это тоже было внове — обычно он о таких вещах вообще не беспокоился — ляпал, что думал. В отношениях он всегда был главным. А тут вдруг — пожалуйста! — им помыкают, гоняют в хвост и в гриву. Оказывается, в этом есть своя прелесть.

Они уже в десятый раз прочесывали окрестности, приглядываясь к парочкам на скамейках и прислушиваясь к звукам, доносившимся с моря.

Стояла чудесная теплая ночь, темнота над морем казалась невесомой, все побережье было усеяно огнями — словно кто-то, не скупясь, рассыпал их сверху горстями.

Серафиму они нашли совершенно случайно, когда, выбившись из сил, брели по набережной, вглядываясь в горизонт.

— Тсс! — неожиданно обернулся к Миле Куракин. — Тихо. Слышишь?

Старый город остался где-то в стороне, а здесь начинался пляж. Возле самой воды бродили немногочисленные парочки. С берега доносился только плеск волн да далекий смех. Мила замерла. И вдруг услышала, что неподалеку кто-то горестно всхлипывает. Всхлипы перемежались тихим бормотанием.

— Это она! — уверенно сказала Мила, испытав короткое и острое облегчение оттого, что Серафима жива. — Она всегда сама с собой разговаривает, когда рыдает. — Тут же развернулась и заехала Куракину по макушке: — Это ты во всем виноват!

— А бить-то зачем? — ухмыльнулся тот, припуская за ней.

Он, конечно, тоже был рад, что Серафима нашлась. Впадать в панику он не умел и волновался за кого бы то ни было чрезвычайно редко. Если только за себя самого.

Поддерживая друг друга, они перебрались через каменное ограждение и очутились на пляже, освещенном одной лишь луной. Луна полоскалась в бухте, разбрасывая вокруг серебряные брызги.

Мила тут же набрала в босоножки песка. Без раздумий скинула их и сунула в руки Куракину:

— Вот, понеси.— И рванула вперед.

Куракин на секунду остановился, держа в каждой руке по босоножке, поднял глаза вверх и пробормотал:

— Господи, спасибо, что ты послал мне эту женщину! Она вся такая...— Какая — он и сам не мог себе объяснить.— Короче, такая, которая мне нужна.

Встрепанная от ветра, продрогшая Серафима сидела на камушке возле воды и горько-прегорько плакала.

— Симка! — воскликнула Мила, бросаясь вперед, сдергивая подругу с ее насеста и с силой прижимая к груди. — Ну и напугала же ты нас! Сколько ты тут сидишь?!

— Я не зна-а-а-ю-у-у! — простонала Серафима.— Как ты сюда попа-а-а-а...

— И это она меня спрашивает, как я сюда попала! За тобой приехала. Ну, чего ты ревешь?

— Мила-а-а! Я его люблю-у-у! — продолжала страдать Серафима.

Надо сказать, что страдала она от чистого сердца — никакого притворства или самолюбования в ее рыданиях не чувствовалось — одно только неподдельное горе. Сердце Милы готово было лопнуть от сочувствия.

— Да все уже, все! — увещевала она подругу.— Все позади. Он уже твой! Ешь его с маслом.— Она обернулась к Куракину и шепотом приказала: — А ну, иди сюда!

Куракин подошел, обалдело глядя на Серафиму. Ему страстно хотелось почесать живот, но из уважения к женским чувствам он сдерживался.

— Это ты по мне, что ли, так убиваешься? — удивился он.

Серафима подняла к нему зареванное лицо с распухшими губами и срывающимся голосом воскликнула:

— Иди отсюда, морда!

— Это я — морда? — возмутился Куракин. — Я друг твоего детства, а друзьям можно все простить.

— Милка, я жить без него не могу! — выкрикнула Серафима, обращаясь непосредственно к подруге.

Та посмотрела на нее с сомнением и неуверенно предложила:

— Ну тогда обними его, что ли.

— Кого?!

— А кого ты любишь-то? — наконец догадалась задать вопрос Мила.

— Олега Петровича-а-а!

Мила и Куракин тупо посмотрели друг на друга.

— Господи, спаси и помилуй, а это еще кто такой?! — наконец опомнилась Мила и немедленно закусила удила: — Ты что, Серафима, белены объелась?! Ты сама-то понимаешь, что несешь? Ты срываешься и летишь в другую страну, чтобы вернуть Куракина, потом исчезаешь из поля зрения и обнаруживаешься спустя сутки глухой ночью на горке валунов и при этом кричишь, что любишь какого-то Олега Петровича! Кто такой этот Олег Петрович?! Не твой ли это босс, а?

— Да, Мила, это мой бо-о-о-осс! — продолжала стенать Серафима. — Олег Петрович Шумако-о-ов!

— Так, — сказала Мила и почесала макушку.— Минуточку. Ты прилетела в Черногорию, зарегистрировалась в отеле и внезапно поняла, что любишь своего босса. Отправилась ночью на пустой пляж, села на камни и стала предаваться отчаянию. Я ничего не пропустила?

— Пропустила, — Серафима вытерла нос рукой, все еще содрогаясь от всхлипов.— Ты пропустила тот момент, когда я с Олегом Петровичем встретилась на пляже.

— О-па! — пробормотала Мила.— Представляю, что было, когда он понял, что никакой умирающей бабушки не существует. Ты же ему наврала с три короба, насколько я помню. И как же он отреагировал, увидев тебя на пляже?

— Сначала он орал на меня, — продолжала повествовать Серафима более или менее связно.— Я стала объяснять ему, как мне хочется любви — такой, чтобы всю душу наизнанку вывернуло...

— Бедный Олег Петрович, — пробормотала Мила.

— И вот я все это говорила — про то, что мне нужен человек, который любил бы меня сильнее всех на свете... И тут... И тут я вдруг поняла, что имею в виду его! Это он должен любить меня сильнее всех на свете, это без него мне ничегошеньки в жизни больше не интересно!

— Хорошо, что этот ураган пронесся мимо меня, — пробормотал Куракин.

У него был обалдевший вид. Ему, конечно, не раз устраивали сцены. Но чтобы вот так — наблюдать со стороны... Это было захватывающе.

— Ты вообще лучше молчи, — прикрикнула на него Мила. — Он что, женат, твой Олег Петрович? — снова обратилась она к подруге.

— Еще нет, но скоро наверняка женится-а-а! Он приехал с Дашей, а она вся такая...

— Такая-растакая, — задумчиво подхватила Мила. Потом неожиданно широко улыбнулась и изо всех сил шарахнула Серафиму по спине: — Эх, Симка, ну, наконец-то! Наконец-то я услышала самое главное: что ты кого-то любишь. Ты сама!

— Можно подумать, в первый раз, — ехидно заметил Куракин, которому, с одной стороны, было обидно, что от него так легко отказались, а с другой — радостно. Ведь он теперь снова в игре! И вот эта потрясающая женщина, Мила Громова, точно знает, что он свободен. С ней можно будет флиртовать, так сказать, на законных основаниях.

— Что я слышала от тебя до сих пор? — продолжала радоваться Мила. — Ты хочешь любить, ты хочешь замуж, ты хочешь детей. То есть раньше ты выбирала мужчин, как мясо на рынке. А теперь у тебя впервые в жизни снесло крышу. Это же такое счастье!

— Да? — Серафима злобно посмотрела на нее. — Он никогда не будет моим. Это, по-твоему, счастье? Я для него просто секретарша, и больше никто.

— Сим, ну ты погоди, — принялась успокаивать ее Мила.— Надо во всем разобраться, может быть, даже выработать стратегию...

— Только не здесь, — непререкаемым тоном заявил Куракин.— Значит, так, девочки. Быстро вытерли сопли, надели боты и почапали в отель. Я не хочу, чтобы вы простудились, а я оказался бы за вас в ответе. Я и за себя-то отвечать не люблю. Ну, шевелите попами. Живенько, живенько!

На низком диванчике, неподалеку от стойки регистрации, неподвижный, словно изваяние, сидел Олег Петрович Шумаков и невидящим взглядом смотрел в пол. Когда маленькая, но весьма примечательная процессия появилась в холле, он быстро поднялся на ноги.

— Олег Петрович! — воскликнула Серафима, увидев его.— Что вы здесь делаете?

Зареванная и продрогшая, она все равно выглядела симпатичнее всех. У Олега при виде ее сжалось сердце.

— За тебя волнуюсь, — ответил он, шагнув ей навстречу.— Ну, вижу, напрасно. Полагаю, у тебя уже все в порядке, — он злобно взглянул на Куракина.— Утряслось, значит. Спокойной ночи, Серафима. И вам, молодые люди, спокойной ночи.

Олег развернулся и быстро пошел по коридору к лифтам.

— Серафима, он классный! — сказала Мила, ткнув подругу локтем в бок.— Он дико классный.

— Лучше меня? — немедленно встрял Куракин.

Мила холодно посмотрела на него:

— У тебя нулевой рейтинг. Кстати, если ты хочешь хоть немного загладить свою вину, гони ключи от своего двухместного люкса: нам с Серафимой еще нужно немножко пошептаться.

— Да у меня ж там вещи.

— Какие у тебя вещи? Лосьон для загара и питательный батончик с орешками? — отмахнулась Мила.— А, я поняла! Ты хочешь забрать тот журнал с обнаженными красотками, который лежит у тебя на тумбочке.

— Надо же — разглядела, — ухмыльнулся Куракин.— Ладно, держите ключ. Только не лезьте в мой чемодан, а то я обижусь.

— Не полезем, — пообещала Мила. — А то увидим, что ты там прячешь, и ты окончательно упадешь в наших глазах. И вообще: перестань считать себя пупом земли.

— Я и не считаю.

— Считаешь! — усмехнулась Мила.— Думаешь, не заметно?

— Это просто имидж, — отмахнулся Куракин.— Не забывай, я все-таки работаю на телевидении, меня миллионы людей знают в лицо.

— Да вас на телевидении таких красивых — сотни! И меняетесь вы каждый сезон. Так что ты, конечно, наслаждайся славой-то, но не зарывайся, понятно?

— Мне нравится, когда ты заводишься, — пробормотал Куракин, следуя за девушками к лифту.

— Да, я заводная, — согласилась Мила. — Но ключик пока что не в твоих руках.

Воодушевленный перепалкой, Куракин отправился в номер Серафимы, но еще долго не мог уснуть и все ворочался с боку на бок. Такое с ним происходило, пожалуй, впервые. Оказывается, у него имелись чувства, о которых он даже и не подозревал. Мучиться из-за женщины... В этом есть своя прелесть. Особенно если в глубине души ты понимаешь, что женщина к тебе неровно дышит.

* * *

Даша сидела за столиком и рассеянно поглядывала по сторонам. Олег стоял в очереди, терпеливо ожидая, когда наряженный в огромный белоснежный колпак повар зажарит для него омлет. Завтрак в отеле был замечательным, но Даше совсем не хотелось есть. Хотя разговор с Олегом ее немного успокоил, чувство удовлетворения не приходило. Было такое ощущение, будто она стоит на шатком мостике и, как только попробует сделать шаг вперед, непременно свалится в пропасть.

Откусив кусочек круассана, Даша слегка повернула голову и чуть не поперхнулась. В дверях ресторана стоял Егор, держа под руку симпатичную женщину, и это была вовсе не Маруся. На вид женщине было лет тридцать пять, может немного больше, и тем не менее она вполне могла бы дать сто очков вперед любой юной красотке. Невысокая, стройная, с блестящими светлыми волосами до плеч и большими синими глазами, она выглядела очень эффектно.

«Ничего не понимаю, — растерялась Даша. — Этот тип меняет женщин, как перчатки: прилетел сюда с Марусей, потом попытался подкатиться ко мне, а когда ничего не вышло, подцепил где-то вот эту мадам. Надо же, какой шустрый! А главное, его любви, кажется, все возрасты покорны. Ну что же, каждый развлекается, как умеет. Хорошо еще, что у меня хватило ума не поддаться вчера на его провокацию. Не хватало мне после Олегова удара под дых получить по башке еще и от какого-то Егора».

Тем временем предмет ее размышлений усадил свою даму за столик и направился в сторону буфета. Проходя мимо Даши, он притормозил, слегка поклонился и учтиво сказал:

— Доброе утро. Надеюсь, вы хорошо себя чувствуете? Не переборщили вчера с приемом солнечных ванн?

— Здравствуйте, — холодно поприветствовала его Даша. — Вы напрасно за меня волнуетесь. И без вас найдется, кому последить за моим самочувствием.

— Это радует, — сказал Егор, хотя никакой особой радости в его голосе не слышалось. — Желаю вам чудесно провести день. Кстати, а вы в курсе, что в холле отеля каждый вечер играют музыканты?

— Благодарю вас, я в курсе, — тем же бесстрастным тоном ответила Даша.

— Это я к тому, что не видел вас здесь вчера. Но, может быть, сегодня вы все же придете? Мы могли бы потанцевать.

— Неужели в вашей бальной книжке найдется еще хоть одна свободная строка? — насмешливо спросила Даша.

— Для вас — непременно, — улыбнулся Егор и распрощался.

«Кошмар какой-то, — возмутилась про себя Даша, — этого господина совершенно невозможно смутить. На глазах у своей приятельницы он заигрывает со мной, а потом спокойно продолжает флиртовать с ней. Это абсолютно выше моего понимания. Как хорошо, что мне на него наплевать».

Однако в глубине души она знала, что лукавит, потому что Егор ей определенно нравился. Нравился не за что-то, а как раз вопреки всему. Ее натренированный здравый смысл подсказывал ей, что связываться с таким мужчиной крайне опасно. Если уж довольно консервативный Олег умудрился в конце концов от нее сбежать, то чего хорошего можно ожидать от этого любвеобильного типа? Да если она позволит себе в него влюбиться, ее сердце будет разбито вдребезги — не пройдет и недели. Именно поэтому она разговаривала с ним не слишком приветливо и не хотела подпускать слишком близко. Однако, как известно, чувства не всегда подвластны разуму, и как Даша ни старалась, но просто так отмахнуться от внимания Егора у нее никак не получалось.

Олег наконец-то вернулся за столик и поставил перед собой тарелку, украшенную толстым сочным омлетом.

— Пока стоял в очереди, чуть в голодный обморок не упал, — неестественно весело сообщил он, хватаясь за вилку. — М-м, какая вкуснятина! Хочешь кусочек?

— Да нет, спасибо, я уже сыта, — ровным голосом ответила Даша.

Они всеми силами пытались делать хорошую мину при плохой игре. Оба отчетливо ощущали приближение грозы, но не в силах были отважиться на откровенный разговор. Завести его сейчас означало бы поссориться и перечеркнуть все приятные впечатления от путешествия, которые все же имели место быть. Этого не хотелось ни Даше, ни тем более Олегу, поэтому в глубине души каждый из них надеялся, что никаких неожиданностей в ближайшее время больше не случится и они благополучно дотянут их отношения до возвращения домой. Ну а там уж будь что будет.

С удовольствием уписывая омлет, Олег принялся расуждать о том, чем можно будет заняться сегодня днем. Даша кивала, но на самом деле почти не слушала — она наблюдала за тем, как Егор обхаживает свою сегодняшнюю жертву. Он широко улыбался, постоянно дотрагивался до ее руки, подливал ей кофе и даже вытирал салфеткой испачканную джемом щечку.

«Интересно, а куда же он подевал Марусю? — подумала Даша. — Возможно, сплавил девушку на какую-нибудь экскурсию или прогулку на кораблике, чтобы она не мешала его ухаживаниям. А вечером, потанцевав с каждой из своих дам по очереди, он подведет баланс и решит, кто окажется в остатке. Вряд ли это буду я, потому что со мной его штучки точно не пройдут».

Похвалив себя за твердость духа, она сосредоточилась на Олеге, и вскоре они вместе разработали план мероприятий на день. Сначала они намеревались прогуляться вдоль берега моря. Потом можно будет отправиться в Старый город и пофотографироваться на живописных узких улочках и у крепостных стен, заглядывая по ходу дела в завлекательные сувенирные магазинчики. Пообедать решили там же, в одном из многочисленных ресторанчиков Старой Будвы, а после обеда развеяться, совершив небольшую морскую прогулку вдоль побережья.

— Перед ужином можно сходить искупаться, — с энтузиазмом предложил Олег, — а потом в холле отеля будут играть музыканты — потанцуем.

«И этот туда же, — грустно подумала Даша. — Не сомневаюсь, что ему хочется потанцевать, но только не со мной, а со своей драгоценной Серафимой. Любопытно было бы узнать, на чем они в последний раз расстались. Судя по тому, что Олег собирается вывести на прогулку меня, секретарша его шуганула. Хотя это уже наверняка из серии «милые бранятся — только тешатся».

Даша предположила, что Олег, возможно, намеревается использовать ее в качестве дымовой завесы и под предлогом потанцевать явится на вечеринку только для того, чтобы увидеться с Серафимой и попробовать к ней подлизаться.

«А вот интересно, как бы повел себя Олег, если бы я вдруг все же отважилась закрутить интрижку с Егором? — размышляла Даша.— Теперь, когда последние сомнения относительно нашей любви рассеялись, стал бы он ревновать? Наверное, стал бы, потому что все мужчины ужасные собственники. Если сами они способны флиртовать направо и налево, то стоит их девушке, пусть даже и бывшей, переключить свое внимание на кого-нибудь другого, как их самолюбие начинает страдать. Эх, если бы «Дитер Болен» не был таким бабником, у меня появился бы отличный шанс поквитаться с Олегом за то, что он променял меня на свою секретаршу».

Глава 14

— *Т*ы опоила меня таблетками! — кричала Серафима из ванной. — Посмотри, на что я теперь похожа! Мне нельзя пить снотворное. Ты же знаешь, Мила! Как я теперь людям покажусь?

— Это была таблетка от диареи, — заявила Мила, появляясь на пороге с полотенцем в руках. В полотенце были завернуты кубики льда. — Я пыталась тебя предупредить, но тебе все было до фени. Ты вообще вчера вела себя безобразно.

Сама Мила выглядела на редкость хорошо — вчерашняя беготня по берегу, морской воздух и общение с Куракиным подействовали на нее благотворно. Причем неизвестно, что больше пошло ей на пользу — природа или невольный флирт.

— Я же тебе все объяснила, — сердилась Серафима. — Я неожиданно поняла, что влюбилась, и...

— У всех людей любовь сопровождается всплеском положительной энергии, — проворчала Мила. — И только ты одна нацелена на разрушение.

Серафима схватила полотенце и начала прикладывать его ко лбу и к щекам.

— Он ждал меня в холле, Мила, ты видела? До глубокой ночи. Значит, я ему небезразлична.

296

Стала бы ты сидеть в холле, если человек тебе по барабану? Вероятно, он проверил, вернулась ли я в номер. И когда понял, что не вернулась, забеспокоился. Стала бы ты беспокоиться о том, кого вообще не замечаешь?

Мила оперлась о косяк плечом и мечтательно завела глаза:

— Мне понравился твой Олег Петрович. Кстати, довольно странно называть любимого по имени и отчеству. Нельзя его как-нибудь усечь?

— Он мой босс, — напомнила Серафима. — Хотя, кто знает, захочет ли он работать со мной после всего, что было.

— Между вами ничего не было, — сердито заметила Мила. — Не понимаю, почему бы тебе не попробовать завлечь его куда-нибудь и поцеловать?

Серафима посмотрела на подругу снисходительно:

— Как ты себе это представляешь? Он гуляет со своей невестой, а тут подхожу я и предлагаю ему уединиться. Здорово.

— Скажешь, что тебе нужно с ним посоветоваться, — не сдавалась Мила. — По какому-нибудь важному вопросу.

— Мы тут в отпуске, а он мне не дуэнья, — отрезала Серафима.

— Знаешь, ты меня просто поражаешь: когда не надо, ты такая инициативная! А как дело касается чего-то важного и настоящего, сразу лапки кверху.

Серафима вышла из ванной, шлепая босыми

ногами по полу. На ней была короткая ночная рубашка с вышитыми мишками, челка стояла дыбом, щеки пылали.

— Мил, как такое может быть? — удивленно спросила она подругу. — Как человек может не понимать, что он влюбился? Я столько времени потратила впустую, гоняясь за призраками...

— Куракин меньше всего похож на призрака, — заметила Мила. — Кроме того, если бы ты сразу взяла своего Олега Петровича в оборот, он не успел бы оценить тебя по достоинству. Потому что когда ты входишь в раж, напоминаешь стиральную машину, у которой сломался выключатель.

— Да, у меня было время показать себя, — задумчиво пробормотала Серафима. — Слушай, а что мне теперь делать?

Мила плюхнулась на кровать, и подушки подпрыгнули вместе с одеялом.

— И ты задаешь мне этот вопрос после целой ночи разговоров? — недоверчиво спросила она. — Мы обсуждали это уже раз двести! Ничего тебе не делать. Внимательно следить за своим Олегом Петровичем и вести себя сообразно моменту.

— Я все испорчу, — заявила Серафима обреченно. — Понимаешь, я совершенно не умею держать чувства в себе. Теперь, когда я поняла, как сильно я его люблю, мне хочется, чтобы он тоже об этом знал. Но я ему никогда не скажу!

— Да... Ты действительно влюбилась. Голова работает плохо, в показаниях путаешься... Советую тебе пойти позавтракать. Прихвати с собой

Куракина. Пусть твой босс думает, что вы помирились.

— Сума сошла? Я не хочу, чтобы он так думал. Если Куракин будет рядом, у Олега Петровича не останется надежды.

— В тебе нет ни капли хитрости, Серафима! Ты бы никогда не победила в красивом шахматном турнире. Твоя игра — это крестики-нолики. Говорю тебе: бери Куракина и не отпускай от себя ни на шаг. Об остальном судьба позаботится.

Однако на завтрак Серафима опоздала, а Куракин ни за что не желал прогуливаться вместе с ней вдоль берега.

— Я что, козел? — обиженно спрашивал он. — Ты еще к колышку меня привяжи. Не хочу я ввязываться в бабские приключения — у меня от своих приключений еще голова кругом.

После этого он уговорил Милу поехать с ним в Котор полюбоваться крепостной стеной и поесть уху в ресторане «Бастион», о котором ему рассказали какие-то общительные туристы.

— А я, что же, останусь совсем одна? — рассердилась Серафима. — Тоже мне, друзья называются.

— Да, ты останешься одна, — важно сказала Мила, которая уже предвкушала, как они останутся с Куракиным один на один. — Будешь ходить вокруг отеля и постоянно попадаться на глаза Олегу Петровичу. Думаю, рано или поздно он себя проявит.

* * *

В первый раз Серафима попалась на глаза Олегу, когда они вдвоем с Дашей в соответствии с заранее разработанным планом прогуливались вдоль моря. Сиротская фигура секретарши виднелась на той самой скамейке под соснами, где состоялось их серьезное объяснение.

Серафима находилась слишком далеко, чтобы с ней поздороваться, поэтому Олег сделал вид, что вообще ее не заметил. Если честно, ему не хотелось больше злить Дашу. Спасибо, что она ничего не сказала по поводу его позднего вчерашнего возвращения. Хотя имела полное право устроить скандал. Ну, или хотя бы возмутиться. «Вообще-то, в ее выдержке есть нечто противоестественное, — подумал Олег. — Если ты любишь человека, никогда не сможешь так долго разыгрывать полное и абсолютное спокойствие».

Во второй раз они увидели Серафиму на одной из улочек Старого города, куда они отправились фотографироваться.

— По-моему, твоя секретарша нас преследует, — сказала Даша, когда Серафима обнаружилась в кафе на набережной, куда они вышли после довольно длительной прогулки.

— Что ты к ней привязалась? Сидит себе человек, ест мороженое...

Даша всплеснула руками:

— Почему она ест его в твоем поле зрения?

— Это просто смешно, — сердито ответил Олег. — Город, между прочим, не такой уж большой. Тут всех туристов ухитряешься за день встретить раза по три-четыре. Ни на кого ты больше не обращаешь внимания, а вот Серафима тебе прямо как кость в горле.

— Ты сердишься, а это верный признак того, что я права, — стояла на своем Даша. — Знаешь, если честно, мне это надоело. Мы с тобой только и делаем, что изображаем, будто у нас все хорошо. Но с самого приезда мы существуем словно по отдельности.

— Это что, серьезный разговор? — спросил Олег с подозрением.

— Да! — отважно ответила Даша. — Да, серьезный разговор. Мы с тобой серьезные люди, собирались строить серьезные отношения. Почему бы не поговорить начистоту?

Не сговариваясь, они свернули с главной курортной улицы на крохотную аллейку, где, кроме них, никого не было. Остановились под большим деревом, дававшим густую тень, и повернулись лицом друг к другу.

— Так что ты все время порываешься мне сказать? — задал вопрос Олег.

И в этом вопросе Даша шестым чувством угадала надежду. Надежду на то, что она возьмет на себя самое трудное.

— Я порываюсь тебе сказать, что у нас с тобой слишком ровные отношения. Словно мы с самого начала настроили термостат на определенный градус. Не обратил внимания? Но стоит только появиться Серафиме, у тебя начинается горячка. Температура зашкаливает!

— А! Так это просто приступ ревности, — в

голосе Олега проскользнуло разочарование.— А я думал, мы поговорим, как взрослые.

— Из нас двоих взрослая — я одна, — выпалила Даша.— А ты ведешь себя, как ребенок. Ты влюбился в свою Серафиму по уши! Но признаться в этом никак не желаешь.

Выпалив это, Даша закрыла глаза. Она все-таки решилась назвать все своими именами. И гордилась собой.

— По уши? — отшатнулся от нее Олег.— В Серафиму?

— Ты действительно влюбился. И потому с тех пор, как твоя секретарша появилась на пляже, ты глупеешь прямо на глазах.

На лице Олега промелькнула растерянность, которая почти сразу сменилась решимостью. Он неожиданно сделал шаг вперед и взял Дашу за руку.

— Даш, прости меня. Ты же сама видела: у нас все складывалось великолепно. Ты мне очень нравилась, и я готовился сделать тебе предложение...

— А я готовилась его принять, — пробормотала она, стараясь не заплакать.

— Ну откуда я мог знать, что на свете живет вот такая вот Серафима? И что она станет моим секретарем? И что я не смогу больше без нее обходиться? Что я влюблюсь в нее без памяти?

— Наконец-то ты это сказал, — бросила Даша. — Твое нежелание признавать очевидное было самым тяжелым для меня. Итак, ты предлагаешь расстаться?

— Да.

— Отлично!

— Но если тебя наше расставание ранит, я останусь.

— Какое великодушие! Вы с Серафимой оба будете несчастны, зато моя сердечная рана затянется навсегда.

— Даш, прости меня.

— Ой, да ладно! Иди уже к своей Серафиме. Сил больше нет смотреть, как вы оба мучаетесь. И не проси, чтобы мы остались друзьями — мы и так друзья. С тех пор, как вы с Булькой меня спасли.

— Я чувствую себя скотиной, — признался Олег.

— Ничего, мужчинам это иногда полезно.

Она развернула его за плечи и подтолкнула в спину.

— Все, проваливай! В следующий раз я хочу увидеть твою Серафиму счастливой. Пойди и сделай для этого что-нибудь.

Не успел окрыленный Олег пройти и двухсот шагов, как наткнулся на собственную секретаршу: она стояла возле фонтанчика и делала вид, что фотографирует цветущий куст.

— Серафима, нам надо поговорить, — заявил Олег без предисловий и, схватив ее за руку, повлек за собой.

— Куда вы меня тащите, Олег Петрович?

— У нас с тобой есть собственная скамейка. Это уединенное место, а нам сейчас необходимо уединение.

Серафима бежала за ним, едва успевая переставлять ноги.

— У меня на запястье будет синяк! — верещала она, чувствуя странный холодок внутри. Такой холодок обычно предвещал важные события.

— Ничего, синяк тебя не испортит. Тебя вообще трудно испортить, даже если сильно постараться. Вот, например, вчера. Видела бы ты себя, когда ввалилась ночью в гостиницу! И даже тогда ты была красивей всех на свете.

Олег дотащил ее до скамейки, которая, словно заговоренная, всегда оказывалась пуста, когда им требовалось побыть вдвоем. Деревья давали густую тень и загораживали их от прогуливающихся туристов, которые толпами бродили вдоль моря.

— Серафима, ты ведь знаешь, зачем я тебя сюда привел?

У него было странное выражение лица, которого раньше она никогда не видела.

— Зачем? — с испуганным восторгом спросила она.

— Я давно хочу тебя поцеловать. А ты этого разве не хочешь?

Как всякая настоящая женщина, в самый ответственный момент Серафима резко поглупела и вместо того, чтобы просто сказать «хочу», пролепетала:

— Но, Олег Петрович, мы с вами не можем целоваться! Я на вас работаю, а это совершенно недопустимо...

Олег молча достал из кармана мобильник и позвонил в Москву.

— Борис! — требовательным тоном сказал он.—

Это снова я. Я прошу тебя уволить мою секретаршу.

— У меня такое впечатление, что ты бегаешь за Серафимой по всей Черногории и то увольняешь ее, то снова принимаешь на работу, — сказал Борис. — Может, она все же не настолько плоха, чтобы выбрасывать ее на улицу?

— Она не плоха, Борька. Она чертовски хороша! Поэтому подпиши приказ, и поставим на этом точку.

Он сунул мобильный телефон в карман и подступил к Серафиме.

— Ну? — спросил он, чувствуя, что она дрожит. — Чего это ты так напряглась? Я собираюсь целовать живую теплую женщину, а не полено папы Карло.

— Я ужасно волнуюсь, Олег Петрович!

— Олег Петрович остался в московском офисе. А я просто Олег.

Он осторожно взял ее за талию и притянул к себе. Серафима подняла к нему лицо. Глаза ее были огромными, в них стояли слезы.

— Надеюсь, это слезы радости, — пробормотал Олег и перестал сдерживаться.

В последнее время он иногда представлял, как целует ее, прижимая к себе и ощущая телом все ее изгибы. Она была хрупкой и гибкой, и его мгновенно охватил огонь.

— Серафима, — застонал Олег, отстраняясь. — Теперь мне почему-то кажется, что это место не такое уж и укромное, как мне казалось раньше. Может быть, нам стоит поискать другое?

— Я согласна, — ответила та.— Я уже говорила вам, что я не вредная.

— Только прежде я хочу, чтобы ты исполнила свою мечту. Здесь отличное место для того, чтобы разбежаться, прыгнуть и повиснуть у меня на шее.

Серафима вспыхнула.

— Как же прыгнуть? — смущенно ответила она.— Я вообще-то тяжелая.

— Не выдумывай, ты весишь не больше, чем Булька.— Олег махнул рукой.— Действуй. Отойди от меня подальше, потом разворачивайся, беги и прыгай на меня.

— Со стороны я буду похожа на дрессированную обезьяну.

— У тебя критический ум и буйное воображение.Давай.

Серафима сделала глубокий вдох, отбежала на довольно большое расстояние и развернулась лицом к Олегу.

— Я люблю тебя, Серафима, — сказал он и широко развел руки в стороны, собираясь поймать ее, прижать к себе и никогда больше не отпускать.

* * *

В вечернем отеле царило оживление и кипело удалое курортное веселье. В поисках какого-нибудь укромного уголка, где она могла бы спокойно посидеть и обдумать все, что с ней случилось, Даша вышла на летнюю террасу ресторана и огляделась по сторонам. Однако свободных мест за столиками не было видно, и все стулья возле длинной стойки бара тоже были заняты. Отовсюду слышались возбужденные голоса и непринужденный смех, а из широко распахнутых дверей ресторана доносились томные «югославские» мелодии, которые исполняла гастролирующая по побережью инструментальная группа.

Это веселье совершенно не соответствовало унылому настроению, в которое Даша погрузилась после их финального разговора с Олегом. Однако идти зализывать раны в свой номер ей вовсе не хотелось. Ей казалось, что, очутившись в одиночестве, она ни за что не сможет справиться с отчаянием и раскиснет окончательно.

Тут Даше неожиданно повезло: из-за маленького столика в самом углу поднялась пара, и девушка, не мешкая, скользнула на их место. Дожидаясь, пока неторопливый официант принесет заказанные ею бокал красного вина и мороженое, она поглядела в сторону моря. В темноте его не было видно, зато сюда доносился легкий запах воды, смешанный с упоительным ароматом каких-то невиданных цветов. Справа виднелись усеянные россыпью мерцающих огоньков горы, которые упирались макушками в бархатистое ночное небо.

«Как грустно, когда человек не в состоянии наслаждаться такой красотой, — подумала про себя Даша. — Чтобы воспринимать прекрасное, сердце должно быть распахнуто настежь, а мое сердце заперлось на сто замков и теперь пусть кто-нибудь попробует до него достучаться».

Официант поставил перед ней широкий бокал с вином, вазочку с горкой мороженого и сказал: «Плиз».Даша поблагодарила его улыбкой и отпила глоток вина. Оно было приятным, с привкусом черной смородины и еще чего-то терпкого. Даша сделала еще пару глотков, вздохнула и решила, что теперь самое время заняться подведением итогов.

«Итак, что мы имеем в пассиве? — подумала она, потому что всегда предпочитала начинать с плохого. Чтобы потом, если останется еще и что-то хорошее, было чем подсластить пилюлю.— В пассиве мы имеем признание Олега, что, мол, «окончен бал, погасли свечи» и любви нашей пришел конец. Эх!»

Даша снова поднесла бокал к губам.

Хотя, что уж тут греха таить, не было у них с Олегом никакой любви. Сначала было увлечение, потом привязанность, но чувства так и не разгорелись. Где-то Даша читала, что первой искрой счастливого семейного очага является страсть. Но в их с Олегом отношениях никакой страсти не было и в помине. Им было хорошо вместе, но не более того.

«Однако если бы не эта вездесущая Серафима, мы вполне могли бы обойтись и без шекспировских страстей, — сердито подумала Даша.— Тысячи людей живут тихо и мирно и вполне счастливо доживают вместе до глубокой старости. Главное, чтобы двое понимали и уважали друг друга, а страсть, она ведь как спичка — пшик, и погасла».

Даше не хотелось признаваться в том, что на самом деле сомнения давным-давно поселились в ее душе. Еще задолго до появления Серафимы она уже догадывалась, что их с Олегом отношениям не хватает порывов, восторгов, потрясений. Но она предпочла закрыть на это глаза. Олег был ее рыцарем, который спас ее — вывел из лабиринта сложных родственных отношений, и Даша полюбила его за этот поступок. Он же полюбил ее в ответ, потому что она была вечным напоминанием о его благородстве, а мы всегда любим тех, кого осчастливили.

«Как бы там ни было, наши отношения с самого начала были обречены на провал, — решила Даша. — И уж коли Олегу суждено было запасть на свою секретаршу, то даже хорошо, что это случилось сейчас, пока мы с ним еще не успели сходить под венец».

Даша снова вздохнула и принялась за уже слегка подтаявшее мороженое. Теперь ей предстояло подумать о том, есть ли в создавшейся ситуации хоть какие-нибудь плюсы, и если есть, то какие именно.

«Ну, во-первых, я теперь совершенно свободна, — сказала она себе и неожиданно почувствовала невероятное облегчение. Как будто эти слова были заклинанием, которое помогло ей сбросить с души колдовские чары. — Свободна!» — с восторгом прошептала она.

Это значит, что у нее больше нет перед Олегом никаких обязательств и она может делать все, что захочет. Может влюбляться в кого угодно, сходить с ума и совершать безумства...

«Хотя что это я? — одернула себя Даша. — Я, вероятно, себя с кем-то путаю. Дарья Азарова не способна на безумство. Она безупречно выдрессировала свой здравый смысл, и теперь он будет вечно стоять на страже ее поступков».

Недовольная этой мыслью, Даша взяла бокал и быстро допила вино. Потом помахала официанту, чтобы повторил заказ, но тот, ничего не заметив, прошмыгнул мимо. Музыканты заиграли очень приятную сентиментальную мелодию, и глаза Даши внезапно наполнились слезами. Ей стало безумно жалко себя — такую симпатичную, умную, порядочную, но никому не нужную. Теперь, когда она по-настоящему почувствовала вкус свободы, ей страстно захотелось любви. Такой, о которой пишут в душещипательных романах — чтобы с первого взгляда и до конца дней своих.

«С первого взгляда мне понравился Егор, — встрепенулась Даша. — Сразу понравился, без дураков, только я запретила себе о нем думать. Но теперь я уже совсем не та, что вчера, так не совершить ли мне какую-нибудь чудесную глупость?»

От этих мыслей она страшно оживилась и, развернув свой стул так, чтобы видеть не только веранду, но и ресторан, принялась искать глазами Егора. И нашла. Он сидел за столом недалеко от выхода на веранду, но не один, а в компании своей новой приятельницы, с которой сегодня утром приходил на завтрак. В простом темном платье без рукавов и со скромной тонкой цепочкой на шее женщина была удивительно хороша, и, глядя на нее, Даша даже почувствовала укол зависти.

«О, нет! — подумала она. — Мне никогда в жизни не скопить столько безрассудства, чтобы пытаться увести мужчину у такой шикарной женщины. И вообще — не буду я никого ни у кого уводить! Мне хочется не только пылать чувствами, но и самой стать предметом страсти. А какая тут может быть страсть, коли у него уже столько девиц, что сбиваешься со счету».

Как бы в подтверждение ее мыслей, на горизонте неожиданно возникла Маруся и прямиком направилась к столику, за которым сидели Егор и его дама. Она подошла к ним вплотную, подбоченилась и стала что-то такое выговаривать Егору. Даша не видела его лица, зато дама смотрела на Марусю совершенно спокойно и снисходительно улыбалась.

«Ого, что-то сейчас будет? — взволнованно подумала Даша. — Эти юные красотки совершенно не умеют владеть собой — еще чего доброго вцепится Егоровой спутнице в волосы, и завяжется у них потасовка».

Она жутко боялась женских драк, отвратительнее которых могли быть только петушиные бои. Поэтому, быстро вернув свой стул на место, Даша схватила ложечку и принялась лихорадочно черпать из вазочки оставшуюся от мороженого жижу. Завидев официанта, она снова вскинула руку в надежде получить от него новый бокал с вином, но тот с отсутствующим видом опять пробежал мимо.

— Здрасьте! — сказал кто-то прямо у нее над ухом, и Даша от неожиданности подпрыгнула на стуле.

Повернув голову, она с ужасом увидела, что перед ней стоит Маруся собственной персоной.

«Ну вот, теперь она пришла разбираться и со мной тоже, — испуганно подумала Даша. — Хотя я-то тут при чем? Что я такого сделала?» Она чуть было не задала этот вопрос вслух, но вовремя удержалась.

— Я — Маруся, — громко объявила девица. — Можно мне сесть?

И она без приглашения плюхнулась на стул, заложила ногу на ногу и пристально поглядела на свою визави. В этот момент официант сделал очередную попытку проскочить мимо их стола, но не тут-то было — девица уверенной рукой поймала его сзади за завязки фартука, и тот чуть не вздыбился, как остановленный на скаку конь.

— Принесите мне клубничное мороженое, — потребовала Маруся. — А вам? — обратилась она к Даше.

— Мне еще бокал вина, пожалуйста, — ответила та, после чего девица разжала пальцы, выпустив оробевшего официанта на волю. Даша смотрела на нее, не в силах собраться с мыслями. Она представления не имела, чего хочет от нее эта нахальная Маруся, а потому чувствовала себя неподготовленной и беззащитной. Тем не менее она постаралась сосредоточиться. Говорить она предоставила девице, и та не замедлила этим воспользоваться.

— Вас Даша зовут, верно? — спросила она, но в голосе ее не слышалось никакого вызова — в нем скорее звучало любопытство.

— Меня действительно так зовут, — кивнула Даша, — только я не помню, чтобы нас кто-нибудь представлял друг другу.

В глазах Маруси промелькнула нерешительность.

«Ага, — злорадно подумала Даша, — не ожидала отпора? Это тебе не Егором командовать!»

Маруся задумчиво почесала кончик носа, а потом неожиданно сказала:

— Не сердитесь на меня, пожалуйста, это Егор во всем виноват. Собственно, это из-за него я к вам и подошла. Понимаете, я его очень люблю, а он...

— Что он? — переспросила Даша, у которой перехватило дыхание.

— А он влюбился в вас! — выпалила девица.

— Как это? — изумилась Даша такому неожиданному откровению.

— А вот так, — пожала плечами Маруся. — Говорит, что увидел вас еще в аэропорту и просто покоя лишился. Любовь с первого взгляда, ничего не поделаешь.

Маруся говорила взволнованно, однако без всякого напора, и это Дашу озадачило.

— А он вам совершенно не нравится? — прервала паузу Маруся. — Нисколечко?

Девушка смотрела на Дашу выжидательно, но та растерялась и не знала, что следует ответить в подобной ситуации.

— Ну... — протянула она нерешительно, — он симпатичный, конечно.

— Это точно, — оживилась Маруся, — многие считают, что он похож на Дитера Болена. Но главное, Егор умный, порядочный и с хорошим чувством юмора. По-моему, самые главные качества для мужчины, как вы считаете?

Даша уже не знала, что и подумать. Маруся расхваливала Егора, как купец свой товар, как будто собиралась сплавить его Даше по дешевке.

— А почему вы мне все это рассказываете? — осторожно спросила она.

— Потому что мне жалко Егора, — почти что печально сказала девушка и, положив руки на стол, наклонилась к Даше. — Он уже сто лет ни в кого не влюблялся, а тут — бац, и встретил вас. А вы его шугаете!

— Я не шугаю...

— Ну да! Он говорит, что вы разговариваете с ним холодно и не позволяете ему проявить себя с лучшей стороны.

— Он хочет мне понравиться? — уточнила Даша. — А...А как же вы?

— А что я? Я буду только рада, если у вас что-нибудь получится.

— А...А она? — продолжала вопрошать совершенно обалдевшая Даша.

— Мама? Да она тоже вовсе не против пристроить Егора. Сама-то она уже давно снова замужем.

— Мама? — не поняла Даша. — Чья мама?

Маруся посмотрела на нее подозрительно, потом рот ее разъехался до ушей, и она громко рассмеялась.

— Это моя мама, — принялась пояснять она. — И бывшая жена Егора. Они уже сто лет назад развелись, но продолжают оставаться друзьями. А я их дочь, красивая и взрослая, которая жутко любит своих родителей и хочет, чтобы оба они были счастливыми.

— Но почему «Егор»? — спросила Даша, которая вдруг почувствовала, как сердце ее заполняется горячей радостью.

— Ну, потому что он слишком молодой, чтобы такая взрослая девица называла его папой, — пояснила Маруся. — И еще мне нравится, когда все думают, что я его девушка — вот, как вы, — подмигнула она Даше. — Ну так что? Есть у Егора хоть какая-то надежда? А то мама все подкалывает его, говорит, что он еще не дорос до таких классных девушек, как вы. Он совсем пал духом, вот я и решила взять инициативу в свои руки. Не пропадать же такому хорошему парню.

Неожиданно для себя Даша закрыла глаза руками и засмеялась. Она смеялась негромко, но очень заразительно, так что Маруся невольно начала ей подхихикивать.

— Вы чего? — спросила она весело.

— Я... я...— Даша отняла руки от лица и вытерла навернувшиеся от смеха слезы. — А я думала, что он бабник!

Когда нерасторопный официант наконец-то принес вино и мороженое, за столиком уже никого не было. Только лежал оплаченный счет.

Расставшись с Марусей и заверив ее, что у Егора есть все шансы стать счастливым, Даша бросилась в свой номер. Там она быстро переоделась, тщательно расчесала волосы и красиво подобрала их с одной стороны заколкой. Потом она освежила макияж, побрызгалась духами и накрасила губы яркой помадой, удачно гармонировавшей с ее красным платьем. Напевая про себя «Lady in red is dancing with me cheek to cheek», Даша на лифте спустилась вниз и неторопливо вошла в ресторан. Несколько мужчин мгновенно повернули голову в ее сторону, но она ничего не заметила — она смотрела только на Егора. Тот в одиночестве сидел за столом и потягивал вино, глядя куда-то вдаль сумрачным взглядом. Ни Маруси, ни ее мамы нигде не было видно.

Когда Даша подошла к его столику, Егор вскинул на нее глаза, и на лице его мгновенно прорисовалось радостное удивление, которое тут же сменилось неподдельным восхищением. Он быстро вскочил на ноги и, не сдержавшись, выпалил:

— Даша, вы — красавица!

Девушка счастливо улыбнулась и кокетливо спросила:

— В таком случае я надеюсь, вы не откажетесь со мной потанцевать?

— Почту за честь, — серьезно ответил Егор и протянул ей руку.

Они плавно покачивались в такт романтической мелодии и смотрели друг другу в глаза. У Даши слегка кружилась голова, и она точно знала, что это вовсе не от вина, а исключительно от полноты чувств. Егор крепко сжимал ее в своих объятиях и думал о том, что готов танцевать с ней до самого утра.

— У вас замечательная Маруся, — сказала Даша. Глаза ее смеялись. — Умная и симпатичная.

— Вся в отца, — согласно кивнул Егор. — Надеюсь, вы с ней поладите.

— Не сомневаюсь, — кивнула Даша.

— Только она очень своевольная, — вздохнул Егор, — ее совершенно невозможно опекать. А мне так хочется о ком-нибудь заботиться. Можно я буду заботиться о тебе?

— Мне очень хочется, чтобы ты обо мне позаботился, — улыбнулась Даша.

— Я ужасно этому рад, — серьезно сказал Егор. — Тогда завтра пойдем покупать тебе панаму.

Литературно-художественное издание

Куликова Галина Михайловна

УВОЛИТЬ СЕКРЕТАРШУ

Ответственный редактор *О. Аминова*
Редактор *О. Стояновская*
Художественный редактор *С. Власов*
Технический редактор *О. Куликова*
Компьютерная верстка *В. Шибаев*
Корректор *Э. Казанцева*

ООО «Издательство «Эксмо»
127299, Москва, ул. Клары Цеткин, д. 18/5. Тел. 411-68-86, 956-39-21.
Home page: **www.eksmo.ru** E-mail: **info@eksmo.ru**

Подписано в печать 08.07.2010.
Формат 84×108 $^1/_{32}$. Гарнитура «Таймс».
Печать офсетная. Бум. офс. Усл. печ. л. 16,8.
Тираж 20 000 экз. Заказ № 5613

Отпечатано с готовых файлов заказчика в ОАО «ИПК
«Ульяновский Дом печати». 432980, г. Ульяновск, ул. Гончарова, 14

Оптовая торговля книгами «Эксмо»:
ООО «ТД «Эксмо». 142702, Московская обл., Ленинский р-н, г. Видное,
Белокаменное ш., д. 1, многоканальный тел. 411-50-74.
E-mail: **reception@eksmo-sale.ru**

По вопросам приобретения книг «Эксмо»
зарубежными оптовыми покупателями
обращаться в отдел зарубежных продаж ТД «Эксмо»
E-mail: **international@eksmo-sale.ru**

International Sales: *International wholesale customers should contact*
Foreign Sales Department of Trading House «Eksmo» for their orders.
international@eksmo-sale.ru

По вопросам заказа книг корпоративным клиентам,
в том числе в специальном оформлении,
обращаться по тел. 411-68-59 доб. 2115, 2117, 2118.
E-mail: **vipzakaz@eksmo.ru**

Оптовая торговля бумажно-беловыми
и канцелярскими товарами для школы и офиса «Канц-Эксмо»:
Компания «Канц-Эксмо»: 142700, Московская обл., Ленинский р-н,
г. Видное-2, Белокаменное ш., д. 1, а/я 5.
Тел./факс +7 (495) 745-28-87 (многоканальный).
e-mail: **kanc@eksmo-sale.ru**, сайт: **www.kanc-eksmo.ru**

Полный ассортимент книг издательства «Эксмо» для оптовых покупателей:
В Санкт-Петербурге: ООО СЗКО, пр-т Обуховской Обороны, д. 84Е.
Тел. (812) 365-46-03/04.
В Нижнем Новгороде: ООО ТД «Эксмо НН», ул. Маршала Воронова, д. 3.
Тел. (8312) 72-36-70.
В Казани: Филиал ООО «РДЦ-Самара», ул. Фрезерная, д. 5.
Тел. (843) 570-40-45/46.
В Самаре: ООО «РДЦ-Самара», пр-т Кирова, д. 75/1, литера «Е».
Тел. (846) 269-66-70.
В Ростове-на-Дону: ООО «РДЦ-Ростов», пр. Стачки, 243А.
Тел. (863) 220-19-34.
В Екатеринбурге: ООО «РДЦ-Екатеринбург», ул. Прибалтийская, д. 24а.
Тел. (343) 378-49-45.
В Киеве: ООО «РДЦ Эксмо-Украина», Московский пр-т, д. 9.
Тел./факс (044) 495-79-80/81.
Во Львове: ТП ООО «Эксмо-Запад», ул. Бузкова, д. 2.
Тел./факс (032) 245-00-19.
В Симферополе: ООО «Эксмо-Крым», ул. Киевская, д. 153.
Тел./факс (0652) 22-90-03, 54-32-99.
В Казахстане: ТОО «РДЦ-Алматы», ул. Домбровского, д. 3а.
Тел./факс (727) 251-59-90/91. rdc-almaty@mail.ru

Полный ассортимент продукции издательства «Эксмо»:
В Москве в сети магазинов «Новый книжный»:
Центральный магазин — Москва, Сухаревская пл., 12.
Тел.: 937-85-81, 780-58-81.
Волгоградский пр-т, д. 78, тел. 177-22-11; ул. Братиславская, д. 12.
Тел. 346-99-95.

В Санкт-Петербурге в сети магазинов «Буквоед»:
«Магазин на Невском», д. 13. Тел. (812) 310-22-44.

Татьяна Веденская
МОЙ ШИКАРНЫЙ БОСС

Надя Митрофанова не знала, что она особенная и что её ожидает необычный поворот судьбы. Она просто спешила на работу и по дороге обрызгала грязью роскошную иномарку. Кто мог знать, что в пострадавшей машине сидел её новый босс?! Вопреки всем ожиданиям это положило начало целому калейдоскопу забавных ситуаций, которые просто обязаны завершиться чем-то очень хорошим!

Книги Татьяны ВЕДЕНСКОЙ лучше коробки конфет: дарят приятные эмоции, а не калории!